불야성
不夜城

불야성
不夜城 2

원작 한지훈 ｜ 소설 안진홍

_Contents

"나약한건 죄야. 패배는 습관이거든….
한번 밀리기 시작하면 뺏기는 건 순식간이지."

2부

갤러리 식구들은 세진이 빠진 걸 본능적으로 알았다. 그게 해고든 퇴사든 별 의미는 없었다.

조 이사와 김 작가는 이경의 부친 서봉수에게 큰 은혜를 입었었다. 서봉수는 재일 동포로서 녹록치 않은 삶을 살고 있던 그들에게 손을 내밀고 힘이 되어 주었다. 그들과 그들 가족의 안녕과 미래를 보장해 주었던 것이다. 그런 그가 그들에게 원했던 것은 단 하나, 바로 충성심이었다.

이제 주군의 딸이 주군이 되었다. 위대한 선대와 또 다른 매력을 가진 주군이다. 마력이라는 표현이 더 어울릴지도 모르겠다. 둘은 새 주군을 따라 귀국했고, 그녀가 세우고자 하는, 아무도 밟아보지 못한 왕국을 건립하는 데 초석이 되고자 했다. 딱히 새로운 일을 하는 것은 아니었다. 그저 선대에 그러했

듯이 충성심을 보이고 명령을 수행하면 되었다. 그들은 세진이 아쉬웠지만 이경의 행동에 의문을 표하지 않고 묵묵히 임무를 수행했다.

"내일 오후에 무진 신도시 설계 변경에 대한 회의가 있습니다. 이사님, 찬성, 반대, 중도파로 나눠 참석 인사들 성향 파악하세요. 박 회장한테 반기를 들 만한 인사가 누군지 추려내야 해요."

"알겠습니다."

"작가님, 성북동에서 지난 10년간 백송재단 운영 내역을 보낼 겁니다. 숫자 행간에 누수가 있을 거예요."

"추적할게요."

"탁이는 평상시대로 선적 준비하고."

탁은 대답하지 않았다. 처음 있는 일이었다. 이경은 탁을 돌아보았다. 김 작가가 이경의 눈치를 보며 넌지시 주의를 주었다.

"탁아? 대표님이 부르시잖니."

탁은 조 이사와 김 작가와는 달랐다. 이경의 부친과는 아무런 관련이 없었고 탁의 능력을 높이 산 이경이 데리고 온 자였다. 게다가 다른 두 사람처럼 이경에게 충성하고 명령을 철저히 수행하긴 했지만 자발적으로 행동하는 법은 없었다.

탁은 조금 딱딱한 말투로 대답했다.

"아무래도 괜찮은 겁니까? 세진이가 그렇게 나가버렸는데 왜 첨부터 있지도 않았던 사람처럼 여기고 행동하시는 거죠?"

예상치 못한 탁의 반응에 깜짝 놀란 김 작가가 부러 언성을 높이며 말했다.

"자기 발로 나갔잖아! 괘씸하게도 대표님까지 배신하고!"

김 작가의 말에 탁은 고개를 숙이고 눈을 내리깔았지만 승복하는 눈치는 아니었다. 이경이 탁에게 걸어갔다.

"고개 들어."

탁은 뺨이라도 한 대 맞을 각오로 고개를 들었다. 이경은 온화한 미소를 띠며 말했다.

"세진이는 다시 마주치게 될 거야 어떤 형태로든. 자, 탁이는 이제 뭘 해야 하지?"

"선적 준비하겠습니다."

"앞으로 다시는 같은 말 두 번 하게 하지 마."

이경의 낮게 깔린 음성에 탁은 머리를 깊게 숙였다.

소심한 반격

박무삼은 여유롭게 앉아 있는 건우가 얄미웠다. 매사에 딴
죽을 거는 데다 외국으로 쫓아 보내려는 계획도 물 건너 가버
렸다. 더군다나 자신의 제일 큰 약점을 수중에 가지고 있었다.
박무삼은 회장실을 차지했건만 내 것 같지 않아 불편했다.

"지하라서 습할 텐데, 건강관리 신경 써라."

박무삼은 배배 꼬인 마음을 한껏 드러내며 비아냥댔다.

"높은 데 올라오니까 어지럽네요. 용건만 빨리 듣고 내려가
겠습니다."

박무삼은 한마디도 지지 않는 건우를 괘씸한 눈길로 바라
보았다.

"너하고 서 대표, 제 3자들끼리 남의 약점 갖고 딜 하는 거 아니다. 리베이트 자료 내놔. 원하는 계열사 있으면 한자리 마련해주마."

"군침은 도는데 침만 삼키겠습니다."

건우는 박무삼의 제안을 일언지하에 거절했다.

"형님 병보석은 걱정할 거 없어. 서 대표가 무슨 작당을 해도 형님 구치소로 돌려보내는 건 내가 막는다."

"작은아버지가요? 뒤에서 누가 조종한다고 소문 다 났던데요."

건우의 말에 겨우 평정심을 유지하던 박무삼의 얼굴이 일그러졌다.

"됐다. 지하실 곰팡이들이 기다리겠다. 내려가 봐."

박무삼은 결국 소리를 빽 지르고 말았다.

장태준은 전보다 한결 여유로운 표정으로 붓을 놀렸다. 이경은 그런 그의 가식적인 모습에 치를 떨었다. 빨리 용무를 마치고 나가고 싶은 마음뿐이었다. 그녀는 서둘러 서류철을 내밀었다.

"TJ 문화재단 이사장 후보군입니다. 전 UN대사, 문필가, 16대 국회 비례대표의원, 이렇게 총 세 명인데 어느 쪽이든 다루기 무난할 겁니다. 어르신이 낙점하세요."

장태준은 마지막 획을 쳐올리고는 답했다.

"백송대학교 하 총장 말이야. 요새 뭐하나?"

"작년에 총장직에서 물러나고, 틈틈이 글을 쓴다고 들었습니다."

"그이가 인물이 반듯해. 내 뜻도 잘 통하고……"

이경은 장태준의 속내를 읽었다.

"검토해보겠습니다."

"검토하란 얘기가 아닐세. 따르라는 말이지. 인사가 만사 아닌가. 사람 고르는 눈은 내가 자네보다 조금은 나을 게야."

남종규는 선뜻 대답하지 못 하는 이경을 보며 내심 쾌재를 불렀다.

서재를 나오는 이경의 얼굴에 피곤한 기색이 역력했다. 응접실에서 대기 중이던 조 이사가 가까이 다가왔다.

"결정됐습니까?"

"하 총장으로 낙점했어요."

"미리 만나서 언질 주길 잘했군요."

이경이 서재 쪽을 바라보며 가소롭다는 표정을 지었다.

"자기 뜻이 통했다고 생각할 거예요. 하 총장 쪽에선 내 추천으로 성사됐다고 믿을 테고. 이사장까지 확보했으니 재단 운영이 좀 수월해지겠네요. 이제 무진그룹으로 가죠."

"괜찮으시겠습니까? 오늘 일정만 벌써 네 군데 소화하셨습니다. 이만 갤러리에 들어가 쉬시는 게⋯⋯."

조 이사는 대답 대신 자신을 바라보는 이경의 서늘한 눈빛에 말문을 닫았다. 사실 이경은 무척 피곤했다. 하지만 잠시 선 채로 숨을 고를 뿐 쉴 시간 같은 건 없었다.

건우는 카푸치노를 마시는 세진을 조용히 응시하며 그녀가 잔을 내려놓기를 기다렸다.

"이경이랑 그렇게 되고 갤러리 나오게 된 거⋯⋯."

"미안해하실 거 없어요. 제 결정이니까."

"아뇨. 잘했다고요."

세진은 예상과 다른 건우의 말에 의아해했다.

"날 속이고, 사람들에게 감추고⋯⋯. 괴로웠을 거예요, 세진 씨."

"제안은 대표님이 했지만, 결정은 제가 했어요. 제 책임이죠."

"그렇다고 너무 자책하진 말아요."

세진은 고개를 끄덕이고는 살짝 웃었다.

"뭘 해야 할지는 알겠는데 어떻게 해야 할지는 고민이라 연락했어요. 우린 같은 목표가 있잖아요. 대표님을 막는 거. 대표님을 잘 아는 두 사람이니까, 힘을 합치면 할 수 있을 거예요."

건우는 대꾸 없이 그녀를 물끄러미 바라보기만 했다.

"내키지 않아도 괜찮아요. 저 혼자서라도 할 거니까."

세진은 씩씩하게 말했다. 건우는 그런 세진이 안쓰러웠다.

"방법을 찾고 있어요. 제가 있던 자리로 돌아가면 오히려 세진 씨한테 도와달라고 할 생각이었어요. 그때 계실 곳도 마련할게요."

"아뇨, 부탁할 데가 있어요. 걱정 마세요."

세진은 자신의 뜻과 함께할 거란 건우의 말에 활짝 웃어보였다.

"이경이답지 않게 실수했네요. 세진 씨를 보내면 안 되는 건데. 나중에 후회할 거예요."

"대표님은 후회 같은 거 안 해요."

세진은 이경을 떠올리며 씁쓸한 마음에 잔을 내려놓았다. 건우는 그만 자리에서 일어서야 했다.

"그럼, 전 선약이 있어서. 곧 연락할게요. 세진 씨."

세진은 건우와 밝은 미소로 인사를 나누었다. 어느새 세진의 마음도 한결 가벼워졌다.

건우는 근처 커피숍으로 자리를 옮겼다. 친구는 이미 도착해 있었다.

"건우야, 주문은 알아서 시켰어."

"고마워, 그래 합의문은 살펴봤어? 지분 양도가 가능해?"

친구는 합의문 서류를 돌려주며 말했다.

"법률적으로 문제는 없어. 제3자 증여 금지 조항이 있는데 직계가족은 예외에 해당하니까. 그런데 직원 아버님하고 상의는 한 거냐? 증여세율이 세겠어."

건우는 서류를 가방에 넣다가 멈칫했다.

"얼마나?"

"지분의 절반!"

"에이, 아무리 급해도 반 토막을 내겠나?"

박무삼이 느긋하게 차를 마시며 제법 회장다운 말투로 말했다.

"돈으로 환산하면 그게 얼마야? 공동경영권 조금 보장받겠다고 그 액수를 포기해? 배보다 배꼽이 크지, 그건."

이경이 서류를 박무삼에게 건넸다.

"경영 합의문 무효 동의서? 이건 또 언제 준비한 거요?"

"박무일 회장님 서명 받으세요. 회유하든 협박하든."

"건우 그 녀석은 신경 쓸 거 없다니까."

박무삼이 너털웃음을 터트리며 이경의 눈치를 봤다.

"그 사람에 대해서는 저만큼도 모르시네요. 지분의 절반이 문제가 아닐 겁니다. 지금 박건우 씨는 영혼이라도 팔아치울 거예요. 회장님과 저를 방해할 수만 있다면."

어두운 실내에 불이 켜지며 마리와 세진이 들어섰다. 휑한 빈 스튜디오였다. 마리가 발에 걸리는 잡동사니를 툭툭 찼다.

"첨엔 사진 작업 땜에 구했는데 금방 싫증나더라. 되는 대로 쓰다가 비운 지 오래됐어. 공무원 시험 준비하기엔 조용하고 딱이지? 근데 너무 지저분하긴 하다."

세진은 책상 위의 먼지를 손끝으로 찍어보았다.

"치우면 되지 뭐. 근데 월세는 많이 못 줘."

"친구끼리 월세 같은 소리 하네. 됐다고 그래. 참, 갤러리는 왜 그만뒀어? 거기서 잘나갔잖아?"

"잘나간 적 없어. 그런 줄 착각했던 거지."

"괜찮아, 괜찮아. 시험공부나 열심히 해."

세진은 마리가 진심으로 고마웠다. 서로 이용만 하려던 사이에서 제법 우정이 싹트는 것 같았다. 마리가 마스크를 썼다. 청소까지 해줄 모양새였다. 세진은 감동의 물결이 밀려오는 듯했다.

"그럼 나 먼저 가. 목감기가 있어서 이런 데 오래 못 있어."

그럼 그렇지. 세진은 허탈하게 웃으며 그녀를 보냈다.

박무삼의 등장에 박무일은 침대에 기대어 앉으며 그를 노려보았다. 박무삼은 불호령이 떨어질 것이라 생각하며 눈을 질끈 감았다. 박무일은 그런 박무삼을 보다 한숨을 내쉬며 창밖을 내다보았다. 박무삼은 살포시 실눈을 뜨고 박무일의 눈치를 살피며 말했다.

　"행님, 여러모로 심기 불편하게 해드렸습니다. 용서하이소."

　박무일은 가타부타 말이 없었다.

　"조만간 신도시 프로젝트가 본궤도에 오를 겁니더. 행님 숙원 사업인데 모쪼록 완공은 보셔야지예."

　박무삼은 형의 철저한 무시에도 각본대로 대사를 내뱉었다.

　"걱정거리가 하나 있다모 건우 고놈인데……."

　박무일이 자세를 고쳐 앉았다. 자식의 이름이 나오자 저절로 몸이 반응했다.

　"경험도 있고, 나이도 찼으니 적당한 계열사 하나 맡겨볼까 합니더."

　"건우를 사장으로 올린다꼬?"

　박무일이 박무삼을 미심쩍게 노려보았다.

　"네. 무진테크 정도면 건우가 맡기에 적당하지 싶은데……. 그전에……."

박무삼이 밖을 향해 소리쳤다.

"어이, 서류 좀 갖고 온나!"

비서 한 명이 빠른 걸음으로 들어와 서류를 내밀었다. 박무삼은 형의 눈치를 살피며 조심스레 서류를 건넸다. 박무일은 물끄러미 서류를 내려다보았다.

"경영 합의문 무효 동의서?"

"지분 포기하고 공동경영권 챙겨봤자 빛 좋은 개살구 아입니꺼. 탄탄한 계열사 하나 이끄는 게 건우 그놈아를 위해서도 백 번 천 번 낫습니더."

박무일이 갈등하는 것이 의외로 이경의 작전이 먹히는 거 같았다.

"묵은 서류 없어지모 건우도 더는 딴생각 안 할 겁니더."

박무삼이 펜을 조심스럽게 박무일에게 들이밀었다. 박무일은 순순히 펜을 받아들었다. 하지만 움직일 기색은 보이지 않았다.

"서명하이소. 행님! 다 건우를 위한 겁니더."

박무일이 고개를 들어 박무삼을 쳐다보았다. 자기의 결정이 옳은지 다시 한 번 확인하는 것 같았다. 박무삼은 천천히 고개를 끄덕였다.

"거기 서명만 하시모 됩니더."

박무일은 드디어 서명란에 사인을 했고 박무삼은 회심의 미소를 지었다. 고민하는 데는 시간이 제법 걸렸으나 서명하는 데 걸린 시간은 순식간이었다. 박무일은 서류를 동생에게 내밀었다. 박무삼은 긴 숨을 들이쉬며 서류를 받았다.

"아버지?"

병실에 들어선 건우가 수상한 기색을 느꼈다. 박무삼은 재빨리 서류를 안주머니에 넣었다.

"왔나?"

"뭐하신 거예요? 주머니에 넣으신 게 뭡니까?"

"니 작은아버지가 무진테크 맡긴다더라. 무삼아 맞제?"

박무일이 대신 대답하며 박무삼에게 확인을 받으려 했다.

"네, 건우 니는 준비하고 있거라. 쉬십시오. 행님."

박무삼은 형에게 깍듯이 인사하고 물러났다. 건우는 뭔지 몰라도 일이 잘못 돌아간다는 사실을 직감적으로 느꼈다. 박무일이 환자복을 추스르며 아들을 불렀다.

"무진테크가 규모는 작아도 알토란같은 회사다. 고집 피우지 말고 잘 이끌어보그라."

"작은아버지가 제안한 거면 안심 못 해요."

"지두 회장 되니까 맘에 여유가 생겼을 끼다. 그리고 지분 없는 경영권은 아무런 의미도 없는 기다."

건우는 좀 전 서류가 뭘 의미하는지 알 것 같았다. 아버지의 마음은 이해가 갔지만 계획했던 일이 어긋나 착잡하기만 했다.

"아까우셨어요? 지금까지 욕심 채워가며 충분히 가지셨어요. 저는 포기할 수 있는데 아버지는 왜 못 놓으세요?"

"한번 놓기 시작하모 당연하다고 여기는 것들이 줄줄이 다 새나가는 기라."

부자는 동시에 쓴웃음을 흘렸다. 하지만 그 웃음은 각자에게 다른 의미로 다가왔다.

"어서 와, 서 대표."

"하마터면 늦을 뻔했구먼."

장태준의 응접실이 북적북적했다. 이경은 조금 전 분위기를 안 봐도 알 것 같았다. 박무삼과 손 회장은 서로 서먹한 사이였고, 각자의 이익을 위해 손잡았을 뿐이었다. 이경은 그들에게 살짝 미소로 인사했다.

"서 대표 덕분에 골칫거리가 싹 해결됐네. 간발의 차이였어."

이경은 오랜만에 박무삼에게 흡족한 얼굴을 보였다. 건우는 막았으니 이제 슬슬 다음 계획을 실행할 때였다.

"안으로 드시죠."

남종규의 음성이 밉살스럽게 들렸다. 이경은 들어가자마자 한 방 터뜨려야겠다고 다짐했다.

"TJ 문화재단 출범식은 어르신께서 정치 재개를 공식 선언하는 자리가 될 겁니다."

다들 놀라서 이경을 쳐다보았다. 특히 장태준의 표정이 가관이었다. 남종규가 모두를 대신해 질문했다.

"서 대표님. 어르신의 정계 복귀 시점은 자서전 출간과 출판 기념회에 맞출 겁니다. 지금은……."

"너무 늦었죠. 지금이라도 출범식을 통해 뉴스거리를 만들고, 차기 대선 주자들이 어르신을 찾아오게 만들어야 합니다. 원하는 인재를 찾는 과정도 시간이 걸릴 테니까요."

"곳간을 채우는 일도 아직 덜 된 걸로 아는데?"

장태준은 아무래도 이경의 말이 내키지 않았다. 이경은 장태준 대신 그의 오른팔을 쳐다보았다.

"걱정 마세요. 백송재단에서 벌어졌던 착오나 자금 누수는 되풀이되지 않을 겁니다. 손 회장님이 최선을 다하고 있습니다.

"여부가 있겠습니까?"

손 회장은 모처럼 언급된 기회를 놓치지 않았다. 장태준은 그들을 반신반의하며 가늠했다.

"모든 게 차질 없이 진행되고 있습니다. 어르신께서는 한 걸음씩 발만 딛으시면 됩니다."

장태준을 비롯한 사내들의 얼굴이 묘하게 일그러졌다. 모두 이경에게 질리거나 감탄한 듯 했다. 그야말로 비선 실세였다.

세진은 심각한 얼굴로 노트북 자판을 두드리고 있었다. 깨끗해진 스튜디오는 사무실로 쓰기에 안성맞춤이었다. 도어 록이 해제되는 소리와 함께 문이 열렸다. 건우가 불쑥 들어섰다.

　"비번 잘 외웠네요?"

　그는 두리번거리며 탄성을 질렀다.

　"이런 데를 어떻게 구했어요?"

　"빈천지교라 은혜로운 이들이 좀 있어요."

　건우는 세진의 말에 연신 고개를 끄덕였다. 한동안 사무실 이곳저곳을 둘러보던 건우는 숨을 짧게 한 번 내쉬었다.

　"공동경영권 되찾으려고 했는데 망했어요. 아직도 지하실에 묶여 있고요."

　세진은 낙심한 건우에게 조금이나마 힘을 주고 싶었다.

　"저는 쥐뿔 아는 거, 가진 거 없는데도 대표님 막겠다고 이러고 있잖아요."

　그녀는 노트북을 펼치며 작업 상황을 설명했다.

　"일단 갤러리 S가 진행하던 사업, 관련 업체 위주로 조사하던 중이에요. 인터넷에서 얻는 정보라 한계는 있지만 티끌 모아 태산이니까."

　건우는 한없이 긍정적인 세진에게 진심으로 감명 받았다.

"폴더별로 분류 잘 했네요. 검색 요령도 제법인데요?"

"김 작가님이라고 컴퓨터 박사님이 있거든요. 그분한테 짬짬이 배웠어요. 하다 보면 막막해요. 이런 식으로 어느 세월에 찾나 싶기도 하고."

"실수는 저쪽에서 할 겁니다. 그때 세진 씨가 차곡차곡 쌓아둔 자료, 분명 요긴해질 때가 올 겁니다. 그럼, 본격적으로 시작해볼까요?"

건우는 재킷을 벗고 노트북을 끌어당겼다. 세진은 의자를 끌어다 옆에 앉았다. 건우는 마우스와 자판을 한참이나 만졌다. 세진은 집중하는 건우를 흐뭇하게 바라보았다. 프린터가 작동하자 그녀는 출력물을 챙겼다. 바쁜 와중에도 서로의 동선을 살피며, 훈훈한 분위기가 연출되던 중 모니터에 폭탄 하나가 떨어졌다. 건우의 얼굴이 사색이 되었다.

건우가 회장실로 향했다. 비록 찌라시에 뜬 정보지만 무진테크 매각 루머라 확인이 필요했다. 회장실 문이 열리고 사내 둘이 나왔다. 건우도 안면이 있는 자들이었다. 건우는 짚이는 게 있어 얼른 회장실로 들어갔다.

"방금 그분, 무진테크 고 사장님 맞죠?"

박무삼은 뜨끔했지만 태연히 그를 맞이했다.

"갑작스럽게 매각이라뇨? 무진테크 같은 실속 있는 회사를 팔아치우면 그룹에 손해예요!"

"허울만 그럴듯한 회사야. 경영수지 적자가 벌써 몇 년째다."

"연구 개발 비중이 크니까 투자는 감수해야죠. 장기적 안목으로 보면……."

"어이, 박건우. 여기 회장실이다."

박무삼의 말투가 삐딱해졌다. 건우는 멈칫했다.

"그룹 결정 사항인데 일개 직원이 뽀르르 달려와서 미주알고주알 떠들면 쓰겠나? 임원들하고 다 끝낸 얘기니까 토 달지 마라."

"아, 그래서 절 보내려고 하셨네요. 어차피 매각할 생각으로 저더러 무진테크 맡으라고 한 거군요. 한 달도 못 가는 사장직함 주고 생색내시려고요."

박무삼이 자세를 고쳐 잡으며 씩 웃었다.

"그건 우연의 일치라고 봐야지. 나가봐라. 전경련 모임 가야 돼."

건우는 박무삼을 노려보았지만 별다른 도리가 없었다. 박무삼은 느긋한 표정으로 자리에서 일어났다.

이경은 늘 바빴다. 욕심으로 똘똘 무장한 노친네들을 다루기가 여간 힘든 게 아니었다. 그녀는 뒷좌석에서 통화 중이었고, 탁이가 운전대를 잡고 있었다.

"회장님, 사내 반발 세력들이 있을 겁니다. 조용히, 개별적으로 진압하세요."

이경이 전화를 끊고 한숨을 쉬었다. 박무삼은 손이 가도 너무 많이 갔다. 인기척에 정면을 보니 룸미러에 탁의 시선이 보였다. 탁은 눈을 마주치자 묵묵히 운전하는 시늉을 했다.

"오래 버티네? 한번쯤 세진이 들여다볼 줄 알았는데."

"그럴 생각 없습니다."

"넌 내 명령대로만 행동하잖아. 네가 세진이를 보든 안 보든, 거기에 대해 난 명령 내린 적이 없어."

탁은 여전히 운전대만 잡았다. 이경이 피식 웃었다. 탁의 얼굴이 점점 심각해졌다.

"우리 탁이 뜻밖이네. 누군가에게 관심도 가지고……."

"미행이 붙었습니다."

생각지 못한 대답에 나름 모든 것에 대비한 이경도 잠시 당황스러웠다. 탁이는 룸미러와 사이드미러를 번갈아 살폈다.

"아까부터 따라오는 거 같습니다."

이경은 과연 누굴까 잠시 고민에 빠졌다.

"일단 알아서 따돌려."

탁이 미행을 모른 척하고 차선을 천천히 바꾸자 미행 차량도 뒤따라 차선을 변경했다. 신호가 바뀌자 탁은 건널목 앞에 정차했다. 뒤 차량도 차 한 대를 사이에 두고 멈췄다. 탁은 미행 차량임을 확신했다. 신호가 바뀌자 옆 차선의 차량들이 출발했다. 탁은 브레이크를 밟고 가만히 있었다. 뒤차가 요란하게 경적을 울렸다. 이경과 탁은 태연했다. 결국 뒤차는 차선을 바꿔 빠져나가며 창문을 열고 탁에게 욕을 한 바가지 퍼부었다. 미행 차량도 하는 수 없이 옆 차선으로 바꿔 지나갔다. 탁은 지나치는 차량을 살펴보았지만 진한 선팅 때문에 상대를 알아볼 수 없었다. 이경 역시 그 차량을 싸늘하게 지켜보았다.

통화를 끝낸 손기태가 부친 손 회장을 난처하게 쳐다보았다.
"중간에서 들켰대요. 그냥 철수했다고……."
"칠칠맞은 놈들 같으니."
"나중에 다시 붙일까요?"
"천하금융이라고 광고판을 달지 그러냐?"
손 회장은 혀를 끌끌 찼다.
"재단 만들면서 부려먹을 땐 언제고 이젠 지들끼리 쉬쉬 떡고물 나눠먹겠다 이건데!"
손기태는 멋쩍음에 괜히 더 흥분해서 말했다.
"약점 없는 인간은 없다. 서이경도 찾으면 반드시 나올 게야."
"어떻게요?"

손기태의 눈이 반짝였다.

"일본에 연락해. 서봉수 회장 쪽에 사람을 심어둬."

손 회장의 눈빛이 음흉하게 빛났다.

이경은 확인 차 장태준의 사저를 방문해 문을 열어주는 남종규를 유심히 살폈다. 아무리 포커페이스를 유지하더라도 이경은 읽어낼 자신이 있었다. 그녀의 시선을 받는 남종규는 영문을 몰라 하는 눈치였다. 아니구나! 이경은 이왕 온 김에 내일 말할 내용을 미리 전달해야겠다고 생각했다. 이경은 눈빛을 풀고, 그를 지나쳐 서재로 들어갔다. 장태준은 고전을 보며 필사하고 있었다. 필사만 하지 말고 그 뜻을 제대로 이해하고 행동으로 옮기면 얼마나 좋을까. 이경은 안타까운 생각이 들었다.

"다 끝나간다. 앉아 있게."

이경은 앉아서 기다리고, 뒤따라 들어온 남종규는 좀 전 이경의 시선에 불쾌감을 느꼈다. 장태준이 일어서자 그는 뒷정리를 시작했다.

"무진테크는 매각이 결정된 게냐?"

"사내 반발이 있지만, 회장 전결이라 무리는 없을 겁니다."

"옳거니. 조직이란 무릇 상명하복이 생명이니까."

장태준은 흡족한 상황에 무릎을 치며 말했다.

"재단 출범식 앞두고 몇 가지 당부드릴 내용이 있어 왔습니다. 이제부터 어르신의 이미지가 곧 정치입니다. 대중에게 우호적이고 친근한 이미지로 어필하도록 해야 합니다."

이경이 장태준을 보니 웬일로 거부감을 나타내지 않고 들을 준비를 하는 것 같았다.

"첫째, SNS를 적극 활용하세요. SNS 전담 팀을 구성하시고, 짧고 선명한 메시지와 활발한 피드백은 젊은 유권자를 타깃으로 한 청년 이미지를 강조하는 겁니다."

장태준이 몸을 앞으로 내밀며 관심을 표했다.

"둘째, 집권 당시에 다소 강압적인 이미지를 벗고 친서민적, 탈권위적인 모습을 연출하세요. 언제 어디서나 미소를 잃지 않도록 철저하게 준비하셔야 합니다."

남종규가 이경의 강의에 참다못해 끼어들었다.

"어르신께서 직접 선거에 나가시는 게 아닙니다."

이경은 그를 아예 무시하고 말을 이었다.

"셋째, 정치인, 유력 인사들은 따로 만나시고 외부 활동의 모든 시간을 현장에 투자하세요. 재래시장, 공장, 학교, 병원 등 일정이 허락하는 한 최대한 찾아가셔야 합니다."

장태준이 미심쩍어 하며 말했다.

"내가 직접 표를 모으란 소리냐?"

"돈만 퍼부어 정치하는 시대는 끝났습니다. 어르신의 이미

지로 표를 모으고, 그 힘을 차기 대선 후보에게 실어줘야 합니다. 그게 바로 상왕에 이르시는 길입니다."

장태준은 이경의 말에 흡족한 표정을 지었다. 반면 남종규는 그녀의 빈틈없는 계획에 질려 하는 모습이었다. 이경은 차분하게 둘을 번갈아보며 의중을 살폈다. 어쨌든 온 보람은 있는 것 같았다. 미행한 이들의 배후도 누구일지 대충 짐작이 갔다.

날이 저문 지 한참이나 지나도 세진과 건우는 스튜디오에서 꼼짝하지 않았다. 건우는 노트북을 들고, 세진은 서류를 들고 한참이나 들여다보았다. 세진은 고개를 갸웃거리며 혼잣말처럼 내뱉었다.

"그렇게 성장 가능성이 큰 회사를 왜 갑자기 팔까요?"

건우는 모니터에 시선을 고정한 채 대답했다.

"모르죠. 매수자는 외국계 회사 콜린 컴퍼니예요. 대표이사가 마이클 강. 한국계 3센가?"

"콜린 컴퍼니, 마이클 강……."

세진은 어디서 들어본 기억이 있는지 미간을 찌푸렸다. 일순 막힌 봇물이 터지듯 세진의 입이 뚫렸다.

"예일대 경영대학원 출신, 재미 교포 3세, 절친 동창 중에 김현수라고 있어요."

건우는 그녀의 감정 없는 말투가 얼떨떨하고 무섭기까지 했다.

"세진 씨가 어떻게 그런 걸 다 알아요?"

세진이는 멋쩍게 웃으며 검지로 자기 머리를 톡톡 쳤다. 김 작가와 트레이닝할 때 입력된 정보였다.

"근데 김현수은 또 누굽니까?"

건우는 또 다른 의문이 생겼고 세진은 즉각 해결해주었다.

"장태준, 그분 처조카예요!"

건우는 장태준이라는 말에 매각 사건의 전말이 이해되었다. 세진도 곧 그 의미를 알아챘다. 건우는 당장이라도 달려가고 싶었지만 날이 새기를 기다렸다. 또 대비책을 강구할 시간도 필요했다.

날이 새로 시작되어도 혈육의 전쟁은 무진그룹 꼭대기 층에서 계속되었다. 건우는 작은아버지의 냉혹한 시선을 피하지 않았다.

"어디서 씨알도 안 먹히는 헛소리를 듣고 온 거야?"

"아무리 생각해봐도 무진테크 매각, 서이경 대표가 부탁한

일입니다. 작은아버지는 그룹 회장이면서도 그런 요구를 들어
주십니까?"

박무삼은 조금이라도 상황이 불리해지면 사투리를 쏟아냈다.

"인마, 우리 그룹 회사 판다고 서 대표가 무슨 이득이 있겠
노? 설령 그렇다 쳐도 내가 그따위 부탁을 들어줄 거 같나?"

"이득도 있고, 이유도 있습니다."

박무삼은 과연 건우가 이 일의 이면을 알고 있을지 초조하
게 그 대답을 기다렸다.

"작은아버지는 매각 지분 고스란히 챙기고, 서이경은 어르
신 처조카 김현수를 통해 알짜배기 회사 수익을 성북동 금고
에 채워 넣겠죠."

건우가 정확히 맞혔다. 박무삼은 꽤 놀랐는지 엉덩이를 소
파에서 살짝 띄우고 다시 앉았다.

"무진테크 직원들은 이유도 모르는 매각 때문에 구조조정
을 겁내고 있을 겁니다. 서이경, 그 여자 눈치 보느라 내 식구
들 불안하게 만들지 마세요. 부탁드려요."

건우의 진심 어린 말이 통했는지, 다 알고 왔는데 숨길 필
요가 없다고 생각했는지 모르지만 박무삼도 표정을 풀며 속
마음을 털어놓았다.

"내가 온갖 지뢰밭 헤치고 여기 회장실까지 올 때, 내 유일
한 아군은 서이경 하나였다. 그런 관계가 니 말 몇 마디로 깨

지겠나?"

건우 역시 모처럼 작은아버지의 진심을 전해 들었지만 별 감흥을 받지는 못했다. 다 자신을 위한 말이고 변명일 뿐이었다. 이제 독한 말이라도 내뱉고 다시 전쟁 준비를 해야겠다고 결심했다.

"아직 이용가치가 남은 사이겠죠. 서이경한테 오래오래 쓸모 있으시기 바랍니다."

박무삼은 돌아서 나가는 건우 뒤를 그냥 노려볼 수밖에 없었다. 딱히 더 할 말도 없었다.

건우는 답답한 마음에 크게 심호흡을 하며 건물을 나섰다. 하늘을 향해선지 저 높은 빌딩 꼭대기를 향한 건지 모를 원망도 함께 뱉어내는 듯 했다. 건우는 다음 약속 장소로 발걸음을 옮겼고 근처에 있던 세진과 합류했다.

그 모습을 건너편에 지켜보는 이가 있었는데 탁이었다. 주차 단속에도 아랑곳없이 그 자리를 지키며 건우를 마크하던 중 우연히 세진이 함께 포착된 것이다. 탁은 놀라움과 궁금한 마음을 어쩌지 못해 눈만 데굴데굴 굴렸다.

스튜디오는 엉망이었다. 온갖 서류와 야식의 흔적이 군데군데 흩어져 있었다. 세진은 출력물을 들고 장애물을 교묘하게 피하며 소파에서 쉬고 있는 건우에게 다가갔다.

"1차 회동에 참석 가능한 사장, 임원들 명단이에요."

"고마워요. 만나본 분들이 명백한 해사 행위라고 얘기했고, 임원회의, 임시 주총 등 가능한 수단 다 동원해서 같이 매각 저지하기로 했어요. 내일 1차 회동 때 구체적인 방법을 결정해야죠."

건우가 명단을 꼼꼼히 확인하는데 도어 록 소리가 들렸다. 둘은 놀라며 동시에 현관문 쪽으로 고개를 돌렸다. 마리가 양손에 간식거리를 가득 안고 들어섰다. 그녀 역시 건우를 발견하고 말문이 막혔다. 세진이 웃으며 간식거리를 받았다.

"전화하고 오지. 여기 빌려준 친구 손마리."

건우는 반가운 얼굴로 일어섰다.

"아, 천하금융 손녀따님? 이래저래 얘기 많이 들었어요."

마리는 인사를 못 하고 눈만 껌뻑이며 세진과 건우를 번갈아보았다. 세진은 마리가 둘 사이를 의심할까 봐 서둘러 건우를 인사시켰다.

"여기는 무진그룹 박건우 씨."

"재벌 2세가 공무원 시험은 뭐 하러 치게요?"

마리의 예상치 못한 말에 건우는 들고 있던 명단을 떨어뜨렸다.

"낼 회동 준비를 위해 충전 좀 하겠습니다."

건우는 떨어진 명단과 짐을 챙기며 나갈 채비를 했다. 마리는 빙그레 웃는 세진과 건우를 계속 번갈아보았다.

건우가 나가자 세진은 테이블 한쪽을 깨끗이 밀어내고 간식을 푸짐하게 깔았다.

"잘 됐다. 먹고 좀 쉬자."

"어쩜 그렇게 감쪽같이 속이냐?"

"미안. 설명하기 복잡한 일이라서."

"손거울로 나한테 천오백 덮어씌울 때 알아봤다. 그 거울 깨트려서 무지 속상했어. 그래도 일본 장인이 만든 거니까 몇 십만 원은 할 텐데."

세진은 차마 오천 원짜리라고는 말하지 못하고 겸연쩍게 웃었다.

건우가 시계를 들여다보았다. 길게 뻗은 테이블 위에는 회동에 참석할 예상 인원만큼 회의 자료가 세팅되어 있었다. 건우는 매각 반대를 관철시키며 세를 불릴 기회를 잡았다는 기대감에 한껏 부풀어 있었다. 그리하여 결국엔 회장 자리를 되찾아 올 수도 있을 거라는 생각도 들었다. 그는 다시 한 번 시간을 확인했다.

건우는 연신 시간을 확인하며 초조함에 주위를 서성이기 시작했다. 약속 시간이 한참이나 지났지만 아무도 도착하지 않았던 것이다. 건우의 얼굴은 점점 굳어져갔고 결국엔 자리에 풀썩 주저앉았다. 회동은 불발이었다.잠시 뒤 회의실 문이 열리고 저만치 누군가 들어섰다. 이경이었다. 건우는 충격에 한 발짝도 움직일 수 없었다. 그녀는 곧장 건우 앞에 자리했다.

"초대를 했는데 아무도 안 오면 어쩌나?"

"초대받지 않은 친구라도 왔으니 조금 위로가 되네. 근데 식사는 못 하겠다. 우리 둘만 쓰기엔 방이 너무 넓어."

"세진이도 부르지 그랬어. 그 아이는 철이 없어서 그렇다 쳐도 너까지 그러면 안 되지."

"세진 씨는 자기 방식대로 증명하려는 거야. 네가 가려는 그 길, 결국 벼랑 끝이라는 거."

"똑똑한 아이야. 자기 껍질만 깼으면 인생이 달라졌을 텐데."

"너처럼 변할까 두려웠겠지."

"나처럼 되고 싶다고 했어, 얼마 전까지. 세진이한테 잘해줘. 앞으로 점점 힘들어질 거야. 그 아이가 흔들린 거, 네 탓도 있어."

"그 일 시킨 사람이 너잖아."

이경은 건우를 외면하고 빈자리를 둘러보았다.

"다 모였으면 제법 위협적이었을 거야. 혹 네 욕심에 세진이를 이용하지 않았으면 해. 그럼, 다음 수를 기대할게."

이경은 토각토각 소리를 내며 건우를 남겨두고 돌아섰다. 건우는 마른세수를 하며 패배를 곱씹었다. 폰이 울렸다. 세진이었다. 건우는 한숨과 함께 전원을 꺼버렸다.

세진은 고개를 갸웃거리다 폰을 내려놓았다. 한숨을 길게 내쉬며 테이블 위에 펼쳐놨던 자료를 다시 집어 들었다. '백송 재단 운영 현황' 서류철이었다. 세진은 제법 괜찮은 수 하나를 발견한 것 같아 전화를 걸었으나 건우가 전화를 받지 않아 김이 빠져 버렸다. 세진은 주먹을 힘껏 한 번 쥐고는 서류를 다시 검토하기 시작했다.

"마리한테 들었어요. TJ 문화재단, 천하금융에서 만든 거나 마찬가지라면서요?"

손기태는 자신의 딸을 들먹이며 자신의 앞에 앉아 있는 세진을 노려보았다.

"네가 왜 궁금한데?"

"재단 설립에 관한 자료 볼 수 있을까요? 백송재단은 비리 때문에 검찰 수사까지 받았잖아요. 새로 만든 재단은 어떻게 대비했는지 알고 싶어요."

손기태는 어이가 없었다.

"어이, 잘못 찾아온 거 아냐? 여기 천하금융이야. 서이경하고 해피하게 잘 지내고 있다고."

"갤러리 있을 때, 눈치껏 다 파악했어요. 사장님도, 손 회장님도 대표님한테 불만 엄청 많은 거. 재단 일도 마지못해 도와줬고요."

"얘가 당돌한 소릴 하네."

"출처는 비밀로 할게요. TJ 재단 자료 좀 꼭 보여주세요."

"고민을 좀 해봐야겠는데."

"절대로 회장님이나 사장님께 피해가지 않게 할게요."

"나도 생각이라는 걸 해봐야지. 저녁에 보자고. 연락 줄게."

세진은 환한 미소와 함께 직각에 가까운 움직임으로 공손의 예를 취했다. 손기태는 세진의 뒷모습을 안쓰럽게 쳐다보았다. 이경이 전화로 미리 언질을 준 상황이었다. 세진이나 건우가 아마 신규 재단에 관한 자료를 부탁하러 찾아올 것이라고.

그러면 의심을 피하기 위해 적당히 시간을 끌고 자료를 그냥 넘기라고 했다. 손기태는 이경의 속내를 알 수 없었다.

장태준은 의식을 치르듯 경건하게 양복 조끼를 갖춰 입었다. 행사를 준비하는 장태준의 각오는 비장했다. 남종규 역시 주군의 출정에 감격스러워했다.

"칩거 4년 만입니다, 어르신."

"이보게, 남 군. 새로운 재단이 안정권에 들고, 차기 대선 후보가 확정되면 말일세……."

"네, 어르신."

"그 아이는 버려야겠지?"

제법 고급 분위기를 연출하는 레스토랑 입구에서 세진은 종업원의 안내를 받아 한 내실로 들어갔다. 문이 열리자 일단 고개 숙여 인사부터 하며 안으로 들어서는데 세진이 갑자기 우뚝 멈춰 섰다.

"약속한 사람이 아니라 실망한 눈치네."

세진을 기다리는 이는 손기태가 아니라 이경이었다. 세진은 말문이 막혔다.

"손기태 사장은 안 올 거야. 건우랑 같이 올 줄 알았는데."

이경은 언제나 저런 식이었다. 세진은 얼른 평정심을 찾았다.

"박건우 씨는 다른 일로 좀 늦을 거예요."

이경이 앉으라는 듯 눈짓을 보냈다. 세진은 즉시 자리에 앉아 이경을 자세히 바라보았다. 놀랍기도 하고, 반갑기도 한 미묘한 감정이 들었다. 이경 역시 마찬가지였지만 담담한 표정을 유지했다. 세진은 뭐든 말을 시작해야 했다.

"재단 출범식 뉴스 봤어요. 바쁘셨죠?"

"바쁜 사람은 너겠지. 내 약점 조사하느라고."

"생각만큼 잘 되고 있진 않아요. 대표님이 워낙 대비를 잘해놓으셨어요. 오늘도 실패했잖아요."

이경은 그제야 생각난다는 듯 옆 좌석에 놓인 서류 봉투를 들어 올렸다.

"아, 재단 자료를 달라고 했던가?"

세진이 미심쩍게 쳐다보았다. 이경이 눈짓으로 열어보라 했다. 세진이 확인해보니 재단 관련 서류가 아니고 작은 봉투가 들어 있었다. 봉투 속에는 엄청난 액수의 수표 한 장이 들어 있었다.

"네 거야. 가져도 돼."

"10억? 저한테 왜 이런 큰돈을……."

"퇴직금, 뜻밖의 횡재? 제목을 뭘로 붙이든 상관없어. 아무

조건 없어. 그냥 받아. 네 돈이니까."

세진은 액수를 다시 확인해보며 이경을 훔쳐보았다. 혼란스러웠다. 세진은 흔들리는 눈빛을 바로잡으며 눈을 감았다. 마음이 가라앉으며 정신이 또렷해졌다. 세진이 눈을 떴다.

"무슨 뜻인지 알겠어요. 제가 이 수표를 받든 안 받든 대표님은 이미 목적대로 된 거예요. 이걸 받으면 전 하던 일을 그만두겠죠. 더 이상 대표님 약점을 캘 명분이 없어져요. 매수당하는 셈이죠."

이경이 세진의 분석에 살짝 미소 지었다.

"받지 않았을 때는 두고두고 후회할 거예요. 돈이 아쉬울 때마다 뭔가 힘든 일이 생기면. 그때 그 돈을 챙기는 건데…… 한심한 생각이 계속 들겠죠."

"수학 문제 받아놓고 국어 작문하는 성격은 여전하네. 복잡한 계산이 아니야. OX 퀴즈 같은 거지. 그 수표를 받는다, 받지 않는다. 10초 안에 결정해."

세진은 수표를 보았다. 가슴이 뛰고 호흡이 가빠졌다. 이경은 입을 다물고 있었지만 세진의 귀에는 초 세는 소리가 크게 들렸다. 이경이 배팅한 금액이 주효했다. 세진은 초 단위로 갈등했다. 어느덧 주어진 시간이 다 끝나갈 무렵 문이 벌컥 열렸다. 건우였다.

"내가 좋아하는 사람들이 다 모였네. 어서 와."

건우가 다가와 이경의 옆자리가 아닌 건너편, 세진의 옆자리에 앉았다.

"손기태 사장은 어떻게 치웠어? 협박? 아니면 이런 식으로 매수한 거야?

"자기 욕심을 겁내는 사람을 위한 게임이야."

"겁낸 적 없어요."

"그렇게 믿고 싶은 거겠지."

이경은 수표를 챙겨 넣으며 다른 서류 봉투를 앞으로 내밀었다.

"막 재밌어지려던 참인데, 게임을 멈춰야겠네. 찾고 있는 TJ문화재단 자료, 여기 있어."

세진과 건우는 믿을 수 없었다. 이경은 세진 옆을 지나치며 대수롭지 않게 말을 던졌다.

"좋은 날, 좋은 일로 다시 보자."

"대표님."

세진이 부르자 이경이 멈췄다. 말은 건우가 꺼냈다.

"너무 달리지 마. 네가 손잡은 패거리들, 널 배신할 거야."

"믿었을 때 당하는 게 배신이야. 다행히 난 아무도 안 믿거든. 그런데 이 순진한 아이, 언제까지 이용할 거야?"

"날 여기까지 끌고 온 사람이 세진 씨야. 포기를 몰라. 나이상으로 널 걱정하고."

이경이 다시 세진을 보았다. 세진이 안쓰러운 눈길로 자신을 바라보고 있었다.

"다시 보니까 좋다."

"다음엔 이상한 게임 같은 거 안 하고 웃으면서 봐요."

이경은 짧은 미소만 남기고 돌아섰다. 세진과 건우는 물끄러미 그녀의 뒷모습을 바라보았다.

방 문 의 목 적

　이경이 장태준의 사저 응접실에 발을 디뎠다. 전과 달리 접견을 기다리는 정·관계 인사들로 북적였다. 이경이 냉랭한 눈빛으로 잠시 둘러보았다. 서재 문이 열리자 신문사 기자들을 이끌고 남종규가 나왔다.

　"어르신 참뜻이 그대로 담긴, 좋은 기사 부탁드리겠습니다."

　남종규는 환한 미소로 그들을 배웅한 후 이경에게 다가왔다.

　"오셨습니까?"

　"어수선하네요."

　"다들 어르신의 복귀를 기다려왔다는 뜻 아니겠습니까?"

　"이 시간 이후 접견 예정, 모두 취소시키세요."

남종규는 꿈틀거렸다. 저 여자는 분명 남 속을 긁는 타고난 재주를 타고났을 거란 확신이 들었다.

이경은 똑같은 말을 장태준에게도 전했다. 장태준은 언짢은 눈빛으로 그녀를 가늠했다. 남종규가 안으로 들어오며 황망한 표정으로 보고했다.

"모두 돌려보냈습니다. 어르신이 갑자기 피로해지셔서 쉬신다고 전했습니다."

"사람들 앞에 나서라고 등 떠밀 땐 언제고, 이제는 날 찾아온 손님까지 내쫓으라니……"

"손님이 아니라 철새들입니다. 선거 때마다 둥지를 바꾸는 정치 철새들. 가까이 둬봐야 모이만 축낼 뿐이죠."

이경은 장태준을 똑바로 쳐다보며 말했다.

"정치는 세 싸움일세. 알 좋은 열매도, 벌레 먹은 낙과도, 한 부대에 담아서 무게를 늘리는 게야."

"그게 세상이 욕하는 구태 정치의 표본이죠."

"서 대표님!"

남종규가 더 이상 듣지 못하고 이경의 말문을 막았다. 이경은 남종규를 쏘아보며 말했다.

"어르신을 충심으로 모시고 싶다면, 사람을 걸러내세요. 기자들 비위나 맞추지 말고."

남종규는 주위 물건들을 살폈다. 마음 같아선 아무거나 들어 이경의 머리를 찍어버리고 싶었다.

"묵은 때는 벗겨내고 시작하셔야 합니다. 사람도, 습관도 새로운 시대에 맞추셔야죠."

장태준은 안경을 슬쩍 한 번 들어 올리고는 미소를 지었다.

"자네 돈 버는 재주는 있는데 정치하는 묘수까지는 모르는가 보이."

"원리는 똑같습니다. 부와 권력을 가진 사람은 적고, 못 가진 사람은 뺏으려고 발버둥 치기 마련이죠."

"뺏기지 않을 자신이 있다?"

"빼앗으면서 여기까지 왔으니까요."

장태준은 다시 한 번 안경을 치켜들었다.

"남 군, 앞으로는 불필요한 접견을 줄이게."

"분부대로 하겠습니다."

남종규는 입술을 깨물었다. 이경은 만족스러운 표정으로 서류를 꺼냈다.

"콜린 컴퍼니에서 무진테크 인수에 대한 자료를 보냈습니다."

무진에 꽂아둔 조 이사가 갤러리로 때 이른 복귀를 했다. 그는 박무삼의 조직적인 술수로 회의에 참석치 못했다고 보고했다. 이경은 고개를 끄덕이고는 박무삼에게 전화를 걸었다.

"회장이 출석 체크까지 할 수야 있나? 실무자들이 착오가 있었던 게지. 예민하게 굴지 마쇼. 오늘 회의, 별 내용도 없었어. 난 1시간 내내 졸다 나왔다니깐."

"다음 회의 땐 착오 없길 바랍니다."

이경은 일단 속아주기로 하고 전화를 끊었다. 조 이사가 다가왔다.

"오늘 회의록은 전달받았습니다. 사업 진행에 대한 일반적인 검토였고, 특기 사항은 없습니다."

"회의록이야 얼마든지 수정할 수 있죠. 작가님 무진 내부 망은요?

"요 며칠 수상해요. 평소에 비해 공유되는 자료나 코멘트가 조금 줄어든 느낌이랄까? 다른 공유 망을 돌리는 게 아닐까 싶어 추적하고 있어요."

이경이 박무삼의 어설픈 장난에 쓴웃음이 나왔다. 그녀는 탁에게 고개를 돌렸다.

"박무삼 회장 따라 붙겠습니다."

탁이 눈치껏 선수를 쳤다.

"아니. 박 회장 말고 다른 사람."

이경은 뭔가 짚이는 데가 있었다.

이경과의 통화를 능청스럽게 끝낸 박무삼은 입가를 실룩거렸다.

"새파란 여자애한테 휘둘려주는 것도 하루 이틀이지. 지가 잘났다고 설쳐봤자 독불장군 오래 못 가요. 안 그렇소?"

박무삼 건너편에 남종규가 앉아 차를 마시고 있었다.

"회장님이라면 제 뜻을 충분히 이해하실 거라 생각했습니다."

"어르신 정치 행보까지 참견할 정도면, 그동안 나는 오죽 시달렸겠나? 이거 해라, 저건 안 된다……."

박무삼은 그동안 느낀 모멸감에 고개를 흔들며 치를 떨었다.

"말을 안 해서 그렇지, 나도 속이 시커멓게 타 들어갔다 이거요."

"큰일을 도모할 때는 균형과 견제가 중요합니다. 어느 한쪽의 일방적인 독주는 모두를 위험에 빠뜨릴 수 있지요."

"그래서 어르신께서도 서이경 대표가 탐탁지 않다는 말씀인가?"

박무삼의 눈빛이 반짝거렸다.

세진은 건우가 서류를 검토하는 모습을 물끄러미 바라보았다. 이경이 준 새 재단 자료였다. 그가 검토를 끝냈는지 서류를 테이블 위에 가볍게 던졌다.

"제 말이 맞죠?"

"세진 씨 말이 맞네요. 꼬투리 잡힐 항목은 없어 보이네요."

세진은 건우가 뭐라도 하나 건질 줄 기대했지만 결과가 똑같아 맥이 빠졌다.

"확인하고 또 확인했는데, 대표님 말이 맞았어요. TJ 문화재단은 백송재단 같은 허술한 구멍이 없더라고요."

"애초에 멀쩡한 자료를 줄 리가 없잖아요."

"대표님은 그런 걸로 거짓말 안 해요. 숫자 하나하나, 확실하게 챙겼고, 자신 있으니까 넘겨준 거예요."

"이경이를 두둔하네요. 갤러리 S에서 파견 나왔어요?"

건우가 농을 건네자 세진의 얼굴이 살짝 붉어졌다. 갑자기 문 두드리는 소리가 났다.

"마리 씨 온다고 했어요?"

"아뇨, 걔는 비번 아는데⋯⋯."

건우는 테이블 위에 놓인 일자형 스탠드를 손에 꽉 쥐고 현관으로 향했다.

"누구세요?"

"접니다, 팀장님."

건우는 놀라며 얼른 문을 열었다.

"실장님이 여긴 어떻게⋯⋯."

"죄송합니다. 뒤를 밟았습니다. 오늘 사표 내고 왔습니다."

"일단 들어오세요."

세진은 문 실장과 어색한 눈인사를 나눈 후 커피를 내오기 위해 자리를 떠났다. 소파에 앉은 문 실자의 표정이 심각했다.

"오늘 성북동 남종규 씨가 그룹 회장실까지 찾아온 걸 보고 회사를 떠날 결심을 했습니다. 다른 일정도 물리고 1시간 가까이 밀담을 나누더군요."

문 실장의 말에 세진은 의아해했다. 서로 교류도 없었고, 만나더라도 장소는 항상 장태준 사저였었다.

"지금 이경이하고 힘겨루기 하고 있어요."

건우가 정확하게 핵심을 짚었다. 세 사람은 각자의 생각에 빠졌다. 한동안 이어진 정적을 깬 건 건우였다.

"옮길 회사는 정하셨어요?"

"아뇨."

세진이 불쑥 끼어들었다.

"그룹 비서실하고 비교도 안 되지만 여기서 일하시면 안 돼요? 실장님 같은 분이 도와주시면 완전 든든할 텐데……."

"세진 씨, 실장님은 여기서 일하기엔 오버스펙이에요."

"실망입니다."

문 실장이 딱딱한 어조로 건우를 쏘아보았다.

"그런 제안은 팀장님이 해주셔야죠."

문 실장은 건우의 대답을 듣지도 않고 사무실을 쭉 둘러보며 머릿속으로 체크했다.

"제가 쓸 PC하고 사무 가구는 임의대로 들여놓겠습니다. 세진 씨, 저 프린터, 분당 몇 장까지 출력되나요?"

문 실장은 나름 명당자리에 자신의 터를 닦기 시작했다. 건우는 흐뭇한 마음으로 문 실장을 바라보았다. 세진이 넌지시 말했다.

"무진그룹 상황을 대표님에게 한번 여쭤봐야겠어요. 그것도 하나의 방안이 될 것 같아요."

"네?"

"건우 씨, 제가 한 번 알아서 해볼게요."

건우가 세진을 보니 이미 그녀는 각오가 서 있는 것 같았다.

찬바람이 거셌다. 사거리 큰 대로 한쪽 모퉁이에 세진이 추위에 발을 동동 구르기 직전, 이경의 차가 멈춰 섰다. 세진이 올라탔다. 마침 신호도 바뀌어 차가 사거리를 관통했다. 세진은 이동하면서 간단한 자초지종을 알렸다. 차는 사거리 신호에 걸려 다시 멈춰 섰다.

"설마 알고 계셨어요?"

"대강 그 두 사람, 왜 만났는지도 짐작 가는 게 있지. 사실 어제 네 전화 받을 땐 잠깐 다른 생각을 했어. 끝내지 못한 게임을 다시 하고 싶은 걸까 했는데 말이야."

"그런 큰돈을 함부로 받을 이유가 없잖아요."

"이 난장판에서 빠져나가는 티켓이었어."

세진은 뭔 말을 하는지 물어보고 싶었으나 한 템포 쉬기로 했다.

"깊이 파고들수록, 점점 위험해질 테니까. 다 잊어버리고 떠날 수 있는 편도 티켓, 넌 그걸 거절한 거야."

"대표님만 두고 갈 순 없죠. 그렇게 위험해지는데."

이경이 피식 웃었다.

"저는 진심이에요!"

"초식동물이 용감해봤자 맹수들 먹잇감밖에는 안 돼. 도망칠 수 있을 때 도망쳐. 너도, 건우도."

"그 얘긴 박건우 씨한테 전할게요. 전 겁날 것도 없어요."

이경이 세진을 가만히 바라보았다.

"이렇게 엉망진창 되라고 가르친 적 없는데."

"좋은 점도, 나쁜 점도 대표님한테 배웠을 거예요."

"다음 사거리에서 내려줄게. 너랑 같이 갈 곳이 아냐."

이경은 쓴웃음을 지으며 차를 출발시켰다. 세진은 이경과의 만남이 곧 끝나는 것이 아쉬웠다.

이경은 박무삼의 변명거리가 궁금했다. 박무삼이 그녀의 차가운 눈길을 피하지 않고 나름 선전했다.

"남종규 그 인간, 당최 악질이야. 내 약점 리베이트 자료를 쥐고 있으니 자기 말에 따르는 게 좋을 거다, 그러고 협박하더라니깐!"

이경은 담담하게 응시하며 그의 변명을 좀 더 들어보기로 했다.

"내 그래서 눈물 쏙 빠지게 호통 쳤지. 무슨 소리냐? 서 대표야말로 우리 브레인이고, 보밴데 지금 알력 다툼할 때가 아니라고⋯⋯."

이경이 회장을 부르며 말을 끊었다. 더 이상 수준 이하의 작문 실력을 들을 재간이 없었다. 박무삼은 손을 내저으며 준비한 작문을 마저 읽으려 했다. 이경은 얼른 그의 입을 막았다.

"남종규 이사장은 무진그룹에 들른 뒤에 다섯 개 기업체를 더 찾아갔습니다. 무진을 포함해서 모두 TJ 문화재단에 거액의 출연금을 약속했고, 조만간 자금 집행을 앞둔 회사들이죠. 그런데 말입니다, 이런 상황은 어떨까요? 재단 실무를 지휘하는 서이경이라는 여자의 평판이 갑자기 악화된다, 그 결과 출연금 모금에 차질이 생기는 거죠."

박무삼의 정곡을 찔렀다. 그의 말이 궁색해지고 톤이 낮아졌다.

"누, 누가 그런 근거 없는 소문을 퍼트리겠어? 서 대표 능력이야 최고지."

"회장님 말씀 들으니까 안심이 되네요. 혹시라도 이상한 소리가 들리면 알려주세요."

"암, 그래야지."

이경은 박무삼에게 항복을 받아내고 다음 상대를 찾아갔다.

장태준이 이경을 태연하게 바라보았다. 수세에 몰렸지만 그 기세는 전혀 꺾이지 않았다. 백전노장의 저력이 드러났다.

"그 일은 내가 지시했던 걸세. 우리 재단을 위해 어려운 결정을 해준 기업들인데 정식으로 인사는 해야지. 그래서 남 군더러 일일이 찾아가 보라고 한 게야."

이경은 속으로 그 말을 믿지 않았지만 미소를 보였다.

"작은 행동이 큰 오해를 불러올 수 있으니까요."

"서 대표하고 미리 상의하지 그랬나?"

장태준이 남종규를 가볍게 나무랐다. 남종규는 급히 이경에게 목례하며 사과했다. 이경 역시 화해의 제스처를 취하고 서재를 빠져나왔으나 늙은 호랑이가 수작을 부리기 시작했다는 걸 감지했다.

서재에 남은 장태준은 헛기침을 하며 불편한 기색을 표했고, 남종규는 몸 둘 바를 몰랐다.

"내가 저런 아이 앞에서 구차한 소리나 늘어놔야겠는가?"

"제 생각이 짧았습니다, 어르신."

"허투로 볼 상대가 아니야. 앞만 살피지 말고 뒤를 파헤쳐보게."

장태준은 꽉 다문 어금니에 더욱 힘을 실었다.

박무삼이 뒷짐 지고 창밖을 내다보았다. 표정이 언짢은 것이 아무래도 이경과의 대화에서 주눅 든 자신의 모습에 환멸을 느낀 것 같았다. 노크 소리에 비서가 문을 여니 건우가 들어왔다.

"퇴근 안 하셨다고 해서 잠깐 들렀습니다."

박무삼은 버릇없는 조카를 상대할 기분이 아니었다.

"언제부터 출퇴근 문안 인사까지 깍듯이 챙겼냐?"

"미우나 고우나 박 씨 집안 아닙니까?"

"등 돌리면 남보다 못한 게 핏줄이야."

"그랬다가 다시 화해하기도 쉬운 게 핏줄이죠. 아버지 요새 많이 좋아지셨어요."

박무삼은 가슴으로 번지는 죄책감에 멋쩍게 웃었다.

"다행이다. 은근히 걱정했는데……"

"말씀은 거칠게 하셔도 기왕에 작은아버지가 회장이 된 이상, 잘하시길 바라는 눈치예요."

박무삼의 마음이 착잡해졌다. 건우도 작은아버지의 상태가 감성적이라는 걸 느꼈지만 할 말은 하고 가야 했다.

"성북동이에요, 서 대표예요? 무진그룹을 자기 걸로 알고 나대는 쪽이."

"인마, 회장이 난데……."

뻔한 거짓말이기에 박무삼은 스스로 말문을 닫았다.

"솔직히 작은아버지를 존경하진 않습니다. 그렇다고 미워하는 것도 아니에요. 서이경! 작은아버지가 아차 하는 사이에 회장실까지 쳐들어올 겁니다."

박무삼은 부인할 수 없었다. 작은 신음 소리가 입 밖으로 나왔다.

"서 대표는 제가 견제하겠습니다. 작은아버지는 모른 척 뒤에서 절 도와주세요."

"박가 집안이 합심해서 그룹을 지켜내자?"

"그보다 중요한 문제는 없어요, 작은아버지."

무삼은 반신반의하면서 작전이라도 있느냐며 물어도 건우는 그냥 씩 웃고 말았다.

김 작가가 난처한 목소리로 남종규가 방문했다고 이경에게 전했다. 이경은 인상이 절로 찌푸려지고 한숨까지 나왔다. 생각해보면 요즘 한숨 쉬는 날이 많아진 것 같았다. 그녀는 옷매무새를 가다듬고 아래층으로 향했다.

남종규는 갤러리 실내를 둘러보며 감탄했다. 왠지 묘한 분위기이면서도 차가움과 따뜻함이 공존하는, 뭔가 딱딱 맞아떨어지는 느낌이었다. 그는 계단 아래로 내려오는 이경을 보며 살짝 인사를 건넸다. 이경도 눈인사로 응답했다. 참 서로 할 짓이 아니었지만 어쩔 수 없었다.

"어려운 걸음 하셨네요. 그만한 용무겠죠?"

"어르신께서 난을 선물하셨습니다. 사무실에 놓으면 분위기가 다를 거라 하시네요."

이경이 눈짓하자 탁이 다가와 난 화분을 받았다. 그가 한쪽으로 들고 가는데 김 작가가 다가왔다.

"도청기 있나 스캔해."

"그럴 생각이었어요."

둘이 자리를 비켜주자 남종규가 방문 목적을 밝혔다.

"서로 입장이 뻔한데, 돌려 말하지 않겠습니다. 근래 서 대표가 무리한 의견을 밀어붙인 탓에 어르신께서 내심 거북해하십니다. 서 대표를 충분히 인정하지만 지켜야 할 선이 있는 거니까요."

이경은 그래서? 라고 묻듯 턱을 치켜들었다.

"어르신의 심기를 건드리지 마세요. 온화한 분이지만 한번 역정 나시면 감당하기 힘들 겁니다."

"그러죠. 다른 용건 남았나요?"

남종규는 선선한 의외의 태도에 당황했다.

"알아들었으니까 돌아가시죠. 다음에 오실 땐 약속부터 잡고 오시면 좋겠네요."

그냥 나가기에는 모양새가 빠졌다. 남종규는 자연스럽게 대화를 하며 퇴장하고 싶었다. 머리를 서둘러 굴렸다.

"서 대표님 실력 발휘는 유능한 부하 직원들 덕이라고 들었습니다. 젊은 여자 분도 계신 걸로 아는데……"

"개인 사정으로 퇴직했습니다. 멀리 못 나갑니다."

이경은 돌아섰고, 남종규 역시 돌아설 수밖에 없었다.

남종규가 나가자 탁이 이경에게 다가왔다.

"화분은 깨끗합니다. 도청기나 카메라 같은 건 없고요."

이경은 바로 답하지 않았다. 풀린 나사가 머릿속을 돌아다니는 것 같았다. 금방 잡을 수 있을 것 같은데……. 가슴도 답답해졌다.

"그럼."

탁이 인사하고 물러나려는데 이경이 불러 세웠다. 드디어 나사를 제자리인지 장담할 수 없지만 한 곳에 꽂아 넣었다.

"당분간 특별한 호출 없을 때는 세진이 근처에 붙어."

"세진이요? 걔가 또 사고 쳤습니까?"

"감시가 아니라 경호야!"

탁은 명령이 떨어졌기에 즉시 수행하러 나섰다. 이경의 명령을 이해할 순 없었지만 평소보다 발걸음은 가벼웠다.

세진은 서류를 테이블 전체에 펼쳐놓고 온 신경을 다 쏟아부었다. 건우는 그 옆에서 그녀가 건져낼 유레카를 기대하며 대기 중이었다.

"몇 년 전에도 콜린 컴퍼니하고 장태준 전 대통령 관계를 추적한 기자가 있었는데요, 외압을 받은 건지 결국 흐지부지 됐어요. 결정적인 증인이나 연결 고리를 찾아야 하는데 아무리 뒤져도 안 나와요."

"나 점심시간 끝나가요. 한직으로 밀려난 직원이라도 근무 시간은 지켜야 하거든요."

세진은 시계를 보고는 서류를 부랴부랴 추슬렀다.

"잠은 좀 잤어요?"

건우는 세진이 너무 무리하는 것 같아 걱정이 되었다.

"잠이요? 잔 거 같긴 한데……."

"들어가서 푹 자고, 나중에 또 얘기해요. 이경이 때문에 마음 급한 거 알아요."

세진이 멈칫했다. 이경의 이름만 나와도 사고는 정지되었다. 본인도 왜 그러는지 이해가 되지 않았다. 상대가 이성이라면 당연 사랑이라고 생각했을 것이지만.

"이럴 때일수록 차분하게, 하나씩 접근하는 겁니다. 나도 나름대로 진행하는 일이 있으니까, 혼자 애쓰지 않아도 돼요. 들었어요?"

세진은 건우의 배려에 마음이 따뜻해지는 것 같았다.

손 회장은 험악한 눈빛으로 눈앞에 있는 괴이한 조합을 쏘아보았다. 세진과 건우가 소파에 앉아 장승처럼 버티고 있었다.

"돌아가게나."

"콜린 컴퍼니 실소유주에 관한 정보를 알고 계시잖습니까?"

건우가 단도직입적으로 물었다.

"자네가 이러고 다니는 거, 박 회장도 알고 있나?"

건우와 세진은 일언지하에 거절당하고 손 회장에게 쫓겨났다.

"손 씨는 손의성 회장만 있는 게 아니죠."

"설마?"

"세진 씨, 바로 그 설마예요. 손 회장보다 이경이에게 불만이 더 많은 사람."

"그렇지만 손기태 사장은 저번에 재단 자료 준다고 해놓고 우릴 속였잖아요. 대표님이 시킨 일이었겠지만."

"그러니까 건드려봐야죠. 내키지도 않는 일을 울며 겨자 먹기로 했다면, 그 일 시킨 사람한테 아주 맘 상할 거 같은데."

세진은 건우의 말에 고개를 끄덕였다.

"마리한테 전화해볼게요."

손기태가 카페 문을 박차고 들어와 두리번거렸다. 세진이 멋쩍게 손을 들어 위치를 알렸다. 손기태는 어이없는 표정을 지었다.

"당신들 미친 거 아냐? 마리 일 땜에 급하게 보자고 하더니 이게 뭐하는 짓이야?"

세진이 달래듯 최대한 공손하게 말을 건넸다.

"협회 재무이사 오래 하셨잖아요. 아는 것만 말씀해주심 돼요."

"몰라! 콜린 컴퍼니고, 성북동 어르신이고 아는 거 없어, 난."

손기태가 일어서는데 건우가 따라 일어났다.

"이렇게 가버리면 손 사장님만 손해예요. 천하금융이 언제까지 서이경한테 휘둘릴 겁니까?"

돌아서던 손기태의 발이 바닥에 붙었다.

"서이경이 힘을 잃으면, 천하금융도 예전 모습 되찾을 수 있어요. 귀찮은 일, 우리가 대신 해주겠다는 겁니다."

손기태가 코웃음을 치며 발걸음을 옮기려 하자 세진이 벌떡 일어섰다.

"제 빚은 언제 갚을 건데요?"

"무슨 빚? 뭔 개소리야?"

"킬러를 고용해서 절 납치했던 거요."

"언제 적 얘기를 이제 와서……. 그건 서이경인 줄 알고 그랬던 거지."

당황한 손기태는 그에게 다가오며 미소 짓는 세진에게 공포를 느꼈다.

조 이사가 다급하게 갤러리에 뛰어 들어왔다. 이경은 평소와 다른 그의 행동에 '뭔가 또 일이 터졌구나.'라는 생각에 짜증이 났다.

"이사님 지금 여기 오시면 안 되죠. 무진 신도시 기초공사 입찰이 오늘 아닌가요?"

"입찰에 문제가 생겼습니다. 업체 중 한 곳이 공정거래위원회에 양심선언을 했습니다. 이미 시공사가 내정돼 있었고, 사전에 입찰가 담합이 있었다고요."

이경은 정말 지겨웠다. 어디서 끊임없이 거치적거리는 장애물이 나타나는지 궁금했다. 우선 가장 하자가 많은 박무삼에게 전화를 걸었다.

"나도 방금 보고 받았어요. 서 대표가 정해놓은 업체 말이요, 거기 들러리 서게 된 나머지 회사 중에 누가 에라 모르겠다 하고 찌른 모양이야."

"업체 간 조율은 회장님이 마무리한 걸로 아는데요?"

"내가 시킨다고 다들 좋아서 따라왔겠나? 꾹꾹 참다가 터뜨린 거 같은데. 나도 입장이 곤란해. 과징금 물어야지, 재입찰 때까진 삽도 못 뜨게 생겼네."

"입찰 정보가 다른 곳으로 샜군요. 이런 경우엔 보통 내부에 적이 있기 마련이죠."

박무삼은 떨리는 목소리를 최대한 숨기며 계속 통화했다.

"그룹 안에 있다고? 알았어, 서 대표! 나도 최대한 알아보리다!"

이경은 전화를 끊고 씩 웃는 박무삼의 얼굴이 보이는 듯했다.

"이사님은 공정위 들어가서 자세한 경위부터 확인하세요."

건우는 스튜디오 소파에서 통화하며 엷은 미소를 보였다.

"네, 잘 하셨어요, 작은아버지. 재입찰 들어가면 이경이가 골라놓은 업체는 탈락할 겁니다. 공사비 부풀려서 비자금으로 돌리는 일도 어림없을 거예요."

통화를 끝낸 건우의 얼굴이 상기되었다. 모처럼 쏘아 올린 작은 박격포가 이경의 언저리에 떨어진 것 같았다. 세진 역시 노트북 속에서 하나의 성과를 내기 직전이었다.

"성북동 처조카 김현수 씨 전처가 지금 한국에 들어와 있나 봐요."

"다행히 손기태 사장이 뻥을 치진 않았네요."

"이제 친정집하고 지인들, 연락처부터 찾아보려고요."

세진은 신바람이 났다. 이경을 조금이라도 멈출 수 있겠다는 생각에 손이 자판 위를 날아다녔다.

붓을 쥔 손이 멈췄다. 장태준이 안경 너머로 시선을 들었다.

"지금 뭐라 하셨소, 손 회장?"

"콜린 컴퍼니의 실소유자를 추적하는……."

장태준은 보고를 하는지 고해성사를 하는지 몸을 사리는 손 회장의 말을 즉시 끊었다.

"아니, 그전에 한 얘기 말이오. 건우가 그 조사를 하고 있다고?"

"그렇습니다. 서 대표 부하였던 여자랑 함께 절 찾아왔습니다. 물론 아무 소득 없이 돌아갔습니다만."

장태준의 손이 부들부들 떨렸다. 더 이상 붓을 쥐고 있기가 힘들었다.

"허면 그 일에 서 대표까지 연루되었으려나?"

"그럴 리야 있겠습니까? 하지만 후일에 대비하는 건지도 모르지요. 미리 어르신의 약점을 파악해놓겠다, 그런 속셈이라면……."

장태준이 테이블을 주먹으로 힘껏 내리쳤다. 벼루가 또다시 바닥으로 떨어지며 파편을 날렸다.

스튜디오는 이제 전쟁터의 최전방이었다. 세진은 책상에서, 건우는 소파에서 각자 자기 일에 바빴다. 세진이 문득 고개를 들고 불안한 기색을 보였다.

"연락이 된다고 해도 김현수 씨 전처가 우릴 만나줄까요?"

"손기태 사장 말이 맞는다면 전남편한테 복수하려고 자료와 증거를 모아뒀을 겁니다. 그 회사에 성북동 어르신이 연루된 증거만 찾아내면 게임 끝이죠."

"그럼, 대표님 계획도 거기서 멈추는 거죠?"

"아무리 이경이라도 부패 스캔들에 얽힌 정치인을 킹메이커로 만들 순 없을 거예요."

두 사람은 다시 자신의 일로 돌아갔다. 그때 삑삑거리는 도어 록 소리가 느닷없이 들렸다. 문 실장은 집안일로 일찍 퇴근했고, 마리의 리듬감도 아니었다. 분명 다른 사람이다! 세진의 예감이 맞았다. 문이 열리고 정장 입은 사내 두 명이 들어섰다. 덩치는 비슷한데 나이가 못해도 20년 이상의 간극이 있어 보였다. 건우가 세진을 자신의 뒤로 물리며 앞으로 나섰다.

"당신들 뭐야?"

"자료 받으러 왔어요. 콜린 컴퍼니에 관한 거 전부. 자, 과장님 자료 챙기세요."

나이 든 이의 말에 다른 사내가 다가왔다.

"누가 보냈어? 남종규 이사장이야?"

사내 둘은 미소로 무장한 채 건우에게 다가섰다. 건우는 두 다리가 공중에 뜬 채 날아가 벽에 부딪혔다. 충격이 심했다. 세진이 다가와 일어설 수 있게 부축해 주었다.

"괜찮아요? 자료 같은 거 그냥 넘겨요!"

세진이 울부짖었지만 건우는 고개를 저었다. 입가에 묻은 피를 닦으며 두려웠지만 앞으로 한 발 내딛었다. 두 사내가 웃으며 그가 오기를 기다렸다.

"손님이 계시네."

모두 돌아보니 이경이 들어서고 있었다. 그 뒤로 탁이 가죽 장갑을 두 손에 끼우고 있었다.

"대표님!"

세진이 놀랍고 반가운 마음에 소리쳤다. 두 사내는 탁의 모습을 가늠하며 긴장했다. 이경은 그들을 신경 쓰지 않고 세진에게로 향했다.

"어떻게 된 거야?"

"자료를 뺏어가려고 해요. 콜린 컴퍼니란 회사를 추적하고 있었는데……."

"성북동에서 보낸 것 같아."

건우가 세진의 말에 덧붙였다. 이경은 대수롭지 않게 두 사내에게 나지막이 말했다.

"필요한 거 챙겨서 가요. 시끄럽게 하지 말고."

"어떡하죠? 저 두 분도 모셔 가야 하거든요."

연장자가 난처한 표정을 지으며 비아냥거렸다.

"그건 허락 못 하겠는데."

이경이 턱으로 탁을 불렀다. 탁이 쏜살같이 두 사내에게로 달려가 몇 걸음 만에 그들을 간단히 제압했다. 세진이 놀란 입을 다물지 못했다. 탁이 종합격투기에 투신하면 UFC 적당한 체급의 챔피언은 무조건 될 것이라 확신했다. 나름 사범 출신의 전문가로 감히 장담할 수 있었다.

"탁아 자료 챙겨."

건우가 막으려 했으나 이미 무릎이 풀린 상태였다.

"너 그거 갖고 있으면 다쳐. 성북동에 자료만 갖다 주면 저런 사냥개들, 더 이상 안 보낼 거야. 세진이도 위험해지지 않고!"

건우는 힘없는 자신을 경멸했고, 세진은 억울하고 속상했다. 이경 역시 마음이 좋지 않았다.

"도망치라니까."

이경의 혼잣말을 들은 이는 아무도 없었다. 이경이 돌아서 나갔다. 자료를 챙긴 탁도 세진을 힐끔 보더니 이경을 따라 나섰다.

건우는 응급실 침대에 걸터앉은 채 응급처치를 마쳤다. 세진은 안타까운 마음에 도리어 원망스러운 표정으로 그를 쳐다보며 말했다.

"지금껏 몰랐어요? 자기가 싸움 못한다는 거."

건우는 피식 웃었다. 부정할 수 없기에 웃음은 지극히 자조적이었다.

"하마터면 큰일 날 뻔했어요. 그깟 자료가 뭐라고. 그냥 넘겼어야죠."

"후회하고 있어요. 그래도 파트너는 모른 척 못 해요."

건우가 제법 멋있는 말을 던졌지만 세진은 대답 없이 돌아섰다.

"앞으로 더 위험해질 겁니다. 세진 씨가 여기서 그만해도 뭐라고 할 사람 없어요."

"대표님이 그랬어요. 언젠가 선택해야 할 때가 올 거라고. 전 대표님하고 다르게 선택했고, 지금 그 길로 가는 거예요."

"어쩌면 이경이 멈추지 않을 겁니다."

세진은 그의 말을 부정하고 싶었지만 고개를 가로 젓기 힘들었다.

"서 대표가 가져온 자료는 전부 폐기하겠습니다."

남종규는 이경이 들고 온 콜린 컴퍼니 자료를 들고 나갔다. 장태준은 여전히 언짢은 표정이었다. 이경이 그를 보고 담담히 보고했다.

"알아듣게 경고했습니다. 더 이상 어르신께 폐 끼치는 짓은 못할 겁니다."

"자네가 그리 말한다고 무조건 안심이 되겠는가? 그중 하나는 자네 식구라면서?"

"식구였습니다."

이경은 자신을 의심하고 있는 그의 역겨운 의중을 알아챘다.

"내 의심을 걷고자 했으면 그 아이들부터 처리했어야지."

"불필요한 희생입니다. 장차 어르신의 행보에 독이 될 수도 있고요."

장태준은 못 미더운 듯 이경을 안경 너머로 가늠했다. 이경은 자신의 의지를 보여주어야 했다. 저절로 목소리에 힘이 들어갔다.

"제 판단에 따라주시죠."

세진이 여유로운 얼굴로 갤러리를 방문했다. 식구들은 그녀의 등장에 놀랐으나 이내 반겨 맞았다.

"오랜만이다, 보고 싶었는데."

김 작가가 세진의 손을 덥석 잡았다. 세진이 나갈 때 가장 욕을 많이 했어도 들어올 땐 눈물 나도록 격하게 맞이했다. 세진은 멋쩍게 웃으며 말했다.

"대표님 뵈러 왔어요."

집무실 문을 열고 세진이 조심스레 들어섰다. 이경은 미리 예상하고 있었던 것처럼 미동 없이 앉아 있었다. 세진은 곧장 그녀에게 걸어갔다.

"제가 한 짓, 무모했던 거 알아요. 대표님 막아보겠다고 한 일이지만 그런 상황까지는 미처 생각 못 했어요. 저 때문에 위험해지신 거죠?

"그럴지도 모르지. 아닐 수도 있고."

"그래도 계속 가시려고요? 더 위험해질 게 뻔한 데도요?"

이경은 세진을 똑바로 쳐다보고 말했다.

"멈추는 순간, 죽어버리니까. 그래서 싸우는 거야. 살아 있고 싶어서."

"그렇게 싸우고, 다치다가 결국 쓰러지면요? 세상 꼭대기 그 자리는 무슨 의미가 있는데요?"

세진은 먹먹해졌다. 한편으로는 이토록 이경을 걱정하는 자신에게 놀랐다. 이경이 일어서 천천히 세진에게 다가갔다.

"의미를 찾으려고 올라가는 게 아니야. 올라가겠다는 욕망, 그 자체가 의미지."

세진은 이경을 아프게 바라보았고, 이경은 미소로 답했다.

장태준의 서재에 중압감이 흘렀다. 상석의 장태준을 위시로 박무삼과 손 회장, 남종규가 정좌하고 있었다. 장태준이 온화한 미소로 회의를 열었다.

"요새 일정이 빠듯해. 지금도 현충원 참배를 마치고 오는 길이고, 이 자리 파하는 대로…… 어디라고 했던가?"

남종규가 오른팔답게 거들었다.

"재래시장에 방문하셔서 상인들 애로 사항을……"

"그래, 그래. 이렇다니까."

손 회장도 분위기를 보고 대화에 살짝 올라탔다.

"신문에 우호적인 기사들이 많이 실리고 있습니다."

"국민의 기대가 크다는 뜻 아니겠습니까?"

박무삼 역시 마찬가지였다.

"그럼 뭐하겠는가? 화근덩어리 때문에 밤잠까지 쉬 오지 않는데."

장태준이 의미심장하게 좌중을 둘러보았다.

"자네들도 비슷한 고민을 하고 있을 게야."

남종규가 오랜 가신답게 끼어들 타이밍을 정확히 알고 있었다.

"어르신께서는 서이경 대표에 대해 심려가 크십니다. 탁월한 사업 능력은 인정하지만, 요즘 들어 지나치게 안하무인이 아닌가 하고요."

박무삼이 혀를 차며 진지하게 말했다.

"안 그래도 제가 몇 번 알아듣게 타일러 봤는데 도무지 남의 말을 안 듣습니다. 사업하는 사람이 경우가 좀 없던데."

손 회장도 이경에게 당한 것을 쏟아내고 싶었다.

"한마디로 천상천하 유아독존, 그게 서 대표지요."

장태준은 불평불만을 신중하게 들었다.

"내 그래서 내린 결론인데, 우리가 인생 선배 된 자격으로 그 아이한테 따끔한 가르침을 줘야하지 않겠나? 자네들 의견은 어떤가?"

장태준의 말을 질문이라고 생각하는 사람은 없었다. 그의 말이 곧 명령이기에 박무삼과 손 회장은 진중하게 머리를 숙이며 차례대로 응답했다.

"옳으신 말씀입니다, 어르신."

"여기 어르신의 뜻을 거스를 사람이 누가 있겠습니까? 전적으로 동의합니다."

장태준은 원하는 대답에 흡족한 표정을 지었다.

스튜디오는 잘나가는 식당의 주방처럼 모든 인원이 각자가 맡은 바 임무를 충실히 수행하고 있었다. 세진은 노트북, 문실장은 서류, 건우는 휴대폰에 파묻혀 시간 가는 줄 몰랐다.

"서이경, 지오건설은 안 돼. 네가 밀어 넣은 회사잖아."

수화기 너머 이경의 웃음소리가 들렸다.

"누가 어떻게 하든, 자격이 있으면 기회를 줘야지."

"너한테 기회겠지. 공사비 튀겨서 어르신 비자금 만들 생각이잖아."

"상상력이 풍부해졌네. 작은아버지 꼬드길 정도로 말도 잘하고."

"우리 집안일은 나한테 맡기고……."

건우는 세진이 그의 어깨를 두드려 잠시 통화를 멈췄다. 그녀의 얼굴이 사색이 되었다. 건우는 눈빛으로 의문을 나타냈다.

"회장님 병보석이 취소되었어요."

건우는 순간 자리에서 벌떡 일어나 얼른 TV를 틀었다.

"미안하다. 다시 연락할게."

뉴스 화면에 속보라는 자막이 떴다.

'1천억 원대 횡령 및 배임 혐의를 받고 있는 무진그룹 박무일 명예회장이 병보석으로 풀려난 지 32일 만에 재수감됐습니다. 지난주 국회 법사위 소속 여당 의원들은 박 씨의 병보석 재심을 촉구하는 기자회견을 열었고 시민단체들 또한 재벌 특혜라며 비난의 목소리를 내왔으며…….'

이경 역시 승용차 뒷좌석에서 DMB를 틀어 방송을 보고 있었다. 앵커의 말이 흘렀다.

'……계속되는 황제 보석 논란에 부담을 느낀 재판부가 최종적으로 취소 결정을 한 것으로 보입니다. 무진그룹 측은 갑작스러운 병보석 취소 결정에 당혹스러움을 감추지 못하는 한편…….'

이경이 입술을 살짝 깨물며 인상을 구겼다.

"이사님, 성북동으로 가죠."

이경은 굳은 표정으로 서재의 빈자리를 노려보았다. 장태준이 남종규를 거느리고 들어섰다. 이경은 시선을 그대로 장태준에게로 옮겼다. 장태준이 평소처럼 느긋하게 자리에 앉자 이경은 기다렸다는 듯 폭격을 시작했다.

"박무일 회장, 돌려보내신 이유가 뭡니까? 조치가 필요했으면 사전에 상의를 하셨어야죠."

"초심으로 돌아간 걸세. 나는 정치를 맡고, 자네는 그 나머지를 책임지고. 그게 원래 합의한 조건 아닌가?"

"어째서 병보석을 취소했는지, 그 이유를 여쭤봤습니다."

장태준의 미소가 사라졌다. 은퇴했던 장수가 다시 전쟁터에 복귀하는 눈빛을 보였다.

"아들이 실수했으면 애비라도 책임을 져야지. 자네 말만 믿고 그냥 넘어갈 수 없는 문제일세. 감히 내 뒤를 캐고 다녔으니까."

"어르신의 결정입니다. 서 대표님은 한발 물러나 계시죠."

남종규가 기세를 올렸다. 이경은 냉소로 받았다.

"이번에 한 걸음, 다음엔 두 걸음. 저를 그런 식으로 밀어내실 계획이군요."

"불안해 할 거 없다. 널 내치는 일은 없을 게야. 다만 내가 허락하는 범위 안에서 분수껏 일해야겠지."

"의미 없는 복종을 원하시네요. 전 어르신을 도우러 왔습니다."

"내 뜻에 따라서 도와야 한다는 말이다."

이경은 이대로 물러나면 지금까지의 노력이 허사가 될 것을 본능적으로 느꼈다. 하지만 그녀는 세게 받아쳐야 했다. 부러지는 한이 있더라도.

"어르신께서 제 계획을 따르시죠."

장태준과 남종규가 다소 놀라는 기색이었다. 지금까지 어느 누구도 그에게 혹은 그들에게 저런 말을 던지지 않았다.

장태준 역시 잘 알고 있었다. 물러서면 그대로 끝나는 자리인 것을. 기세 싸움이다. 상대방이 보이는 것보다 더 큰 것을 내보여야 했다.

"남 군, 서 대표한테 넘어간 비밀 계좌, 전부 회수하게."

이경의 눈빛이 흔들렸다.

"그동안 고생 많았네, 서 대표."

이경이 냉랭한 모습으로 자리에서 일어섰다.

"후회하지 않으시길 바랍니다."

"부모 팔자의 절반은 자식 몫이라던가? 자네도 봉수처럼 빈손으로 떠나게 될 게야."

이경의 손에 총이 쥐어져 있었다면 분명 그를 쏘았을 것이다.

"계좌는 바로 보내드리죠."

이경은 뒤돌아 서재를 나왔다. 그녀의 얼굴에 잔혹한 미소가 떠올랐다. 조 이사가 그녀를 맞이하며 물었다.

"협상의 여지가 없는 겁니까?

"선전포고예요. 타협 따위 필요 없다는. 다 된 밥인 줄 아는 거죠. 자기가 재 뿌리는 줄도 모르고……."

이경을 태운 차가 일방통행로를 따라 사라지자 건우의 차가 장태준의 사저로 다가왔다.

건우와 박무삼이 초조하게 응접실에서 장태준의 응답을 기다렸다. 남종규가 나왔다. 박무삼이 일어나 그에게 다가갔다.

"어르신은?"

"클럽 토론회 준비 때문에 바쁘십니다. 두 분께는 따로 언급하실 얘기도 없다 하시고요."

건우는 도저히 참을 수 없어 자리에서 벌떡 일어섰다. 박무삼이 난처해했다.

"그럼 우리 형님, 저대로 모른 척하시겠다는 거요?"

"그거야 사법부의 판단인데 어쩌겠습니까?"

"남종규 씨!"

남종규는 씨라는 말에 심히 불쾌함을 느꼈다.

"몸도 불편한 노인네한테 뭐하는 짓이에요? 보복하고 싶으면 당사자인 나한테 해야지."

"보복이라뇨. 말씀이 거치십니다."

남종규는 웃었다. 즐거워 웃는 게 아니라 상대방을 찍어 누르기 위해 웃었다. 건우가 웃는 낯짝에 침이라도 뱉을 심정으로 그에게 바짝 다가갔다.

"당신, 그리고 장태준 어르신, 표적을 잘못 잡았어."

"건우야. 싸우러 온 게 아니잖아. 어떻게든 잘 말씀드려서……"

"이 사람들 번복할 생각 없어요. 우리 회사, 우리 집안을 갖고 놀겠다는 거예요."

남종규도 건우에게 한 발 다가가며 도발했다.

"어르신한테 전해요. 이번엔 내가 그쪽에다 정조준할 거라고."

남종규는 고개를 끄덕이며 박무삼 쪽을 바라보았다.

"회장님께 좋은 소식이 있습니다. 서이경 대표, 더 이상 무진그룹 일에 간섭하지 못할 겁니다."

남종규는 돌아서 서재 안으로 사라졌다. 건우와 박무삼은 남종규의 마지막 말을 곱씹으며 제각기 생각에 빠져들었다.

갤러리 식구들의 표정은 다들 굳어 있었다. 이경 역시 애써 밝은 표정을 지으며 말했다.

"이번 후폭풍은 강력할 거예요. 어디서, 어떻게 불어 닥치게 될지는 예측하기 어려워요."

식구들은 묵묵히 주군의 말을 들으며 나름 각오를 다졌다.

"각자 업무는 그대로, 이상이 있다 싶을 때는 즉시 보고하세요."

이경은 곧장 계단을 통해 위층 집무실로 이동했다. 책상 위의 휴대폰을 여니 세진에게서 온 부재중 전화가 여러 통이었다. 이경이 어떡할까 고민하던 차에 전화벨이 울렸다. 이경은 짧은 숨을 토해내고 덤덤하게 전화를 받았다.

"무슨 일이야?"

"뉴스 봤어요. 하루 종일 걱정했는데 박건우 씨는 계속 연락이 안 되고, 대표님은 뭔가 아실 거 같아서요."

"호들갑 떨지 마. 건우는 신경 쓸 거 없어. 자기가 알아서 할 거야."

"알아요. 그래도……."

"남 걱정할 시간에 니 일이나 해. 어설픈 위로, 염려……."

"돈 안 되고 쓸데없는 짓이라고요?"

세진이 이경의 말을 낚아챘다.

"아시잖아요. 저 한심한 짓 잘하는 거. 대표님은 괜찮으신 거예요?"

이경은 표정 없이 한동안 멍하니 있었다.

"대표님?"

이경은 통화를 얼른 매듭짓고 싶었다.

"네 방식으로 해결하겠다고 떠났어. 그럼 네 선택에 충실해 야지. 나도 일일이 상대해주는 거, 귀찮거든."

이경은 세진의 대답이 나오기 전에 종료 버튼을 눌렀다. 장 태준의 선전포고, 세진에 대한 걱정 등 심란한 상황들이 이경 에게 정신력의 한계를 물어보는 것 같았다.

건우는 구치소 면접실에서 부친을 초조하게 기다렸다. 수의 를 입고 들어선 박무일을 보자 가슴이 먹먹해졌다. 박무일은 아들을 안심시키고자 초연한 자세를 유지했다.

"앉아라. 지붕 안 무너진다."

건우는 표정을 애써 바꾸며 겨우 미소로 답했다.

"잠은 잘 주무셨어요?"

"첨 와본 것도 아인데 새삼스레……."

"기침은요?"

박무일은 착잡한 아들의 눈빛을 읽고 농을 던졌다.

"어지간히 해라. 니는 면회 온기가, 성묘 온기가. 얼굴 좀 펴라."

건우는 아버지의 배려에 한 번 크게 웃었다.

"작은아버지는 아니에요. 서이경도 아니고 어르신이 한 짓입니다."

"내 그래 할 줄 알았다. 그 새끼 텔레비에 다시 기 나올 때 내 알아봤다. 더런 놈의 새끼."

"제가 어르신 약점을 건드렸습니다. 아버지가 저 대신 유탄 맞으신 거예요."

건우가 죄송함에 고개를 숙였다.

"내 여기 들어오는 걸로 끝난 기가?"

"아뇨. 본격적으로 시작하겠죠. 저도 앉아서 당하진 않을 겁니다."

"알것다. 뱀 같은 위인이다. 무슨 말을 씨부려도 믿지 말거라. 명심해라!"

건우는 끄덕이며 전의를 불태웠다.

김 작가가 사색이 돼서 집무실로 뛰어 들어왔다.

"대표님! 역삼동 사옥에……."

김 작가가 손에 들고 있던 휴대폰을 이경에게 건넸다.

"금감원 팀에 국세청 직원들까지 함께 나왔습니다!"

조 이사가 다급하게 말했다.

"부실 채권 부서만 표적 조사당하고 있습니다!"

"예상 못 한 일 아니에요. 침착하세요. 조사 범위, 책임자 권한을 확실하게 체크하고 그 이상은 협조할 필요 없어요. 저도 바로 출발합니다."

이경은 전화를 끊고 계단을 서둘러 내려오며 상황을 체크했다.

"작가님, 부실 채권 부서만 노리고 있어요."

"지난번에 금감원 조사받은 뒤로, 업무 내역은 이상 없습니다."

"없는 이상도 만들어낼 수 있는 사람들이에요. 다시 확인하고, 문제 될 만한 부분 있으면 바로 이사님한테 알리세요. 탁이는 따라와."

김 작가는 자기 자리로 뛰어가고, 탁은 서둘러 이경을 뒤따랐다.

이경과 탁이 역삼동 사옥에 도착하자 서류가 담긴 박스들을 실어내는 공무원들과 한쪽에 서서 불안하게 그 모습을 바라보는 직원들이 보였다. 조 이사가 이경을 맞이했다.

"금감원 허 국장하고 통화했습니다."

"위에서 내려온 지시겠죠."

"네, 십중팔구 6개월 영업정지 처분이 떨어질 거랍니다."

좀처럼 대화에 섞이지 않는 탁이 울컥하며 끼어들었다.

"이런 법이 어딨어요? 그거 완전히 회사 문 닫으라는 소리 잖아요!"

"조용히 해. 이삿짐 뒷정리 부탁해요."

이경이 애써 차분하게 말했지만 6개월 영업정지면 현 계획에 막대한 차질을 준다. 아니, 아예 계획이 백지화될 것이다. 이경은 비밀 아이템을 하나 떠올렸다. 생각보다 빨리 쓰게 되었지만 그거라면 이 사태를 수습할 수 있을 것 같았다. 그녀는 조금만 더 추이를 지켜보기로 했다.

장태준의 응접실에 손 회장이 호출을 당했다. 그는 남종규의 말에 놀란 표정을 감추지 못했다.

"허허, 금감원하고 국세청 합동 조사면 어지간한 대기업도 버틸 수 없을 텐데요."

"내부적으로는 처벌 수위도 정해졌습니다. 6개월 영업정지!"

"그, 그건 우리 업종에서는 폐업하란 소리랑 같은 거요."

"어르신께서는 늘 논공행상의 중요성을 강조하십니다. 재단 준비하면서 고생하신 거, 이번에 보상받으셔야죠."

손 회장이 얼른 그의 의도를 알아채고 운을 띄웠다.

"서 대표 회사가 문을 닫으면……."

"누구든 헐값에 인수해야 하지 않겠습니까?"

남종규가 비릿한 웃음을 내비쳤다.

손 회장은 최 회장을 사무실로 초대해 간단한 자초지종을 전했다. 최 회장의 눈이 번쩍 떠졌다.

"그럼 서 대표 회사를 꿀꺽? 성북동에서 정말 그렇게 하랍니까?"

"혼자 삼키면 체하는 법이오. 최 회장님 몫으로 적당히 쪼개드려야지. 그간 이런저런 오해가 있었지만, 이런 기회에 다시 우의를 다지면 되는 거 아니겠소?"

최 회장은 감동했고 전에 얻어맞은 앙금이 살짝 가시는 듯했다.

문이 열리고 문제아 손기태가 들어왔다. 손기태는 최 회장을 보고 멈칫했다. 자기가 주도해 일을 저질렀기에 최대한 최 회장의 시선을 피하려 했다. 최 회장 역시 손기태를 보자 앙금이 남았는지 헛기침을 해댔다.

"손 회장님, 그럼 일간 다시 찾아뵙겠습니다."

최 회장은 나가며 손기태를 슬쩍 째려보았다. 문 닫을 때 소리가 제법 크게 울렸다.

"저 인간은 왜 보자고 하셨어요?"

"그건 알 거 없고. 뭐냐?"

"일본에서 연락이 왔는데요. 서봉수 회장 말이에요."

손 회장이 아들의 말에 오랜만에 귀 기울이며 눈빛을 달리했다.

"요즘 상태가 좀 안 좋은 모양인데요?"

건우와 문 실장이 짐정리 하는 모습을 세진은 안타까운 마음으로 지켜보기만 했다. 건우가 곁눈질로 세진의 마음을 헤아렸다.

"마리 씨한테 얘기 들었어요. 손기태 사장이 당장 내쫓으라고 했다던데."

세진이 고개를 숙여 땅바닥을 쳐다보았다.

"세진 씨, 그동안 신세 많이 졌습니다. 고생했어요."

"무슨 말씀이세요. 아직 할 일이 많이 남았잖아요."

건우는 빙긋 웃으며 박스 하나를 안고 밖으로 나갔다. 문 실장도 세진에게 눈인사를 건넸다. 세진은 이렇게 떠나는 건우를 그냥 보낼 수밖에 없나 하고 자괴감에 빠졌다. 건우가 다른 짐을 가지러 들어왔다. 세진이 고개를 들었다.

"회장님 일, 대표님이 지시한 거예요?"

"아뇨, 아닐 겁니다. 이경이라면 차라리 거래를 시도하면 했지, 감정 때문에 무리수를 두는 친구가 아니에요."

"저도 그럴 거라고 생각했는데, 혹시나 해서……."

"이경이가 아무래도 성북동하고 문제가 생긴 거 같아요."

세진의 표정이 안도감과 불안감에 복잡 미묘해졌다.

김 작가는 이경의 표정을 읽을 수 없었다. 부친의 위독한 건강 상태를 전했는데도 이경은 감정을 겉으로 표하지 않았다. 김 작가는 울상이 되었다.

"간밤에도 주치의가 왕진 다녀가셨대요. 큰일은 없었는데 워낙 기력이 쇠해지셨다고."

조 이사가 듬직하게 나섰다.

"여기 일은 저희한테 맡기시고, 일본에 잠깐 다녀오시죠."

"어제 압수당한 자료 목록부터 보죠."

이경은 가신들의 말을 자르고 혈육보다 업무를 택했다.

"반나절도 자리 비울 여유 없어요. 성북동에서 이 정도로 끝내지 않을 겁니다."

이경은 금고에서 비밀 무기 하나를 꺼냈다. 'TJ 문화재단 출연금 현황'이라고 적힌 서류였다. 그녀는 모든 수순을 다 읽었는지 한결 여유로운 자세로 의자에 몸을 기댔다.

세진이 건우에게 카푸치노와 함께 메모를 한 장 건넸다. 장태준의 처조카 김현수와 그 전부인 정미연의 프로필이 종이에 가득 적혀 있었다. 건우는 존경의 눈빛으로 세진을 쳐다보았다.

"갤러리에서 일 배울 때, 대표님이 그랬어요. 자료는 잃어버려도 기억은 남길 수 있다고. 중요한 내용은 항상 외워놓으라고요."

"이걸 다 암기한 거예요?"

"몇 개는 가물거리는데 그런 건 물음표 쳐놨어요. 저도 같이 조사하려고요."

"그건 위험해요. 세진 씨가 더 이상 개입하는 건."

"세무조사 뉴스 봤어요. 6개월 영업정지가 무슨 뜻인지도 알아요. 전 대표님을 멈추게 하려는 거지, 망하게 하려는 게 아니에요. 근데 그 사람들은 대표님을 파멸시키려고 해요. 절대 그렇게 놔두지 않아요."

"세진 씨가 위험해지는 걸 이경이가 바라진 않을 겁니다. 저도 마찬가지예요."

세진은 건우의 따뜻한 마음을 읽었으나 그 마음이 어느 정도일지, 그 대상이 자신이지 이경에 대한 건지는 알 수 없었다.

"고마워요. 그럼 이제 잠복근무 하러 갈까요?"

세진은 어리둥절한 건우를 이끌고 카페를 나섰다.

세진과 건우는 장소만 서래마을로 바꿨지 여전히 카페에 앉아 카푸치노를 앞에 두고 있었다. 지역 특성답게 밀집한 주택가에 카페가 있어 잠복하기가 편했다. 둘은 대화를 나누고 있었지만 눈은 창밖 대각선 맞은편 주택의 대문을 주시하고 있었다.

"정미연 씨는 1년 전에 김현수하고 이혼하고 귀국했어요. 불화 전에는 콜린 컴퍼니 업무에도 직접 관여했고요."

"회사에 관한 증거나 증언이 나올 겁니다. 성북동 어른이 실소유주라는 사실도. 문제는 어디 있느냐는 건데, 지금 저 집 친정에 있다고 단정하긴 힘들어요."

"유일한 실마리잖아요. 희망을 갖고 기다려 봐요."

세진은 조급한 건우를 달래며 절박한 시선으로 대문을 응시했다. 건우도 별 뾰족한 수가 없기에 창밖으로 시선을 돌렸다.

이경은 박무삼과 마주 앉아 차를 마셨다. 사람에 비해 차맛은 괜찮다고 생각했다. 박무삼이 짐짓 동정 어린 투로 말을 꺼냈다.

"어르신이 서 대표한테 그럼 안 되지. 지금껏 쓸고 닦고 길 열어줬더니 함께 가기는커녕 밟고 지나가는 거 아냐? 6개월 영업정지면 자진 폐업하라는 소리지 않소."

"귀찮은 일이지만 회사는 다시 만들면 됩니다."

"괜한 고집 피우다 전부 털리지 말고, 지금이라도 숙이고 들어가요. 그게 서 대표가 사는 길이야."

이경은 그의 속보이는 소리에 부러 한껏 미소로 답해주었다.

"어르신이 역할 분담해 주셨나요? 회장님은 좋은 경찰, 남종규 이사장은 나쁜 경찰."

"어허, 오해하지 마, 서 대표. 어르신이 뭐라 하셔도 난 어디까지나 서 대표 편이요."

이경은 정색하는 박무삼에게 살며시 터드릴 폭탄에 대해 언급했다.

"약정한 재단 출연금, 납부하지 말고 기다리세요. 이유는 곧 알게 되실 겁니다. 성북동에서 독촉해도 조금만 버티세요."

이경은 차를 한 모금 더 마시고 싶었지만 박무삼이 질문을 꺼내기 전에 서둘러 일어서 나갔다.

장태준은 기분 좋게 아침을 맞이했다. 골칫덩이 이경을 내치고 맞이하는 첫 아침이었다. 하지만 느긋하게 신문을 펼치는 순간 얼어붙었다. 안경을 벗고 신문을 조금 떨어뜨려 헤드

라인을 다시 읽었다.

'TJ 문화재단, 빈곤층 아동, 노년을 위해 수십억 대 기부 선행!'

자신이 정녕 저런 훌륭한 일을 했는지 곰곰이 생각하던 장태준이 신문을 힘껏 구겨버렸다.

"남 군!"

같은 시간 박무삼은 신문을 보며 껄껄 웃었다. 그는 통화설정을 스피커폰으로 바꾸고 다시 신문을 쳐다보았다.

"어르신 쌈짓돈으로 서 대표가 기분 내면 되겠어? 허허, 쏴도 아주 통 크게 쐈구먼."

"칭찬은 그분이 받겠죠."

"재단에 돈 넣지 말고 기다리라고 한 건 알겠는데 이제 어쩔 셈이요, 어르신이 그냥 넘어갈 양반이 아닌데."

"공들여 키운 회사가 공중분해 됐는데 이 정도 어필은 해야죠."

"무진 신도시는 건드리지 마쇼. 그럼 서로 입장이 아주 곤란해져."

"끊습니다."

박무삼은 비서를 시켜 저 신문 기사를 코팅할 생각에 웃음을 멈출 수 없었다.

이경은 아침부터 발 빠르게 움직였다. 박무삼 못지않게 보기 싫은 손 회장을 찾았다. 그는 자신의 터로 들어서는 이경을 잡아먹을 듯 노려보았다.

"어르신 계좌는 넘겨줬다면서 재단 보따리는 틀어쥐고 있었구먼! 방금 전까지 성북동 전화 받느라 곤욕을 치렀네."

"초기 재단 출연자금, 아직 상당액이 남았습니다. 성북동에서도 알고 있을 거예요."

"남은 돈으로 또 무슨 장난을 칠 셈인가?"

"글쎄요. 재단을 알거지로 만들까, 그거라도 남겨줄까 고민하고 있어요. 아니면 회장님이 수를 내보시죠."

"뭐? 그게 무슨 뜻인가?"

"영업정지 당한 제 회사를 전리품으로 받게 되셨잖아요."

흠칫 놀란 손 회장은 최대한 자연스럽게 말을 이었다.

"금시초문일세!"

이경은 이해한다는 듯 고개를 끄덕이고 회동을 마칠 생각이었다. 손 회장은 이경이 두려워지기 시작했다. 그는 두려움을 떨쳐내려 부러 큰소리로 말했다.

"자네 목숨이 몇 개라도 되는 줄 아나?"

이경은 싸늘한 얼굴로 손 회장을 돌아보았다.

"여러 개면 이런 승부 안 하죠. 오직 하나라서 거는 겁니다!"

건우가 다소 한적한 브런치 카페를 둘러보았다. 맞은편에 앉은 세진이 늦은 아침을 맛나게 먹고 있었다.

　"그러니깐 정민연 씨가 여기에 온다는 말이죠?"

　"아뇨, 올 수 있다는 말이에요."

　세진은 휴대폰을 꺼내 누군가 올린 SNS 사진 몇 장을 보여 주었다. 브런치 카페 메뉴판과 오피스텔 건물이 다녔다. 건우는 물끄러미 세진을 바라보았다. 그녀는 입 안에 든 오믈렛을 꿀꺽 삼키고 설명을 시작했다.

　"자, 여기 메뉴판은 여기 것 맞죠? 그리고 뒤로 보세요. 저 건물이 여기 사진에 있는 거 맞죠?"

　건우는 세진이 말한 순서대로 차근차근 확인했다. 세진의 말이 맞았다.

　"대학 후배인 척하고 정미연 씨 SNS 친구로 들어갔죠. 그분이 근무했던 회사에도 다녔다고 뺑도 치고요. 그분 SNS 최근 사진을 뒤지다 보니 여기가 딱 걸렸죠."

　그녀가 갑자기 입을 다물었다. 건우는 눈동자를 옆으로 굴렸다. 그들 옆을 지나 구석으로 가는 30대 후반의 여인이 보였다. 세진이 눈빛으로 확인을 요했다. 건우 역시 살짝 고개를 끄덕여 동감의 신호를 보냈다. 세진은 다음 수를 생각하는지 꼼짝도 하지 않았다. 건우는 세진에게 내심 감탄하며 이제 자기가 나설 때라 생각했다. 그는 쓱 일어나더니 구석 테이블로 향했다. 세진이 손을 들어 막으려 했으나 그는 너무나 재빨랐다.

"정미연 씨 맞으세요?"

"그런데요?"

정미연 당연 경계했다. 건우는 아랑곳없이 정미연의 건너편에 자리 잡았다.

"전남편 김현수 씨에 대해 여쭤볼 게 있어서요. 콜린 컴퍼니에 대한 내용도."

정미연의 표정이 싸늘해졌다.

"누구세요? 경찰이에요?"

"일반 시민입니다."

건우는 손으로 세진을 불렀다. 세진은 주춤거리며 그 옆 좌석에 앉았다. 건우는 자신과 세진을 간단히 소개했다.

"그 남자에 대해 할 얘기 없어요. 회사 일도 모르고요."

정미연이 미리 선수를 쳤다. 건우는 그런 반응을 예상했는지 대수롭지 않게 여겼다.

"전남편께서 무진테크라는 회사를 헐값에 샀어요. 저는 그 회사랑 관계있는 사람이고요. 김현수 씨가 경영하는 콜린 컴퍼니가 장태준 씨 비자금 창구라는 것도 압니다."

정미연이 물잔을 들려다 멈칫하며 물잔을 내려놓고 일어섰

94

다. 이번에는 세진이 나섰다.

"죄송해요."

"댁이 죄송하든 말든, 난 아는 게 없어요."

"SNS에서 대학 후배라고 속였어요. 정미연 씨 다니던 회사에 근무했다고 거짓말도 했고요."

정미연은 세진이 기억났는지 더 싸늘한 표정을 지었다.

"많은 사람이 그 일에 얽혀 있어요. 이유도 모른 채 피해 보는 사람들도 많고요. 정미연 씨가 도와주시면 그런 억울한 일, 다시 일어나지 않게 할 수 있어요."

정미연은 세진을 밀치며 멀어져갔다. 세진은 맥이 풀렸다.

"하나도 안 들리나 봐요, 우리 얘기."

"다 그렇죠. 관심 없는 게 당연해요. 남의 일이니까."

세진은 긴 한숨을 내쉬었다. 그리곤 갑자기 떠오른 생각에 다급한 목소리로 말했다.

"건우 씨, 저 잠깐 갤러리에 좀 갔다 올게요."

건우가 대답할 새도 없이 세진은 저만치 뛰어가 버렸다.

의 문 의 휴 가

이경이 피곤한 얼굴로 갤러리로 돌아오자마자 휴대폰이 울렸다. 아니나 다를까 남종규였다. 안 받을 이유가 없었다.

"손의성 회장이 다녀갔습니다. 서 대표 메시지를 듣고 어르신께서 진노하셨어요."

"기부천사 이미지가 싫지는 않으실 텐데요."

"TJ 문화재단 자금, 조용히 넘기세요. 더 이상 장난치지 마시고."

"부탁하는 태도가 마음에 들지 않네요. 전화 몇 통으로 멀쩡한 회사를 문 닫게 만들었으면 반성부터 해야 순서죠. 그리고 부탁할 때는 어르신이 직접 하라고 전하세요."

"앞으로 각오하셔야 할 겁니다."

이경은 신경질적으로 전화를 끊었다. 조 이사가 조심스레 말을 건넸다.

"성북동, 쉽게 양보하지 않을 겁니다."

"마찬가지예요. 여기서 끌려가면 지금껏 해온 일, 전부 헛수고가 돼요. 손해는 감수해도 계획까지 망칠 순 없죠."

이경이 계단을 올라서려는데 바깥이 시끄러웠다. 벌써 검찰 수사관이 들이닥쳤다. 그들은 근처에 대기하다 전화를 받고 움직인 것 같았다. 조 이사가 그들에게 다가가서 몇 마디 나눈 뒤 돌아왔다.

"갤러리 해외 거래 내역에서 불법적인 자금 흐름을 포착했답니다. 참고인으로 저희 갤러리 식구들을 조사한다고 합니다."

이경은 한숨을 쉬었고, 갤러리 식구들은 검찰 수사관에 적의를 드러냈다. 탁은 여차하면 앞으로 튀어나갈 기세였다.

"의도가 뻔한 조사예요. 공연한 말썽 피우지 마세요. 이 변호사님 연락하시고요."

갤러리 식구들은 이경에게 한 번씩 고개를 숙이고는 수사관들을 따라갔다. 휑한 공간에 이경만 홀로 남았다. 이경의 표정은 싸늘하다 못해 동굴 속 얼음처럼 차가워졌다.

창밖으로 검은 승용차가 멈추는 게 보였다. 이경은 성북동의 행위가 도를 넘어선 것에 대해 복수할 수순을 얼른 살폈다. 사내 둘이 이경을 찾아왔다. 전에 스튜디오에서 본 이들이었다.

"또 뵙네요."

둘 중 나이 든 이가 손짓으로 동행하자는 신호를 보냈다. 이경은 턱이 아파올 정도로 이를 악다물었다.

세진은 검은 승합차 옆에서 갤러리 안을 쳐다보았다. 이경이 사내 둘과 걸어 나오고 있었다. 그 본새가 좋아 보이지 않았다. 세진은 손발을 번갈아 한 번씩 털며 그들을 막아섰다.

"대표님!"

이경이 놀란 눈으로 세진을 바라보았다. 두 사내 역시 마찬가지였다.

"뭐 하러 왔어?"

세진이 한판 붙어볼 요량으로 목을 돌리며 스스로에게 기합을 넣고 있었다. 이경은 기가 찼다.

"저 아이는 내 일하고 상관없어요."

나이 든 이가 어디론가 전화를 급히 걸었다. 통화를 마치고는 씩 웃었다. 그가 손짓하자 승합차에서 사내 두 명이 더 나왔다. 세진은 격투를 포기하고 이경 옆에 가 섰다.

검은 승합차는 도심을 벗어나 한적한 시골 마을로 들어섰다. 언덕 위로 종착지인 별장 한 채가 보였다. 이경이 내리자 사내 한 명이 폰을 건넸다. 이경은 누구의 전화인지 즉시 알 것 같았다.

"별장은 마음에 드십니까?"

"깨끗하네요."

"재단 자금만 넘기시면 돌려보내 드리겠습니다. 일주일이든 한 달이든 선택은 대표님께 달렸죠."

이경은 종료 버튼을 누른 뒤 폰을 주머니에 넣으려다 자기 폰과 세진의 폰이 압수당한 사실을 뒤늦게 깨달았다. 그녀는 사내에게 폰을 건넸다. 사내는 웃으며 말했다.

"정원 산책까진 괜찮은데 더 나가진 마세요. 저희 직원들이 많아요."

이경과 세진은 별장 안으로 들여보내졌다. 세진은 즉시 현관문을 잠그고, 창가로 가서 밖을 살피더니 커튼을 쳤다. 그녀는 진지한 얼굴로 분주하게 방방마다 열어보고 살폈다. 그렇게 순찰을 마친 세진은 헉헉거리며 돌아와 이상무를 보고했다. 이경은 그녀를 무시하고 냉장고 문을 열었다.

"탁이랑 다른 분들은 어떻게 된 거예요?"

"저녁 먹었니? 점심을 걸렀더니 시장하네."

세진은 이경의 배짱에 혀를 내둘렀다. 세진은 이경을 비키게 하고 냉장고 속 재료로 간단한 먹을거리를 만들었다.

세진은 샌드위치를 한 입 크게 베어 물고는 어디 카페에 온 것처럼 태평스러웠다. 그녀 역시 이경과 별반 다를 게 없었다.

"식구 모두 검찰에 갔으면 대표님 여기 갇힌 걸 아무도 모르잖아요. 저 사람들이 해코지하면 어떡해요?"

"휴가 왔다고 생각해. 어차피 시간 싸움이야."

이경은 모든 수가 준비되어 있는지 여유롭게 샌드위치를 먹었다.

"달라는 것 주세요. 재단 자금인가 뭔가 그거 때문이잖아요. 아니면 여기서 빠져나갈 계획이라도 세우시든가요!"

"시끄러워. 잔소리할 거면 저리 가."

이경이 자기 몫의 샌드위치를 처리하고 거실로 향했다. 세진은 답답했지만 나름 머리를 굴리며 탈출 계획을 세웠다.

시간이 제법 흘러도 세진은 별 수단을 마련하지 못했다. 머리를 감싸 쥐고 괴로워하는데, 거실에서 거친 숨소리가 들렸다. 그녀가 거실로 나와 보니 이경이 소파에 몸을 웅크리고 자고 있었다. 이경의 얼굴은 창백했고 식은땀을 흘리고 있었다. 세진은 걱정되어 이경을 깨우려다 담요로 그녀를 덮어주며 얼굴의 땀을 훔쳤다.

한밤중에 이경이 흠칫 놀라며 잠에서 깨어났다. 세진은 아직도 자지 않고 그녀 곁을 지키고 있었다. 그녀의 손에는 수건이 들려 있었다.

"대표님, 괜찮으세요? 나쁜 꿈 꾸셨어요?"

이경은 자세를 고쳐 앉았다.

"그냥 어릴 때 꿈이야. 내가 아주 어릴 때, 아버지가 아직 엄하셨을 때……."

"편찮으시다면서요? 대표님 요새 스트레스가 심하니까 그 걱정까지 꿈에 나왔나 봐요."

이경은 대꾸하지 않고 창가로 가 커튼을 열었다. 연한 달빛이 쏟아졌다. 세진이 조용히 옆에 와서 섰다. 두 사람은 한동안 창밖을 내다보았다. 이경이 문득 입술을 열었다.

"우리 집에선 나약한 게 죄악이었어. 거래를 하되 타협해선 안 되고, 상대는 굴복시켜도 내가 무릎 꿇지 않아야 하고……."

이경이 세진에게로 몸을 돌렸다. 세진도 이경을 마주 보았다.

"패배는 습관이거든. 한번 밀리기 시작하면 뺏기는 건 순식간이야."

"세상을 승패로만 구분하면 그렇겠죠. 근데 싸워야 할 때도 있지만 손잡고 나눠야 할 것도 많아요."

이경이 세진을 말갛게 보았다. 세진은 이경에게 힘을 주고 싶었지만 곁에 서 있을 것 말고는 할 수 있는 게 없었다.

출근하는 건우가 휴대폰을 보고 고개를 갸웃거렸다. 세진에게 전화를 걸어도 통화가 되지 않았다. 한 번 더 시도하려는데 모르는 번호로 전화가 왔다.

"오랜만입니다. 갤러리 S 조 이사입니다."

건우는 옛 생각에 본능적으로 움츠러들었다. 그는 쓴 웃음을 흘리며 어깨를 활짝 펴고 응답했다.

"혹시 저희 대표님이나 이세진 씨, 어제 저녁 이후로 연락된 적 있습니까?"

건우는 전화를 끊자마자 다급히 갤러리를 찾았다. 검찰에서 풀려난 식구들이 차례로 그를 맞이했다. 탁은 그를 마뜩찮게 바라보았다.

"두 사람 다 아직도 연락 안 되는 겁니까?"

"저희도 검찰에서 밤샘 조사 받고 온 지 얼마 안 됐습니다. 어제 날짜 CCTV를 확인했는데……."

탁이 답답했는지 조 이사의 말을 가로챘다.

"스튜디오에 왔던 놈들 있죠? 그놈들이 데려갔어요. 대표님하고 세진이를."

조 이사는 충격 받은 건우의 사정을 봐줄 틈이 없었다.

"성북동에 확인할 수 있을까요?"

건우는 재빨리 상황 판단을 했다.

"아뇨. 물어본다고 사실대로 말해주진 않을 겁니다."

"이대로 기다릴 거예요? 그냥 가서 한 놈 잡아올게요."

밖으로 가려는 탁을 김 작가가 나무라는 눈초리로 잡아두었다.

김 작가의 전화벨이 울렸다. 그녀는 한쪽으로 가 전화를 받았다. 건우와 탁이 옥신각신하는데 김 작가가 폰을 떨어뜨렸다. 모두의 시선이 그녀에게로 향했다. 그녀는 넋이 나간 듯 보였다.

"회, 회장님이······."

남종규가 장태준의 서재를 정리하는데 그의 폰이 울렸다. 장태준이 손짓으로 받으라고 했다. 손 회장이었다.

"우리 애들이 꾸준히 그쪽 동정을 살피고 있었네. 오늘 아침 8시에 그렇게 됐다는구면."

남종규는 전화를 끊고 장태준을 조용히 보았다. 장태준이 신문을 펼치려다 고개를 들었다.

"서봉수 회장이 오늘 아침 사망했습니다."

"봉수가? 어허, 이런 일이……."

장태준은 신문을 내려놓고 혀를 찼다.

"서 대표는 일단 감금에서 풀겠습니다. 재단 자금 문제는 장례를 치르고 오면……."

"어째서?"

장태준은 정말 궁금하다는 얼굴로 남종규를 쳐다보았다.

"네?"

"애비의 장례를 치르고 싶으면 그 아이의 결정이 빨라지겠지. 안 그런가?"

역시! 남종규는 장태준의 비열함과 음흉스러움에 감탄했다.

세진이 일어나보니 이경이 보이지 않았다. 세진은 기지개를 켜며 밖으로 나갔다. 사내 몇몇이 건물 벽에 기대어 해를 쬐고 있었다. 세진은 그들을 무시하고 주위를 둘러보았다. 저만치에 이경이 한가롭게 거닐고 있었다.

"언제 일어나셨어요?"

"방금. 180억이야."

세진은 화두같이 난데없는 말에 어리둥절했다.

"1차로 걷힌 재단 출연금에서 기부하고 남은 돈. 그거 돌려주고 여기서 나갈까?"

세진은 농인지 진심인지 몰라 선뜻 대답을 못 했다. 이경이 세진의 반응을 보며 웃는데 별장 문이 열리고 승용차가 들어왔다. 남종규가 차에서 내렸다. 웬일인지 공손한 모습이었다.

세진은 부엌에서 둘을 관찰했다. 뭔가 중요한 얘기를 나눌 것 같았다.

"하루 이틀은 재미로 쳐도, 계속 갇혀 계시면 답답할 겁니다."

"아직까진 지낼 만해요."

"어르신의 돈입니다."

"제가 긁어모았고요."

"용서를 빌면 아량을 베푸실 겁니다."

"반성을 하시면 생각해본다고 전하세요."

남종규는 착잡하게 바라보았고, 이경은 미소를 잃지 않았다. 남종규는 적당한 말이 생각나지 않는 듯 조금 머뭇거리는 모습을 보였다. 세진이 무례를 무릅쓰고 그들에게 다가갔다.

"오늘 아침, 서봉수 회장님이 세상을 떠나셨습니다."

이경은 언뜻 알아듣지 못하고 계속 미소 짓고 있었다. 다가오던 세진은 그 자리에 우뚝 멈췄다.

"재단 자금 넘기고, 일본에 가보시죠. 상주로서 장례 준비도 하셔야 되지 않겠습니까?"

"지금 뭐라고 했어요?"

이경의 눈빛이 초점을 잃어갔다. 세진은 말문이 막혀 제 소리를 내지 못했다.

"당신 뭐라고 했냐고!"

"서 회장님 지병이 악화돼서……. 어르신께서도 삼가 조의를 표한다고 전하셨습니다."

충격으로 이경의 몸이 파르르 떨렸다. 세진이 얼른 곁으로 다가왔다.

"그러니까 우리 아버지가 돌아가셨으니 자금 토하는 조건으로 풀어주겠다?"

남종규의 고개가 절로 숙여졌다.

"차편은 바로 대기시켜 놓겠습니다."

"천만에!"

남종규뿐만 아니라 세진도 이경의 말에 깜짝 놀랐다.

"우리 아버지를 잘 모르시네. 겨우 장례식 치르겠다고 그 큰돈을 포기하면, 저승에서도 꾸짖을 분이시거든."

"대표님!"

세진과 남종규가 동시에 부르짖었다. 이경은 냉랭했다.

"자금은 내 수중에 있고, 어르신이 무릎을 꿇어야 돌려받을 겁니다. 그 밖에 달라진 조건은 아무것도 없어요."

할 말을 다한 이경은 획 돌아섰다. 남종규는 전혀 예상치 못한 전개에 얼굴이 일그러졌다. 돌아올 수 없는 강을 다시 노 저어 가려고 한 자신이 한심스러웠다. 적에 대한 분석이 덜 끝 났다는 자책을 했다. 그는 별장에 올 때 답장을 하지 않은 건 우의 메시지를 불현듯 떠올리며 조용히 물러났다.

세진도 이경에게 가까이 다가가지 못했다. 용기 내어 그녀의 뒤에 섰지만 이경은 미동도 없었다. 세진은 속으로 건넬 단어 를 찾아 이리저리 문장으로 만들어보았다. 이경이 돌아섰다.

"세진아."

"네, 대표님."

세진은 먹먹했다. 이경의 눈에 결연한 의지가 보였다.

"여기서 나가야겠어."

남종규는 건우의 말에 너무 놀라 마시던 커피를 쏟을 뻔했 다. 커피숍 손님들이 힐끔힐끔 곁눈질했다. 건너편에 앉은 건 우만 진지한 태도를 보였다.

"저 농담 아닙니다. 저도 아버지 빼내려고 필사적입니다. 합 법으로 안 되면 편법으로 가야죠. 얼마면 되겠어요? 남 이사 장님 몫은?"

"이 얘긴 못들은 걸로 하죠."

남종규는 자리를 박찼다.

"우리 이사장님, 흥정을 잘하시네. LA 외곽에 손때 안 묻은 쇼핑몰이 하나 있는데, 사모님 선물로 적당할 겁니다."

"저는 돈 때문에 어르신을 배신하지 않습니다."

건우가 일어서 나가려는 남종규의 소매를 붙들었다.

"누가 어르신 배신하래요? 저 효도 좀 하게 도와달라는 거지."

남종규는 건우의 절박함에 마음이 조금씩 흔들리는 걸 느꼈다. 문자 알림음이 들리고 건우는 즉시 확인했다. 그러고는 자리에 앉아 머리를 감싸 쥐었다. 더 이상 건우의 행동이 없자 남종규는 약간의 아쉬운 표정을 지으며 밖으로 나갔다. 건우는 전화를 걸었다.

"오케이, 블랙박스 파일이 전송되고 있어요. 건우 씨, 우리랑 일해도 되겠네."

건우는 웃으며 김 작가의 전화를 끊고 밖을 내다보았다. 탁이 카페 밖에서 기다리고 있었다. 건우가 남종규를 붙잡을 동안 탁이 그의 차에 몰래 들어가 블랙박스 파일을 김 작가에게 보낸 것이다. 건우는 순간 떠오르는 기억이 있었다. 건우는 카페 밖으로 나와 탁에게 물었다.

"혹시 제 사무실에서 서류 가져간 적 있죠?"

탁은 말없이 길가에 주차된 자기 차에 쏜살같이 올라탔다.

건우에게는 대답으로 충분했다.

이경이 사내에게서 폰을 건네받았다. 세진이 마음을 졸이며 귀를 활짝 열었다. 이경이 장태준과 담판을 짓겠다며 통화를 요청했고 금방 그 요청이 받아들여졌다.

"부고는 들었다. 뭐라 조의를 표해야 할지 모르겠구나. 아까운 사람이 갔어."

"지금이라도 아버님한테 가야겠습니다."

"그래야지. 그게 자식 된 도리야. 이사장이 헛걸음했기에 어쩌나 싶었는데, 마음을 고쳐먹었다니 다행이다 싶구나."

"재단 자금을 돌려드린다는 얘기가 아닙니다."

"뭐라?"

"한국 오기 직전에 아버님께 받은 기록이 있습니다. 딸자식 상주 노릇하라고 주신 건 아니겠지만 그걸로 여기서 나가볼까 싶네요."

"무, 무슨 기록 말이냐?"

이경은 떨리는 장태준의 목소리를 감지했다.

"어르신이 올림픽 준비할 때, 아버님이 옆에서 보고, 듣고 확인해놓은 비망록입니다. 어르신 숨통을 끊고 싶다면 이 비망록을 사용하라고 아버님이 말씀하셨죠."

"글쎄다. 고인이 그런 기록을 남겼다니 섣불리 믿기지 않는구나."

"전화로 할 얘기는 아닌 거 같네요. 그럼……."

이경이 휴대폰을 주인에게 돌려주었다. 그는 통화를 잠시 하더니 차를 대기시켰다. 이경만 차에 올라타게 하고, 세진은 별장 안으로 보내졌다.

"세진아, 금방 내보내줄게."

세진은 이경의 말을 전혀 의심하지 않았다.

장태준은 아직도 미심쩍은 시선으로 이경을 노려보았다.

"사람이 곤경에 처하면 아무 말이나 뱉게 되지. 모면할 마음이 급해서 뒷일을 생각하지 않거든. 봉수가 남겼다는 비망록은 금시초문이로구나."

"그 당시 어르신과 박무일 회장을 도우면서 오간 금전 거래와 지시 메모, 비밀스러운 회동까지 전부 기록해놓으셨습니다. 비망록에 언급된 유력 인사만 해도 1백여 명. 지금도 현역 실세인 분들이 제법 있더군요."

장태준은 반신반의했다. 이경은 그를 쏘아보았다.

"어째서일까? 그렇게 치명적인 기록이 수중에 있는데, 어째서 그걸 폭로하지 않고 순순히 일본으로 돌아갔는지 도대체

믿기지 않는구나."

이경의 눈가에 찬바람이 불었다. 정녕 저 인간은 모르는 것 같았다.

"어르신과 박 회장을 인간 이하로 봤으니까요."

남종규가 어르신을 대신해 나섰다.

"말조심하세요. 설사 적힌 게 맞다 한들 공소시효가 한참 전에 지난 일들입니다."

"정치 생명은 끝장낼 수 있겠죠. 올림픽 막후에서 이렇게 지저분한 협잡과 거래가 오갔다는 사실이 알려지면 사회적, 도덕적인 비난을 피할 수 있을까요. 자기 손으로 뽑은 높으신 양반들이 말도 안 되는 일들을 했다면 과연……."

그 사이에 조 이사가 비망록을 갖고 도착했다. 비망록을 한 페이지씩 넘겨보는 장태준의 손이 떨리고 얼굴은 붉게 달아올랐다.

"날 압박할 수 있는 비장의 무기인데, 이렇게 넘겨도 되겠는가?"

"애초에 고려해본 적도 없습니다. 사본도 없고요. 이제 아버님의 유품이 됐으니 이 거래로 쓸모는 다하는 거죠."

"남 군 태워버리게."

장태준은 장부를 바닥에 내던졌다. 이경은 뒤돌아서기 전에 한 마디 했다.

"거래가 성사된 걸로 알겠습니다."

장태준은 고개를 끄덕이며 가감 없이 진심을 그녀에게 전했다.

"내 비록 조문은 못 가지만 고인에 대해 심심한 조의를 표하네. 봉수 영전에 내 향도 하나 피워주게."

"아버지 가시는 길 편하게 모시려고 합니다. 그 부탁은 못 들어드리겠네요."

이경이 차갑게 돌아섰다. 남종규가 배웅을 위해 따라붙었다. 이경이 낮은 음성으로 말했다.

"별장에 남은 그 아이, 이제 돌려보내세요."

"어떻게 알았는지 박건우 씨가 찾아왔더군요."

이경은 잠시 걸음을 멈추더니 쓴웃음을 한 번 지었다.

탁이 건우를 중간에 내려주고, 세진을 데리고 갤러리 앞에 도착했다. 김 작가가 입구에 모습을 드러냈다. 여행 가방 세 개를 끙끙대며 밀고 있었다. 세진과 탁이 내리자 이경의 차가 다가왔다. 모두 뛰어가 맞이했다. 이경은 보이지 않았고 조 이사가 운전대를 잡고 있었다.

"대표님은요?"

세진의 질문에 조 이사는 재빨리 내리며 대답했다.

"공항으로 바로 오신대. 난 필요한 짐을 가지러 왔고."

조 이사는 김 작가의 짐을 받아 트렁크에 넣었다. 탁이 큰 여행 가방 두 개를 끌고 왔다.

"탁아, 며칠 걸리지 모르니 갤러리 잘 부탁해."

김 작가의 당부에 탁이 끄덕였다. 세진이 잠시 머리를 세차게 흔들고 앞으로 나섰다.

"작가님. 저도 공항까지만……"

"세진아, 미안하지만 이건 우리 일이야."

세진은 멈칫했고, 조 이사가 김 작가를 태우고 떠나는 모습을 그저 멍하니 바라보았다.

박무일은 건우에게서 서봉수의 부고를 전해 듣고 벽을 잡고 겨우 중심을 잡았다. 건우가 부친을 부축해 침상에 눕혔다.

"봉수가 그리 됐나. 죄인들만 남겨놓고 먼저 가모 우야노. 인자 나는 우찌 속죄를 해야 하노?"

박무일은 안경을 벗고 눈가를 훔쳤다. 건우의 마음도 착잡했다. 과거 부산에서 이경과의 이별을 종용할 때의 강렬한 인상이 아직도 선했다.

"봉수 딸아는 일본에 갔겄제. 회사 이름으로 조문해야지."

"작은아버지가 하셨을 거예요."

"봉수 아는 다시 한국에 들어온다카드나? 이래 되모 여기 사업 접고 일본서 지 아버지 회사를 운영해야 될 낀데."

건우는 잠시 이경을 떠올리고 고개를 가로저었다.

"돌아올 겁니다. 이경이는 여기서 하려는 일, 쉽게 포기하지 않을 거예요."

괴물의 먹이

시간이 훌쩍 지났다.

손 회장이 자기 방에 들어와 소파에 몸을 실었다. 손기태가 부친의 여행 가방을 옆에 끌어 놓고 맞은편에 앉았다.

"재일 한국인, 일본인 가릴 거 없이 조문객들이 장사진이었다."

"서 대표는요? 아버지 보고 뭐라 안 해요?"

"한심한 녀석. 적이든 아군이든 문상객을 박대하는 경우는 없다. 그런 자리에서 사업 얘길 할 것도 아니고."

손기태는 부친의 말을 귀담아듣지 않고 입맛을 쩝쩝 다셨다.

"서 회장 그 양반, 재산이 엄청나다면서요? 서 대표는 수지 맞았네요."

"유산이 탐나면 굿을 하지 그러냐? 하루빨리 애비 세상 뜨라고."

"무슨 말씀을 그리……. 참, 서 대표 회사 최 회장하고 갈라먹는다면서요? 아들 있는데 남 좋은 일 시킬 필요 없잖아요. 저 요새 해외 투자해서 수익 내는 거 보셨잖아요. 저한텐 엔젤이 있거……."

"어디서 눈을 부라려! 엔젤은 또 뭐냐?"

손기태는 입을 다물고 더 들이대지 못하고 투덜대며 돌아섰다.

박무삼은 회장실을 서성거렸다. 소파에 앉아 신도시 보고서를 검토하는 남종규를 보며 부아가 치미는 중이었다.

"입찰 담합 건은 해결됐습니까?"

"서 대표가 지정한 업체 찍어내느라고 잠시 지체한 거요. 조만간 재입찰 들어가야지."

"시공사는 제가 추천하도록 하죠."

"좀 곤란한데. 아무 업체나 들이밀었다간 외부 감사에서 문제가 생겨요. 이미 내정한 업체가 있으니까."

"회장님. 제 얘기가 부탁으로 들리십니까? 어르신의 뜻을 거스르지 마시죠."

"그 뜻이 도둑질인가요?"

익히 들은 목소리였다. 남종규가 인상을 쓰며 뒤돌아보았다. 역시 이경이었다. 박무삼이 일어나 반겼다. 남종규는 언짢았지만 어쩔 수 없이 일어나 예를 취했다.

"서 대표! 언제 귀국했나?"

"공항에서 오는 길이에요."

"큰일 치렀네. 상심이 컸을 텐데……."

이경이 박무삼에게 깊게 머리 숙여 감사를 표했다. 이경은 다시 냉정한 얼굴로 남종규에게 질문했다.

"기껏 남이 일궈놓은 밭에서 수확만 뽑아가는 건 도둑질이죠. 그게 어르신 뜻인가요?"

"사업상 조언이라고 해두죠."

"말장난 그만하고 꺼지세요. 듣기 역겹네요."

남종규는 얼굴을 붉히며 물러났다. 이경은 그가 나간 방향을 슬쩍 보더니 박무삼에게 전에 말한 강의를 다시 했다.

"요점은 간단합니다. 시공사는 원래대로 지오건설, 다른 업체는 고려 대상이 아닙니다."

"아까 이사장 얘기 들었잖소? 어르신 뜻 무시했다간 내가 피곤해져요."

"그럼 선택을 하셔야죠. 성북동, 아니면 저."

"서 대표가 그렇게 자신만만할 상황이 아닌 걸로 아는데."

"신도시 프로젝트는 저와 회장님 합작품입니다. 성북동에서 숟가락을 얹게 내버려둘 순 없죠. 지오건설로 확정하세요."

이경은 조용히 다그쳤고, 박무삼은 망설였다.

"고인을 기리면서 자중하는 게 상주된 도리 아니겠나? 프로젝트는 내가 알아서 하리다."

"유감이네요. 그럼."

이경이 일어나 선선히 돌아섰다. 박무삼은 그녀의 뒷모습이 개운치 않았다.

이경이 회장실을 나오자 건우가 기다리고 있었다.

"고생 많았어. 위로가 안 되겠지만 아버님, 좋은 데로 가셨을 거야."

"고마워."

"우리 아버지도 충격이 크셔. 유감이라고 전해 달라셨고."

"알았어."

"너는 좀 어때?"

"괜찮다고 하면 거짓말이고, 뭐 그럭저럭."

건우는 이경이 툭툭 던지는 말에서 그녀의 숨은 아픔이 느껴졌다. 건우는 진심으로 그녀가 걱정되었다.

"어르신한테 계속 맞설 생각이야?"

"먼저 약속을 깬 쪽은 성북동이야. 내 걱정은 말고 네 작은

아버지나 좀 챙겨."

이경은 이내 표정이 심각해진 건우를 보고 미소가 떠올랐다. 한때 목숨이 아깝지 않을 정도로 생각한 이였다. 이경은 건우가 고마웠다. 예전이나 지금이나. 하지만 이제부터 이런 감정을 느낄 시간이 없을 것이다. 이게 다 아버지 장례를 치르며 마음이 약해져서 그런 것이라 생각했다. 이제 이경은 괴물로 돌아갈 시간이 되었다. 그녀는 건우를 스쳐 지나갔다. 건우는 미처 그녀의 서글픈 미소를 보지 못했다.

괴물의 첫 먹이는 손기태였다. 천하금융 근처 식당 내실에서 그는 이경의 제안에 질색했다.

"우리 아버질 쫓아내고, 나더러 회장이 되라는 소리요, 지금?"

이경은 짧고 굵게 한 번 끄덕였다.

"내가 불만 있는 건 사실이지만 그렇다고 쿠데타?"

"혼자서는 어렵겠죠. 하지만 내가 도우면 가능한 일이에요."

"난 아버지 밀어내고 회장 될 생각, 꿈에도 해본 적 없수다."

"꿈꾸지 말고 현실로 만들면 되죠. 몇 달 전까지만 해도 박무삼 사장이 무진그룹 회장이 될 거라곤 아무도 생각하지 않았습니다."

손기태의 마음이 약간 흔들렸으나 그의 생각이 바뀔 정도는 아니었다.

"아버지 처내고 그 자리 차지할 만큼 잡놈은 아뇨."

"마음이 바뀌면 언제든 연락해요."

손기태가 으르렁거리며 내실을 빠져나가자 조 이사가 들어왔다.

"거절했습니까?"

"미끼를 봤으니까 주변을 맴돌 거예요. 이제 낚아챌 기회를 만들어야죠."

세진은 갤러리 앞에서 들어가지 못하고 서성거렸다. 문이 열리고 탁이 나왔다.

"차에서 기다려."

탁이 리모컨으로 차문을 열었다.

"너무 사양하면 예의가 아니겠지? 고마워."

세진이 손가락으로 하트 모양을 그렸다. 탁은 히터를 틀어주려다, 뒤도 안 돌아보고 안으로 들어가 버렸다. 세진은 조수석에서 이경을 기다리기로 했다.

다행히 몇 분 후, 차가 멈추고 이경과 조 이사가 내렸다. 세진은 서둘러 이경에게 달려갔다.

"대표님! 잘 다녀오셨어요?"

"무슨 일이야?"

"대표님 오셨다는 얘기 듣고 괜찮으신가 걱정돼서요."

"괜찮아. 혹시 콜린 컴퍼니 실소유주 아직 조사하고 있니?"

"네, 벽에 가로막혀 있긴 하지만요."

"계속해봐. 혹시 네 도움이 필요할 수도 있으니까."

이경은 지극히 사무적인 태도로 세진을 대하고 갤러리 안으로 들어갔다. 세진은 서운했다. 들어와 차나 한잔 마시고 가라고 할 수도 있을 텐데. 세진은 갤러리 입구를 우두커니 보다가 힘없이 돌아섰다.

이경은 갤러리 식구들에게 그동안 밀린 임무들을 신속하게 배분했다.

"작가님. 선물거래 쪽에선 당분간 입수하기 힘든 큰 건이라고 잔뜩 부추기면서 손기태 사장을 잡아놓으세요."

"탁이는 지오건설 입찰 준비 체크해. 직접 가보는 게 좋을 거야."

"강 전무 만나서 확인하겠습니다. 세진이 기다리고 있었는데 혹시 못 만나셨어요?"

"만났어. 자, 그럼 일 시작하죠. 탁이는 잠깐 올라와봐."

탁은 너무나 딱딱한 이경의 모습에 실망한 기색을 내비쳤으나 아주 미약한 정도였다.

박무삼이 차 뒷좌석에서 푹신한 쿠션을 즐기며 잠시 졸다 급격한 경사를 타고 내려간 차가 곧 멈추는 것을 느끼며 잠에서 깨었다. 기사가 차 문을 열자 박무삼은 짧은 기지개를 켜며 내렸다.

잠이 덜 깬 상태로 발걸음을 옮기는데 낯선 인기척에 문득 고개를 들었다. 왠지 모를 섬뜩한 기분이 들었다. 박무삼은 주위를 두리번거리다 모자와 마스크로 얼굴을 가린 사내가 눈에 들어왔다. 소름이 돋았다. 뭔가를 감싼 신문지를 들고 있었다. 비록 짜고 칼침을 맞았지만 그때 느낀 고통과 공포는 진짜였다. 기사를 찾았지만 이미 그는 출발하고 없었다.

박무삼은 엘리베이터를 향해 혼신의 힘을 다해 뛰었다. 다행히 엘리베이터는 금세 도착했고 주차장을 살펴보니 낯선 사내는 보이지 않았다. 박무삼은 엘리베이터에 올라타며 급하게 자기 집 층수를 눌렀다. 문이 서서히 닫혔다. 박무삼이 안도의 숨을 내쉬는데 가죽 장갑을 낀 손이 닫히기 직전의 엘리베이터 문 사이로 들어왔다. 박무삼은 깜짝 놀라 한쪽 구석으로 뒷걸음질 쳤다.

사내가 박무삼의 이름을 불렀다. 변조된 음성이었다. 사내는 박무삼에게 다가와 귓가에 속삭였다.

"만들기는 어렵다. 그러나 날리는 건 쉽다."

박무삼은 그 말이 뭘 의미하는지 단번에 알아챘다. 서이경의 메시지다! 박무삼이 고개를 끄덕이자 그는 천천히 뒤로 물러났다. 엘리베이터 문이 닫혔다. 엘리베이터가 올라갔다. 서이경이라면 CCTV에 증거도 남기지 않았을 것이다. 박무삼은 눈을 감고 엘리베이터가 멈추길 기다렸다.

"답신 왔습니다. 손기태 사장이 최대한 끌어 모아서 입금하겠답니다. 절 엔젤로 믿고 있어요. 월 스트리트 투자 전문가. 크크."

김 작가가 웃으며 이경에게 보고했다.

"그동안 푼돈으로 재미를 봤으니 바짝 욕심이 나겠죠. 잘 구슬려 벼랑 끝까지 데려가세요."

김 작가는 고개를 끄덕이며 대답을 대신했다.

커피잔을 든 손기태의 손이 덜덜 떨렸다. 노트북에 외국 투자 그래프가 급격한 하강 곡선을 그리고 있었다. 회사 내 투자 자본을 몰래 끌어다 몽땅 박았는데 명백한 투자 실패다. 이틀 내로 돈을 채워야 하는데 대책이 없었다. 그는 불안한지 계속 손톱을 물어뜯었다. 휴대폰이 울렸다. 이경의 전화였다. 그는 커피를 바지에 엎질렀지만 신경 쓸 겨를이 없었다. 그는 전화를 받는 순간 결심이 섰다.

"어떻게 마음이 좀 바뀌셨나요?"

"이판사판, 죽을 각오로 저지르는 거요. 실패하면 나 혼자 안 죽어!"

"실패할 계획이면 제안하지도 않아요. 그럼."

손기태는 티슈로 바지를 훔치며 입술을 깨물었다.

이경은 전화를 끊고 활짝 미소 지었다. 동시에 시작한 계획들이 하나하나 제 그림을 그려가고 있었다.

"탁아, 천하금융에 가봐. 전에 말한 대로 하면 돼."

탁이 즉각 일어나지 않았다. 이경이 그에게 시선을 돌렸다.

"뭐가 문제지?"

"박무삼 회장, 협박하라고 시키신 것도 그렇고, 요즘 대표님답지 않으세요. 너무 속도 제한 없이 달리시는 거 같아서요."

"적들은 과속하는데 규정 속도 지켜봤자 나만 낙오하는 거야. 난, 뒤처지는 게 제일 싫거든."

탁은 더 이상 토를 달지 않고 명령을 수행하기 위해 일어섰다.

"이사님은 무진그룹에 다녀오세요. 지금쯤이면 박 회장, 지오건설로 마음 정했을 거예요."

조 이사는 절대 충신처럼 짧게 대답하고는 사라졌다.

세진은 스튜디오 대용인 무진그룹 근처 한 카페로 들어섰다. 건우와 문 실장은 영문 출력물을 유심히 보고 있었다. 세진은 테이블 위에 자랑스레 서류 한 뭉치를 내려놓았다.

　"정미연 씨 양육권 소송 서류네요. 어떻게 찾았어요?"

　건우는 반가운 얼굴로 세진을 맞이했다.

　"차단되기 전에 SNS에서 아들 얘기하던 게 생각났어요. 엄청 그리워하는데 미국에 두고 와서 힘들다고요."

　"그런데 이걸로 할 수 있는 게 별로 없을 텐데요."

　"아들하고 연락해보려고요. 우리 나이로 열세 살이면 SNS 같은 거 하고 있을 거예요."

　"그런 메시지는 이미 엄마랑 주고받겠죠."

　"법원 명령으로 금지된 상태입니다."

　서류를 살피던 문 실장이 끼어들었다.

　"아들 동영상이나 사진, 메시지 같은 거 전해주면 기뻐할 거예요. 그럼 조금이라도 협조 할 마음이 생길 수도 있고. 안 된다고 해도 할 수 없고요."

　건우는 뭔가 생각나는 듯 쿡 하고 웃었다. 세진이 의아해하며 그를 보았다.

　"이솝우화네요. 나그네 외투를 벗게 하는 내기요. 바람 대신 햇빛으로 해보겠다는 거잖아요."

세진도 가볍게 따라 웃었다. 문 실장은 머리를 숙이고 끽끽
거렸다. 의외로 격한 반응이었다. 세진과 건우도 문 실장의 유
별난 유머 코드에 덩달아 웃음을 터뜨렸다. 휴대폰이 웃음 사
이를 갈랐다.

"네, 작은아버지."

구치소 특별면회실에 무진 일가가 오랜만에 다 모였다. 분위
기는 화기애애하지 않았다. 박무일은 지긋하게 눈을 감고 있었
고, 박무삼은 울지만 않았을 뿐 참담한 표정이었다.

"제가 행님 팔아 묵고, 조카 밟아삐고……. 예, 압니더. 제가
죽일 놈입니더."

박무삼의 갑작스러운 고해성사에 박 부자는 적잖이 당황했
다.

"행님, 못나빠진 동생 고마 쎄리 패주이소. 회초리를 드셔도
달게 맞겠심더."

박무일이 천천히 눈을 떴다.

"말도 안 되는 소리 치아라. 그래, 이제 우쩔끼고?"

박무삼은 어깨를 들썩이며 조금씩 진정했다.

"성북동하고 서 대표 사이에서 줄타기 좀 해볼라 캤는데, 인
자는 더 몬 하겠습니더. 영혼까지 탈탈 털리게 생겼다 아입니꺼."

"회장이 안 한다 카모 누가 하끼고?"

박무삼이 갑자기 건우를 뚫어지게 쳐다보았다.

"건우야, 신도시 프로젝트를 니가 맡으모 안 되겠나? 그룹 사활이 걸린 사업이니까, 니가 딱 중심 잡고 함 끌어봐라. 내 뭐든 도와주께."

건우는 예상치 못한 박무삼의 말에 갈피를 잡을 수 없었다. 박무일이 나섰다.

"됐다, 마. 잔수 부리지 마라! 회장은 하고 싶고, 여기저기 시달리긴 싫고, 그래서 건우한테 떠넘기겠다는 그 말 아이가?"

"행님, 신도시 사업 이러다 다 뜯어 묵힙니다. 죽 쒀가 개 좋은 일 시키모 되겠습니꺼?"

"회장 되겠다고 그 개들 끌어들인 사람은 박무삼이 니다."

"행님, 제 말은 그기 아이고……."

"맡겠습니다! 그룹을 지켜야죠."

"건우야!"

박무일이 아들을 안쓰럽게 불렀다.

"박가끼리 안 뭉치면 작은아버지 말대로 돼요 아버지. 껍데기만 무진그룹이고 성북동이든 서이경이든 주인 행세 하겠죠."

"맞다! 내 말이 그 말이다."

"제가 할게요, 아버지."

박무일은 큰 짐을 지고 갈 아들 걱정에 마음이 착잡했다. 박무삼은 살짝 고개를 돌려 이제 살았다는 듯 안도의 숨을 내쉬었다. 건우는 담담한 얼굴로 각오를 다졌다.

손 회장은 모처럼 고향 친구들을 만나 거하게 취했다. 친구들을 만난 반가움보다 회사 운영, 전직 대통령과 서이경에 대한 눈치, 무엇보다도 아들 걱정에 술이 술술 들어갔다. 그는 기사의 부축을 받으며 횟집을 나섰다. 기사의 안내로 뒷좌석에 몸을 실었다. 기사가 운전석에 앉아 창문을 열었다. 미리 모의가 있었던 손기태의 수하가 기사에게 마스크 프레이 캔을 슬쩍 건네고 지나쳤다. 기사는 창문을 올리고 길게 숨을 한 번 들이마셨다.

"회장님, 벨트 매겠습니다."

손 회장은 눈을 감은 채 고개만 끄덕거렸다. 기사는 몸을 뒤로 빼 캔의 마스크를 손의성 입에 댔다. 손 회장이 이물감에 흠칫 눈을 떴지만 이내 스르륵 처지면서 옆으로 쓰러졌다.

손 회장의 눈꺼풀이 흔들거렸다. 눈을 뜨니 낯선 천장이 보였다. 그는 찌푸리다가 몸을 일으키려는데 힘이 하나도 실리지 않았다. 그제야 팔에 꽂은 링거가 눈에 들어왔다. 손을 뻗어 빼려 해도 헛손질만 계속되는 완전히 무기력해진 상태였다. 문이 열리고 아들 손기태가 들어섰다. 잔뜩 긴장한 눈치였다.

"기태야, 이건 어찌 된 일이냐?"

손기태는 울상을 지었는데 영 어색했다.

"아버지, 갑자기 쓰러지셨어요."

"그럼, 임 박사 좀 불러다오."

"사정이 있어서 다른 병원으로 모셨어요."

손 회장은 미심쩍었다. 임 박사는 10년 이상 된 주치의였다. 그는 다른 병원을 이용한 적이 없었다. 동물적 본능이 몸을 움츠리게 했다.

"여기가 어디냐?"

"아무 걱정 마세요. 안정이 우선이에요."

손 회장은 얼추 짐작이 갔다. 아들의 음성이 떨리고, 뭔가를 숨기고 있다. 믿을 수 없는 사실이 실제로 일어나고 말았다. 쿠데타다!

"기태 너 이놈!"

"나중에 또 올게요."

손기태는 얼른 병실을 빠져나왔다. 병실 문 앞에 부하 두 명, 복도 끝에도 손기태 수하들이 파수꾼처럼 서 있었다. 손기태는 단호한 목소리로 수하들에게 강조했다.

"한 층 전부 우리가 쓰는 거니깐 낯선 사람 보이면 무조건 커트하고."

수하들이 머리를 깊게 숙였다. 손기태는 일을 저질렀다는 후련함과 죄책감이 동시에 몰려왔다. 그는 아버지의 병실을 잠시 쳐다보다 엘리베이터로 향했다.

손기태는 아버지의 방에서 이경과 조 이사를 맞이했다. 자꾸 아버지의 자리가 눈에 밟혔다. 이경이 그의 시선을 따라가며 말을 던졌다.

"언제까지 격리시킬 순 없을 거예요. 길어지면 보안 유지도 안 될 테고."

"그럼 얼마나?"

"글쎄요. 길어야 한 달? 그전에 천하금융을 확실하게 장악해야죠."

"회사나 협회나 워낙 아버지를 따르는 사람들이 많아서……."

"그러니까 도와주겠다는 거잖아요. 방해될 사람들부터 쳐내고, 처리해야 할 문제도 하나씩 해결 봐야죠. 자세한 건 조 이사님 통해 진행하면 됩니다."

손기태는 마음이 착잡했으나 일은 이미 벌어진 뒤였다. 노크 소리가 들리고 여비서가 들어왔다.

"마리 아가씨 오셨습니다."

마리가 울상이 되어 들이닥쳤다.

"아빠! 할아버지 어떻게 된 거야? 어, 안녕하세요?"

마리는 뒤늦게 손님들을 발견하고 인사했다. 이경과 조 이사는 눈인사로 화답하며 나갔다. 마리는 나가는 이경을 따라 시선을 돌리며 말했다.

"아빠, 병원 가려고 했는데 면회도 안 된대. 할아버지 많이 아파?"

"저, 절대 안정. 걱정돼도 참아!"

손기태는 고개를 휙 돌렸다. 마리는 수상한 눈초리로 부친을 쏘아보았다.

겨울바람은 확실히 찼다. 이경은 차 창문을 올렸다. 조 이사가 룸미러를 힐끔거리는 게 뭔가 보고할 눈치였다. 그가 말하기 편하게 먼저 말을 붙였다.

"이사님, 무진그룹, 천하금융은 정리됐고 이제 장태준 하나 남았네요."

"네, 그런데 조금 전 지오건설에서 연락이 왔습니다."

지오건설이라면 조 이사 담당이었다. 그가 난처한 걸로 보아 문제가 크게 터진 것 같았다.

건우가 회의실에서 10여 명의 업체 관계자들과 만나고 있었다. 박무삼에게서 신도시 프로젝트 전권을 이임 받고 처음 시작한 업무였다.

"재입찰은 관련 법규, 사내 규정에 따라 일체의 담합이나 사전 조정 없이 시행됩니다. 만에 하나 부정한 방법으로 입찰에 응하는 사례가 나오면, 해당 업체는 이후 무진 신도시 프로젝트에 관련된 어떤 공사에도 참여할 수 없도록 조치하겠습니다."

업체 대표단들은 긴장했다.

"무진 네오시티 프로젝트 총괄책임자로서 분명하게 경고했습니다."

회의를 마친 건우가 통로를 걸으며 실무자에게 지시를 내렸다. 통로 끝에 이경이 서 있다. 건우는 실무자를 먼저 보내고 이경에게 다가갔다.

"조카한테 떠넘기고 회장실에 숨으셨구나."

"적당히 하지 그랬어. 우리 작은아버지, 욕심은 많은데 겁도 많으시거든. 너하고 성북동에서 너무 몰아붙였어."

이경은 콧방귀를 꼈다.

"역시 핏줄 이상이 없네. 결정적인 순간에 뭉치는 거 보니까. 감동적이야."

"우리 회사에서 손 떼라. 어르신도 단념하게 만들 거야."

"프로젝트 총괄책임인가? 지하실에서 고생했으니까 우선순위에서 뒤로 빼줄게. 성북동 처리하고 올 동안 그 자리 즐기고 있어."

"어르신이 쓰러지면 우리가 싸울 일이 있겠냐? 세진 씨도 그거 땜에 밤낮없이 조사 중인데."

맞는 말일 수도 있고, 틀린 말일 수도 있다. 이경은 열정적인 건우의 모습이 보기 좋았다. 하지만 자신의 길을 막는다면 이야기가 달라진다. 그녀는 웃음기를 빼고 건우를 응시했다.

세진이 소파에 앉아 있는 이경에게 인사를 했다.

"바쁜데 불렀나 보다. 콜린 컴퍼니, 벽에 부딪힌 문제는 해결했어?"

"아직요. 근데 방법은 있을 거 같아요."

세진은 그동안의 상황을 이경에게 간략하게 이야기했다.

"흥미로운데! 회사 내막을 잘 아는 전처를 공략하겠다?"

"그런 건 아니고요, 인간적으로 설득해보려고요."

"모성애를 자극하는 전략도 나쁘지 않아."

"전 공략이니 전략, 그런 계산은 안 했어요."

이경은 세진이 귀여웠다. 자신을 닮았으면서 닮지 않은 부분이었다.

"내가 도와줄 건?"

"없어요. 박건우 씨가 많이 도와주고 있고요. 참, 마리네 할아버지 입원한 거 아시죠? 어떤 상태인지 아세요? 마리가 너무 걱정해서요."

"남 걱정까지 대신 하지 마. 네 인생이 고달파져."

이경다운 대답이었다. 더 이상의 말이 없었다. 이제 세진이 갈 시간이란 뜻이었다. 세진은 인사를 꾸벅하고 집무실을 나갔다. 이경은 문 닫히는 소리를 듣고 키폰을 눌렀다.

"김 작가님, 잠깐 보죠. 급하게 하나 뚫을 게 있어요."

브런치 카페에서 건우와 마주 앉은 세진은 약간 흥분한 상태였다. 그도 그럴 것이 이경과 만난 후, 집에 가다 정미연 아들과 인터넷 채팅에 성공했기 때문이다.

"아들 소식에 엄청 설레는 거 같았어요. 어쩌면 생각보다 쉽게 도와줄지도 몰라요."

"잘 됐네요. 저도 정미연 씨한테 제안할 게 있어요. 미국에

서 하는 양육권 소송을 현지 법무 팀을 통해 도와줄 수 있을 것 같아요."

세진은 자기 일처럼 기뻐했다. 건우는 시간을 연신 확인하며 출입문을 응시했다. 약속한 시간이 이미 지나 있었다. 얼마나 기다렸을까. 두 사람은 누군가 카페 문을 여는 소리에 연신 고개를 돌려 확인했다. 하지만 정미연은 그 뒤로도 한참을 나타나지 않았다.

정미연은 세진에게서 아들 소식을 듣고 한달음에 달려왔는데 약속 장소인 카페 앞에서 전화 한 통을 받았다. 정미연의 얼굴이 하얗게 질리고 급하게 전화를 끊고는 발걸음을 돌려 옆 커피숍으로 향했다. 커피숍에 들어선 그녀는 창가 구석진 테이블로 갔다. 이경이 앉아 있었다.

"정미연 씨? 앉아요."

이경이 서류 봉투에서 꺼낸 사진을 테이블 위에 올렸다. 사진을 본 정미연은 급히 자리에 앉으며 사진을 품 안에 감췄다. 그녀가 백인 남자와 식당, 야외, 차 안 등지에서 다정하게 찍힌 사진들이었다.

"복잡한 비밀번호가 개인의 사생활을 보호해주진 못하죠. 이혼하기 훨씬 전부터 시작된 외도니까 양육권 소송은 패소하게 될 거예요. 물론 이 사진들이 전남편 김현수 씨 손에 넘어가지 않으면 얘기는 달라지겠죠."

정미연은 떨리는 음성으로 겨우 입을 열었다.

"원하는 게 뭐예요?"

"콜린 컴퍼니!"

약속 시간이 제법 지나자 세진과 건우는 초조해졌다. 창밖을 계속 두리번거리는데 정미연이 창가를 스쳐 급히 지나가는 모습이 보였다. 둘은 밖으로 뛰쳐나갔다. 하지만 정미연은 벌써 차를 타고 출발한 후였다. 건우가 택시를 잡으려 고개를 돌리는데 이경이 서 있었다. 세진도 이경을 발견했다. 순간 모든 것이 이해되었다.

"이런 일로 새치기까지 하고 그래?"

건우는 애써 분노를 억눌렀다. 세진이 이경 코앞까지 다가섰다.

"대표님, 무슨 얘길 하신 거예요? 설마 무슨 협박 같은 거 하셨어요?"

"아이 얘기랑 남편 얘기. 그리고 콜린 컴퍼니 실소유주 정보."

"실소유주……! 성북동 그분 맞죠?"

"맞아."

세진은 반 발자국 앞에서 이경에게 소스를 뺏겨 억울했지만 한편으론 자신의 생각이 옳은 것으로 증명되어 뿌듯하기도 했다. 이제 주사위는 이경이 가져갔다.

"확실하게 싸움 끝내세요, 대표님."

"고마워."

조 이사가 차를 가까이 붙이자 그녀는 인사 한 마디 남기지 않고 떠났다. 세진은 우두커니 이경의 뒷모습을 지켜보며 혼잣말처럼 중얼거렸다.

"이제 박건우 씨도, 대표님도 장태준 그분한테 피해 보는 일은 없겠네요. 증거가 공개되면 정치적으로 사망이라면서요?"

건우는 선뜻 대답하지 못하고 미심쩍은 얼굴로 골똘히 생각에 빠졌다.

장태준이 오랜만에 방송 대기실을 차지하고 앉았다. 깔끔한 정장에 호감 가는 인상의 메이크업을 받았다. 옆에서 남종규가 '한비자' 필사본을 들고 그 과정을 묵묵히 지켜보았다.

"대본을 검토했는데 예민한 내용은 없습니다. 말씀은 천천히, 여유를 갖고 하십시오."

장태준이 고개를 끄덕였다. 긴장은 되지 않았지만 다소 기분이 들뜬 상태였다. 문이 열리고 방송국 간부로 보이는 사내 서넛이 들어왔다.

"오랜만이구먼. 안 국장 아니, 이제 사장인가?"

대기실 밖 복도에서는 이경이 일전을 각오한 눈빛으로 대기 중이었다. 방송국 간부들과 촬영 스태프들이 나오자 이경은 그들을 스쳐 안으로 들어갔다.

둘만 남은 장태준과 남종규는 뜻밖의 그녀의 등장에 놀라워했다.

"서 대표. 이게 무슨 실례입니까?"

장태준이 손으로 저지했다.

"됐네. 괜찮아. 그래, 장례 잘 치르고 왔다는 소리 들었다."

"자리 좀 비켜주시죠."

장태준이 눈짓으로 허락하자 남종규는 다소 불안했지만 대기실 밖으로 나갔다. 이경은 장태준 곁으로 다가와 대본을 슬쩍 보았다.

"원로에게 듣는다. 인생과 인간? 프로그램 제목이 좋네요."

"부침이 많은 인생일수록 늙으면 할 얘기도 많아지는 법이니까."

"그럼, 저희 아버지를 배신한 일도 털어놓으셔야죠. 일본에서 건너온 재일 교포, 우정이란 미명으로 그분의 돈과 노력을 갈취했죠."

"봉수는 기꺼이 우리 뜻을 거들었다."

"그리고 가차 없이 팽개쳐졌어요. 금융 실명제를 핑계로 어르신은 정치적 부담을 느꼈고, 박무일 회장은 아버지의 자산을 탐냈고……."

"다 지나간 일이다."

"혼자만 승리자라고 생각하겠죠. 한 명은 감옥에 가 있고, 다른 한 명은 고인이 돼버렸으니. 아닌가요?"

"상왕의 자리에 올라야 진정한 승리자가 되는 셈이지. 이경아, 내가 복귀할 수 있는 기반은 네가 다진 거다. 이제 와서 그걸 뒤엎지는 못해."

이경은 웃음이 터져 나오는 것을 참을 수 없었다. 장태준은 노한 눈길을 보냈다.

"콜린 컴퍼니의 실소유주 증거를 확보했습니다."

이경은 마치 소설에서 탐정이 범인을 지목하고 설명하는 것처럼 대기실을 천천히 걸으며 말했다.

"검은 머리 외국인 처조카를 이용해 국부를 유출시켰어요. 그걸 다시 자기 금고에 채웠죠. 과연 국민들이 그런 상왕을 원할까요?"

장태준의 몸이 떨리기 시작했다. 이경의 눈에 '한비자'가 들어왔다.

"서재에서 필사를 하시더군요. 저도 외우는 구절이 하나 있어요. '태산 앞에서 포기하는 사람은 없다. 정작 사람을 넘어지게 만드는 것은 작은 흙무더기다.' 멋진 말입니다."

"뭐하자는 게냐?"

"아버지 유해를 모시면서 결심했어요. 교활하고 추악한 노욕의 화신, 아직도 탐욕에 절어서 상왕을 꿈꾸는 장태준. 당신을 기필코 그 자리에 올려놓겠다고."

장태준은 잘못 들었나 싶어 되물었다.

"당신은 계획한 대로 상왕의 자리에 앉을 겁니다. 내가 그렇게 만들 거예요. 하지만 앞으로는 철저하게 내 지시에 따라야 합니다."

"감히 나더러 복종하란 소리냐?"

"복종하고 꿇으세요. 그렇지 않으면 콜린 컴퍼니 자료가 세상에 공개될 테니까."

장태준이 벌떡 일어섰다. 부들부들 떨리는 몸을 주체하지 못했다.

"상왕의 명예, 노추의 몰락. 어느 쪽이 맘에 드세요?"

장태준은 손을 들어 이경을 가리키며 소리쳤다.

"복수가 아니었어. 넌, 넌 세상 전부를 움켜쥐고 싶은 게야!"

"처음에 말씀드렸잖아요. 복수하러 온 게 아니라고."

장태준의 불같은 눈길을 이경은 부드러운 미소로 보듬고 대기실을 나섰다. 남종규가 초조하게 서 있었다. 이경은 그냥 지나칠 수 없었다.

"고민 중이에요. 이사장을 어떻게 처리해야 좋을지."

남종규는 서슬 퍼런 그녀의 말에 자신도 모르게 한 발 물러섰다. 이경이 한 발 다가서자 그는 벽까지 물러났다. 이경의 휴대폰이 울렸다. 세진이었다. 이경은 남종규를 무시하고 전화를 받으며 복도를 걸어갔다.

세진이 길가에서 이경을 기다리며 서 있었다. 저만치 보이는 옥외 전광판에 장태준이 나왔다. 그는 대담 프로에서 느긋한 미소로 MC와 대화를 나누었다. 화면 화단에는 '백송 장태준. 풍부한 정치적 식견과 국정 운영 경험으로 사회에 기여하겠다.'라는 자막이 깔렸다. 세진이 멍해서 보는데 이경의 차가 옆에 멈춰 섰다. 창문이 내려가고 이경의 목소리가 들렸다.

"춥겠다."

"저게 어떻게 된 거예요? 콜린 컴퍼니 자료, 검찰이든 언론이든 넘겨주려던 거 아니었어요?"

"안 탈 거야?"

세진은 순간 짚이는 게 있었다.

"처음부터 아무것도 포기하지 않았죠? 그 자료는 거래 조건으로 썼을 거예요. 대표님 계획은 원래대로 진행 중이고요."

이경은 조용히 듣고만 있었다.

"맞아요?"

"타. 안 밀리는 시간이라 금방 갈 거야."

배신감에 절망감이 더해졌다. 세진의 표정은 싸늘하게 굳었다.

"세진아."

"버스 있어요."

"한참 돌아가야 할 텐데."

"그게 편해요."

"조심히 가."

이경은 차창을 올리고 출발했다.

"대표님도요."

세진은 우두커니 이경의 차를 바라보았다. 이경 역시 룸미러로 세진을 지켜보았다. 이경의 차는 세진에게서 점점 멀어져 갔다.

킹 메 이 커

　사람들 눈에 보이지 않는 괴물이 한바탕 날뛰고 난 뒤 힘의 서열은 얼추 정리되었다. 물론 임시적인 미봉책일 뿐이었다. 괴물이 한 마리만 있는 것은 아니었기 때문이다. 언제 변이가 일어날지 모를뿐더러 새로운 괴물이 탄생할 수도 있었다.

　이경이 장태준의 사저에 도착하자 벌써 달라진 위상이 드러났다. 이경의 차가 도착하자 한 신입 경호원이 검색하러 다가왔다. 고참이 차 넘버를 확인하고 부리나케 신참을 붙잡았다.

　"검색 안 해도 돼. 문 열어!"

　정문이 열리고 이경의 차는 그대로 통과했다. 경호원들은 깍듯하게 목례했다.

책상 너머에 장태준과 남종규가 초조하게 이경을 지켜보았다. 상석을 내주지 않았을 뿐이지 분위기는 전과 많이 달라져 있었다. 그녀는 인적 사항 서류를 검토했다. 남종규가 조심스레 보고를 시작했다.

"어르신을 통해 정치에 입문했고 원내 대표와 당 대표 경력은 물론 어르신 재임 시절에 정부 요직도 두루 거친 재목입니다."

이경은 대꾸 없이 서류만 넘겼다.

"현재 2위와 근소한 차이로 차기 대선 후보 지지율 3위입니다."

이경이 서류를 덮었다.

"퇴물이네요. 신선한 매력이 없어요."

장태준이 꿈틀했으나 표정관리에 들어갔다.

"여야 가릴 거 없이 인맥이 두텁고, 친화력이 좋아."

"모두에게 좋은 사람이라고 우리에게 필요한 사람이란 뜻은 아니죠. 정치 경력이 부족해도 새로운 이미지가 필요합니다."

"이미 점 찍어둔 후보가 있는 게로군. 그게 누군가?"

"누군지 알면 반대하실 겁니까?"

장태준은 책상 아래에 둔 왼손을 움켜쥐었다.

볼 일을 마친 이경이 나오자 응접실에서 기다리던 조 이사가 일어났다. 배웅을 위해 따라 나온 남종규를 향해 이경이 말했다.

"앞으로 특별한 용건 아니면 우리 조 이사님이 찾아뵐 겁니다."

남종규가 힐끔 쳐다보았다. 조 이사가 태연하게 인사를 했다.

"그래도 어르신 접견은 대표님이 직접 하셔야죠."

"일상적인 업무는 조 이사님이 하셔도 충분해요."

남종규는 수긍할 수 없어 고개를 가로저었다. 이경의 눈이 표독스러워졌다.

"한때는 이사장님을 내칠까 생각했어요. 아직은 어르신께 쓸모가 있다 싶어서 남겨둔 겁니다. 그러니까 가타부타 토 달지 마세요, 성가시게!"

남종규는 어금니를 악다물고 고개를 숙였다.

건우가 소지품이 담긴 박스를 안고 전에 쓰던 사무실로 들어섰다. 감회가 새로웠다. 한때 지하에 있었고 외국으로 나갈 뻔도 했었다. 익숙한 공간을 두리번거리는데 문 실장이 들어왔다.

"복귀를 축하드립니다. 팀장님."

"실장님도 축하드려요. 이제 다른 데 가시면 안 됩니다. 곰

꽝이 냄새 안 나니까 좋네요."

문 실장이 살짝 미소 지었다.

"재입찰이 목요일이죠? 지원 업체들 관련 서류들 토씨 하나 빠트리지 말고 검토하세요. 최종 확인은 제가 하겠습니다."

"지오건설은 탈락시킵니까?"

"당연하죠. 사전에 담합한 업체니까."

"서이경 대표 성북동하고 다시 손잡은 거 같더군요."

"손잡은 게 아니라, 어르신 손목을 비틀었을 거예요. 이제부턴 서 대표 계획대로 밀어붙일 겁니다."

건우가 씁쓸하게 웃었다.

"신도시 프로젝트도 외풍에 시달리겠네요."

"그거 못 하게 하려고 돌아온 거예요, 저. 우리 무진그룹은 서 대표 맘대로 못 해요."

문 실장은 다시 돌아온 건우가 믿음직스러웠다. 문 실장은 건우를 기분 좋게 해주고 싶었다.

"세진 씨를 불렀어요. 들어오라 할까요?"

역시 건우의 얼굴이 환해졌다. 문 실장은 곧 세진을 데리고 들어왔다. 세진의 표정에는 아직 그늘이 깔려 있었다.

"제가 정리하고 연락하려 했는데 실장님이 그새를 못 참고 연락한 모양이네요."

문 실장이 건우를 살짝 흘겨보고 자리를 비켜주었다.

"다시 뭐든 시작해야죠. 특별기획팀에서 외부 작업할 때 쓰는 사무실이 근처에 있어요. 당장은 쓸 일 없으니까 세진 씨가 쓰면 돼요. 물론 숙식도 보장됩니다."

건우는 진담을 농담처럼 건넸지만 세진은 진지했다.

"제가 할 일은요?"

"갤러리 S, 성북동 어르신 그리고 TJ 문화재단 등 이경이가 연관된 일을 샅샅이 조사해 주세요. 저하고 문 실장님도 자주 들를 거예요."

"네, 좋아요."

세진은 여전히 밝은 미소를 보이지 않았다. 건우는 세진의 마음을 알 것 같았다.

"이경이가 이 속도로 폭주하면 저나 세진 씨한테는 더 이상 기회가 없을지도 몰라요."

세진이 동감하며 끄덕였다.

"콜린 컴퍼니 자료, 그때 깨달았어요. 대표님은 무슨 일이 있어도 멈추지 않을 생각이란 거. 설령 자기가 괴물로 변해도 끝까지 꼭대기를 향해 올라갈 거예요."

"저 좀 솔직해질게요."

세진이 뭔 소린가 하고 건우를 똑바로 쳐다보았다.

"내가 이경이 걱정해서 막겠다는 거, 전부 헛소리였어요. 말은 그렇게 갖다 붙였지만 실은 우리 집안, 우리 회사를 지키는

게 더 중요했어요. 그냥 그럴듯한 명분이 필요했던 것뿐이에
요. 물론 이경이를 걱정한 건 진심입니다만."

"너무 솔직해지지 마세요. 나중에 후회해요."

"난, 지금이라도 내 욕심, 내 본심에 충실할 겁니다. 설사 그
게 이경이라 할지라도."

세진은 건우의 말이 이해되었다. 이경을 무너뜨리지 않고는
그녀를 절대로 멈출 수 없을 거란 사실을 잘 알았다. 하지만
이경을 망치고 싶은 생각은 추호도 없었다. 세진은 혼란스러웠
다. 일단 눈앞에 주어진 일부터 시작해보기로 마음먹었다.

아들에 의해 감금된 병실에서 손 회장은 아들의 이름을 애
타게 불렀다. 손기태는 그를 내려다보며 죄책감보다 우월감을
더 느끼기 시작했다.

"기태야, 주사 좀 빼다오."

"건강에 좋대요. 계속 맞으셔야 해요. 근데 회장 직인은 어
디 두셨어요? 아무리 찾아도 없던데. 결재하려면 직인이 있어
야 하잖아요. 회사 업무는 처리해야죠. 아버지."

손 회장은 기력이 없는 와중에도 매섭게 소리 질렀다.

"서이경이 시킨 게냐? 어리석은 놈."

"무슨 말씀이세요, 아버지."

"그 여자한테 이용당하지 마라. 제발."

"뭐, 직인이야 찾으면 나오겠죠. 몸조리 잘 하세요."

"기태야!"

손기태는 미련 없이 돌아섰다. 곧 이경과 만나야 할 시간이 다가왔기 때문이다.

손기태가 서류를 읽고 있는 이경을 초조하게 지켜보았다.

"문제가 될 만한 임원들은 얼추 정리됐네요."

"아직 아버지 심복들 몇은 남았어요."

"시간을 두고 각개격파 하면 돼요. 직인은요? 그게 중요한 건 아시죠?"

"압니다. 서류 작업 확실히 해놓지 않으면 지금 자리는 언제든 뒤집힐 수 있다는 거. 최대한 빨리 찾아내겠습니다."

이경은 용건이 끝났는지 일어섰다. 손기태가 따라 일어났다.

"근데 마리가 좀 걱정이에요. 지 할아버지 보겠다고 강짜가 장난 아니거든요."

"육아 상담까지 받아줄 여유는 없는데요."

이경의 눈이 매섭게 빛났다.

"아, 아니, 그런 뜻으로……."

"조만간 성북동에서 대선 지지 후보를 결정할 겁니다. 그전에 TJ 문화재단 자금 확보가 시급하고요. 그건 손 사장님한테 따님 문제보다 중요한 일이 많다는 뜻이죠."

손기태는 두 손을 앞으로 모으고 입을 다물었다. 이경은 갤러리로 돌아가는 길에 킹메이커를 만날 것이기에, 손기태와 말 섞는 시간이 아까웠다. 그녀는 서둘러 손기태를 떠났다.

차가 고급 한정식 집에 멈췄다. 외근 중인 조 이사를 대신해 운전한 탁이 얼른 내려 뒷문을 열었다. 차에서 내린 이경이 안으로 들어가려는데 낡은 중형차에서 캐주얼한 파카 차림의 강재현이 운전석에서 내렸다. 그는 발레파킹 직원에게 신신당부했다.

"사이드 바짝 올려야 해요. 안 그럼 풀려요."

돌아서던 강재현이 이경과 시선이 마주쳤다.

"어? 혹시 오늘 만나자고 하신……."

"서이경입니다."

"반가워요. 코리아웍스 강재현입니다. 늦을까 봐 10분 일찍 왔는데 나보다 먼저 오셨네!"

강재현은 청년들이 뽑은 차세대 리더 부동의 1위, 재산만 해도 최소 몇 천 억인 IT업계의 거물이었다. 탁은 왠지 악감정이 들었다. 완벽해 보이는 이들 뒤는 항상 구리다는 걸 경험으로 알고 있었기 때문이다.

음식이 한 상 차려지자 강재현이 수저를 들며 히죽 웃었다.

"저는 정치 안 합니다."

"거짓말을 잘 못하시네요."

강재현은 이경을 힐긋 쳐다보았다.

"차기 대권 후보 기사? 그거 그냥 인터넷에서 인기 좀 있다고 기자들이 맘대로 쓰는 거예요. 피곤하고 욕만 먹지. 정치 같은 거 뭐 하러 해요? 차라리 그 시간에 프로그램이나 개발하지."

"그럼 프로그램 개발하세요. 더 할 얘기가 없을 거 같네요."

이경은 더 이상 볼 일 없다는 듯 일어서려 했다. 강재현의 눈빛이 살짝 바뀌었다.

"저희 집사람이 그림에 관심이 많아서요. 뭐 좋은 작가나 작품 추천받을까 해서 나왔습니다. 작가가 마음에 들면 당장 살 수도 있고요."

"한 명 있긴 하죠."

"그래요? 누군데요?"

이경이 잠시 뜸을 들이자 강재현은 수저를 든 채 그녀의 입만 바라보았다.

"장태준."

강재현은 잠시 그 이름을 생각하다 이내 웃었다.

"저도 당연히 알죠. 화풍이 너무 거칠고 올드 하잖아요."

"반면에 폭넓고 안정적인 분이죠."

"이래 봬도 벤처 1세대 출신입니다. 안정적인 거 추구했으면 이렇게 성공 못 했어요."

"젊었을 땐 모험도 기회지만 이제부터는 내실을 다져야 할 시기죠."

강재현이 수저를 테이블에 힘 있게 내려놓았다.

"혹시라도 나중에 정치할 마음이 생기면 서 대표님한테 제일 먼저 연락하겠습니다."

"아쉽네요."

"같이 일어나죠. 다음에는 정치 얘기 말고, 사업 용건으로 만납시다."

"저한테는 이게 사업입니다."

강재현은 이경의 기세에 조금 더 눈빛이 바뀌었다.

주차장에서 이경이 강재현을 배웅했다. 차는 덜덜거리며 큰 도로 진입을 위해 주차요원의 신호를 기다렸다. 탁이 혼잣말로 감탄했다.

"몇 천 억대 부자라면서 엄청 소탈하네. 잘난 척도 안 하고."

"껍데기에 속지 마."

탁이 이경을 돌아보았다.

"자기 분야에서 톱에 올랐다는 건, 발밑에 핏물이 잔뜩 고였다는 뜻이야. 지금도 머릿속에서 치열하게 계산하고 있을 거야. 과연 누구랑 손을 잡아야 대권을 거머쥘 수 있을지. 결정을 서두르게 도와줘야겠네. 탁이는 빨리 쫓아가봐."

탁은 즉시 차에 올라탔다. 주차요원이 신호를 보냈다. 탁이 그의 뒤를 천천히 따라붙었다.

미행을 끝낸 탁은 이경의 집무실로 들어와 사진과 함께 보고를 올렸다.

"민우당 의원들하고 접촉하고 있었습니다."

이경은 사진을 집어 들며 쓴웃음을 내비쳤다. 김 작가가 파일을 들고 요란스럽게 들어섰다.

"대표님, 찾았어요."

이경은 김 작가가 건네준 파일에 시선을 고정했다.

"친인척 명의로 해외 계좌에 분산 예치해뒀어요. 전부 합치면 1억 달러는 되겠는데요?"

탁이 놀라며 김 작가와 이경을 번갈아보았다.

"고물차 몰고 서민 코스프레하는 그 사람."

이경은 씽긋 웃으며 어이없어 하는 탁을 향해 손짓했다.

"탁이 내일 일찍 일어나야겠다."

강재현이 갤러리를 방문했다. 이경과 강재현은 소파에 앉아 한동안 서로 시선을 나누었다.

강재현은 이른 아침 추리닝 차림으로 중학생 아들과 공원을 뛰던 중이었다. 아들을 두고 잠깐 화장실에 다녀온 사이 아들에게 봉투 하나를 주고 간 사람이 있었다. 그 봉투에는 자신의 해외 계좌 자료들이 들어 있었다. 강재현은 서이경일 거라 짐작했다.

갤러리 식구들은 멀찌감치 떨어져 둘을 지켜보았다. 강재현의 인내심이 먼저 바닥을 드러냈다. 그는 찻잔을 들어 올리며 비교적 여유롭게 대화를 시작했다.

"제가 해외에 유치해둔 자금이 좀 있어요. 차명으로 관리하는 거라 세상에 밝혀지면 변명하기 곤란한 자금이죠."

이경의 표정엔 아무런 변화도 없었다. 단지 그의 다음 말이 궁금한 듯 턱을 치켜들었다.

"근데 누군가 그 계좌에 관한 자료를 저한테 보냈더라고요. 아마도 경고의 의미가 아닐까 싶은데."

"제안이겠죠. 그 자료가 민우당에 들어가면 강 대표님이 지금까지 한 물밑 접촉은 수포로 돌아갈 것입니다. 다른 당하고 접촉하려고 해도 결과는 마찬가지겠죠."

이경도 찻잔을 들며 그를 서늘하게 보았다.

"강 대표님을 받아줄 사람은 저밖에 없습니다."

"이런 식으로 협박하시면 곤란한데요?"

"방금 제안이라고 했습니다. 대선 후보로서 결격 사유가 될 수 있는 해외 자금은 추적당하지 않게 세탁해야죠. 그 작업은 제가 도와드릴 수 있습니다."

강재현의 눈가에 파동이 일었다. 이경이 그를 의미심장하게 보았다.

"성북동에 한번 들르시죠."

"성북동 주인이 바뀌었다는 소문이 있던데 떠도는 말이 아니었네요."

"밑그림은 제가 그립니다. 그분은 채색만 하고요."

강재현이 마시지도 않은 찻잔을 내려놓으며 이경을 가늠해 보았다. 이경은 담담히 그 눈길을 받아냈다.

"날 선택한 이유가 뭡니까?"

"지독한 야심! 누구 못지않게 탐욕이 강하니까요. 그건 파트너로서 훌륭한 미덕이죠."

강재현이 떠나고 차가 식을 무렵 손기태가 갤러리를 찾았다. 그는 난감한 표정이었다.

"아무리 뒤져도 안 나오는데 어떡하지 서 대표?"

"실망스럽네요. 직인이 없으면 회장직 대행은 한계가 있죠."

"이제 와서 나 몰라라 하면 안 되지. 난 서 대표 믿고 사고 친 건데."

이경이 노려보자 손기태는 멈칫했다.

"그럼, 최선이 안 되면 차악이 있죠. 법원에 신청해요. 회장님에 대해 성년 후견인이 되겠다고."

"아, 아버지를 금치산자로 만들란 소리예요?"

"재산권 행사를 제한하고, 후견인이 되면 천하금융은 손 사장 수중에 들어올 겁니다."

손기태는 당황스러워 차마 대답을 하지 못했다.

"왜요? 뒤늦게 효심이 솟구치나 보죠? 달려야 할 때 머뭇거리면 결국 쓰러지죠. 난 내 속도로 계속 달립니다. 보조를 맞출지 낙오할지, 직접 결정해요."

손기태는 침을 꿀꺽 삼켰다. 갈등이 최고조에 올랐다. 이경은 짧은 눈인사와 함께 계단에 올랐다.

병원 엘리베이터를 올라타는 손기태의 마음은 조급하기 이를 데 없었다. 이경의 무서움을 알았기에 그녀가 내뱉은 말이 마음에 걸렸다. 하루빨리 직인을 찾는 게 가장 쉬운 해결 방안이었다. 엘리베이터 문이 열리자 새로운 문제가 불쑥 다가왔다. 마리가 병동 입구에서 감시 직원들과 실랑이를 벌이고 있었다.

"우리 할아버지 보겠다는데 왜 이래?"

손기태가 한숨을 쉬고 딸에게 다가갔다.

"뭐하는 거야? 면회 안 된다니까."

"아빠! 할아버지 얼굴만 보고 나올게 응? 딱 1분만!"

"조용히 해! 의사 선생님이 허락할 때까지는 안 돼."

"그런 법이 어딨어? 아빠가 더 시끄러워!"

마리는 직원의 손을 뿌리치고 순식간에 병실로 뛰어 들어갔다. 손기태는 당황해하며 딸을 쫓았다.

마리는 침대 옆에 굳은 채 서 있었다. 손기태가 모든 걸 포기하고 가까이 갔는데 천만다행으로 손 회장이 약 기운에 잠들어 있었다. 마리는 할아버지의 손을 잡으며 금방 눈물을 쏟을 것 같았다. 손기태가 마리의 어깨에 손을 올리며 위로했다.

"마리야, 할아버지 쉬셔야 돼."

마리는 결국 울음을 터뜨리며 밖으로 뛰쳐나갔다. 손기태는 힘없이 누워 있는 부친을 보았다. 죄책감과 욕망에 아직 갈피를 잡지 못했다. 그는 다가가 시트를 제대로 덮어주었다. 그리고 잠시 부친의 얼굴을 바라보다 획 돌아섰다. 뭔가 결심을 한 것 같았다.

세진은 날이 밝기 전에 이미 출근했다. 그녀는 건우에게 출근 전 사무실에 들르라고 문자를 보냈다. 건우가 문 실장과 함께 왔다. 세진은 어젯밤 마리를 만났던 이야기를 풀어놓았다.

　"손의성 회장이요?"

　"네, 천하금융 마리네 할아버지요. 아무래도 병원에 감금당한 거 같아요. 손기태 사장은 대표님이 조종했을지도 모르고요."

　"왜 그런 의심이 들었어요?"

　"아들한테 아버지 가두라는 지시를 충분히 내리고도 남아요. 지금 대표님은 예전하고 조금 아니, 많이 다르거든요."

　"세진 씨, 근데 지금 시급한 업무는 신도시 기반 공사 업체 선정이에요."

　"우리 편은 합치고, 적들은 쪼개야죠. 손 회장님, 우리 편으로 만들 수 있어요."

　"압니다. 근데 지금은 재입찰 준비가 더 급하고 세진 씨도 그 일부터 도와야 해요."

　건우 말에도 일리가 있었다. 세진은 답답했지만 고개를 끄덕였다.

박무삼의 동공이 점점 커졌다. 믿을 수가 없었다. 조 이사가 휴대폰 동영상으로 보여준 손 회장은 약에 취해 무기력한 모습으로 침대에 누워 알 수 없는 소리를 계속 중얼거리고 있었다. 박무삼은 할 말을 잃고 경악했다.

"지오건설, 재입찰에 참가시키세요."

"서 대표, 이건 너무 지나쳐. 요구대로 안 하면 나도 손 회장처럼 만들겠다, 뭐 이건가?"

"다른 사람의 욕심을 우습게보지 마세요, 회장님."

장태준의 서재에 새로운 손님이 왔다. 장태준은 테이블 너머 강재현을 탐색했다. 그 역시 장태준을 물끄러미 바라보았다. 장태준의 뒤편에 서 있는 남종규 역시 강재현을 살폈다. 이경이 들어오며 바로 회의를 시작했다.

"일찍 오셨네요. 일정은요?"

"내일 TJ 문화재단의 소외계층 급식 행사에 강재현 대표가 동참하는 걸로 두 분의 공식 연대를 선언하게 됩니다."

장태준은 내키지 않은지 헛기침을 했고, 강재현은 어색하게 웃었다. 이경은 그들의 분위기를 모른 척했다.

"그림이 좋네요. 두 분이 손을 잡으면 세대 통합, 좌우 화합의 상징으로 대선 정국에 파란을 일으킬 겁니다."

강재현은 일어섰고, 남종규는 배웅을 하러 나섰다. 이경은 여유롭게 차를 마시는 반면, 장태준은 그녀를 마땅치 않게 바라보았다.

"적합한 후보 마다하고 내세운 인물이 겨우 저 정도인가?"

"자기 업계에서는 일가를 이룬 사람입니다. 인지도, 선호도 역시 높고요."

"대권은 인기투표가 아닐세. 껍데기만 갖고 뭘 하겠나?"

"제게는 어르신도 껍데기에 불과합니다. 강 대표를 도와서 간판만 달아놓으세요. 나머지는 제 계획에 따르시면 됩니다."

"인물이 약하다는 소리야, 인물이!"

장태준이 역정을 냈다. 이경이 싸늘하게 받았다.

"내일 행사를 위해서라도 화를 삭이셔야죠."

'TJ 문화재단, 사랑의 밥 한 공기' 홍보 현수막이 한쪽 벽에 크게 붙어 있었다. 배식대 너머 장태준과 강재현이 앞치마를 두르고 노숙자들에게 배식하고 있었다. 그 앞에 카메라를 대동한 리포터가 마이크를 들고 다가갔다.

"저는 지금 한파마저 녹여버리는 따스한 사랑의 현장에 나와 있습니다. 장애인과 소외계층에게 따뜻한 밥 한 끼를 대접하는 소중한 나눔은 TJ 문화재단 주최로 이뤄졌습니다. 오늘 행사는 장태준 전 대통령을 비롯해 IT업계의 신화라 불리는 강재현 대표와 각계 인사들이 참여해 그 의미가 더욱 큰데요. 잠시 후에 인터뷰를 하겠습니다."

장태준은 호탕하게 웃으며 배식했고, 강재현도 미소를 잃지 않고 열심이었다. 이경은 한참이나 떨어진 곳에서 팔짱을 긴 채 지켜보았다. 조 이사가 다가왔다.

"지오건설에서 무진 신도시 재입찰 불가 통보를 받았답니다."

"입찰 당일에 불가 통보라. 고집대로 밀어붙였네요, 박건우."

"네, 예상대로입니다. 그럼, 계획대로 진행하겠습니다."

조 이사가 물러나자 이경은 나이와 욕심이 비례하지 않는다는 증명을 직접 눈으로 확인하고 있었다. 장태준과 강재현의 언행은 누가 봐도 진심인 듯했다. 자기 목적에 저렇게 충실히 이행하는 사람들이라면 자기 뜻대로 안 되었을 시, 얼마나 분노할지 불을 보듯 뻔했다. 저 둘에 못지않은 남종규가 어느새 이경의 곁에 서 있었다. 이경이 한 마디 날려주었다.

"그나저나 어르신, 앞치마가 잘 어울리네요."

남종규는 이경의 밉살스러운 말에 인상 쓰며 살짝 고개를 돌리는데 조 이사가 달려오는 것이 보였다. 이경도 조 이사를 발견했다. 그의 다급한 모습에서 심상치 않은 예감이 들었다. 조 이사는 남종규를 힐끔 보더니 이경에게 귓속말을 전했다.

"신도시 사업 재입찰이 연기됐습니다!"

외부 사무실에서 세진이 턱을 괸 채 파일을 넘겨보고 있었다. 걸렸다! 그녀는 자세를 바로 고치며 모니터와 서류를 번갈아 살폈다. 입찰에서 배제된 지오건설의 행보가 너무 여유로웠다. 세진은 여러 번 서류와 자료를 확인하고 자리에서 벌떡 일어섰다. 주요 서류를 챙기고 확신에 찬 얼굴로 뛰쳐나갔다.

건우는 복도에서 회의실로 들어가는 업체 관계자들을 눈여겨보았다. 문 실장에게 마지막 지시를 내리는 중 허겁지겁 달려오는 세진을 보았다.

"잠깐만요."

"미안해요, 세진 씨. 10분 뒤에 입찰이에요. 지금 좀 바빠서……"

"그 바쁜 일 때문에 그래요. 지오건설 불참하는 거, 대표님도 아시겠죠?"

"업체에서 연락했겠죠. 1차 때부터 밀어주던 사이니까."

"대표님이나 그 회사, 별다른 움직임 없었어요?"

"재입찰이 안 된다고 통보받았는데 특별히 할 게 뭐가 있겠어요? 설령 뭐든 해봤자 내가 받아주지 않으면 그만인데."

세진이 갖고 온 자료를 건우에게 건넸다. 그는 당혹스러웠지만 세진의 말이라 자료를 잠시 살폈다. 그의 표정이 점점 심각해졌다. 문 실장을 불러 자기가 읽은 자료를 검토하게 했다. 회의 주관 실무자가 건우를 불렀지만 그는 잠시 대기하라고 말한 뒤, 남은 자료를 복도에 선 채로 모두 검토했다. 문 실장이 다 읽지도 않은 채 고개를 들었다.

"서 대표가 지오건설하고 장난을 치려고 한 것 같습니다."

"네, 입찰이 유력한 업체를 골라놓고, 시공사로 결정되면 지오건설에서 곧바로 인수합병 할 계획이었나 봐요. 아무튼 세진 씨 아니었으면 큰일 날 뻔했어요. 소원이라도 있으면 하나 말해보세요."

"네, 지금 말할까요?"

건우는 자신의 농에 진지하게 답하는 세진을 보고 살짝 당황했다.

표정이 굳을 대로 굳은 이경이 성큼성큼 갤러리로 들어섰다. 이경은 갤러리 식구에게 발 빠른 지시를 내렸다.

"작가님, 무진그룹 내부 망에 침투하세요. 신도시 프로젝트 관련해서 업데이트된 내용, 전부 수집하시고요. 이사님은 지오건설 박 사장, 오 전무 지금 당장 갤러리로 들어오라고 하세요. 탁이는 천하금융 가서 손 사장부터 만나. 지오건설 인수합병 자금, 혹 배달 사고 났는지 직접 확인하고."

세 명의 가신들은 각자의 위치로 바람처럼 사라졌다. 이경 역시 찬바람을 풍기며 집무실로 향했다. 계단을 오르던 이경은 문득 걸음을 멈췄다. 조짐이 좋지 않았다. 그녀는 입술을 깨물며 다시 걸음을 옮겼다.

세진이 무심히 창밖 전경을 보는데 건우가 불렀다.

"준비됐으니까 가죠. 특기 팀 직원 중에 믿을 만한 친구들로 골랐어요."

"내키지 않으면 관두셔도 돼요."

"소원을 말씀하셨는데 들어드려야죠. 공적인 업무는 끝났고 이건 어디까지나 사적인 활동입니다. 그리고 콜린 컴퍼니 조사할 때, 손마리 그 친구한테 신세졌잖아요."

세진은 한없이 고마움이 담긴 눈빛으로 건우를 바라보았다.

손 회장이 강제 입원당한 병원 지하 주차장에 승합차가 멈춰 섰다. 특기 팀 직원들이 방역복과 마스크를 쓰고 차에서 내렸다. 건우와 세진도 뒤따라 내리고, 문 실장은 다음 작전을 위해 떠났다.

방역복에 마스크를 쓴 건우와 세진, 특기 직원 두 명이 큼직한 세탁용 카트를 끌며 병원으로 진입했다. 건우가 긴장한 기색이 역력한 세진을 안심시키려는 듯 웃어 보였다. 그제야 세진도 눈으로 화답하며 각오를 다졌다.

탁이 획획 서류를 넘겨보았다. 마주 앉은 손기태가 탁을 볼썽사납게 노려보았다.

"서 대표한테 너무 의심하지 말라 그러쇼. 성인 후견인 신청, 그거 은근히 까다로워. 법원에 낼 서류 준비하기도 바쁜데 딴 생각할 틈이 어딨다고 그래."

"대표님이 배달 사고 확인하라니까 온 겁니다. …… 네, 이제 됐습니다."

탁은 서류를 손기태에게 건넸다. 손기태가 히죽거리는데 폰이 울렸다.

"그래, 이제 병원으로 갈 건데 왜? 방역? 갑자기 웬 방역?"

전화기 너머에서 손기태 수하의 목소리가 쩌렁쩌렁 울렸다.

"모르겠습니다. 침구류를 전부 교체해야 한다는데요?"

"원무과에 확인해봐."

통화를 듣고 있던 탁의 눈빛이 달라졌다.

손기태는 서둘러 병원으로 출발했고 탁은 이경에게 전화를 걸었다.

"대표님. 인수합병 자금은 이상 없습니다."

"손 사장은?"

"병원에 간대요. 방역인가 뭔가 한다고 툴툴거리던데. 병동 전체를 다 하나 봐요. 냄새가 좀 납니다."

"병원이 거기서 얼마나 걸려?"

손기태의 수하는 통화를 끊고 확인 전화하는 간호사를 곁눈질했다. 세진은 다리가 떨리는 것을 손으로 살짝 눌렀다. 그 시각, 원무과에는 이미 문 실장이 도착해 가짜 서류를 원무과 장에게 내밀고 있었다. 확인을 마친 손기태 수하가 동료들에게 눈짓했다. 그들은 복도를 어정쩡하게 비어주었다. 건우가 확인 사살을 했다.

"될 수 있으면 떨어져 계시는 게 좋아요."

"뭐, 전염되고 그러는 거요?"

건우가 끄덕이며 카트를 힘 있게 밀었다. 수하들은 벽 쪽에 바짝 붙어 길을 내주었다.

건우는 세탁 카트를 앞세워 손 회장 병실로 들어왔다. 세진이 얼른 침상으로 다가가 손 회장의 상태를 살폈다. 건우가 링거 주사를 뽑고, 세진과 함께 손 회장을 카트 안으로 옮겼다. 손 회장은 희미하게 신음 소리를 냈다. 세진이 그를 안심시켰다.

"걱정 마세요, 저 마리 친구예요. 조금만 참으세요."

세진이 시트로 손 회장을 가리고, 건우가 카트를 밀고 나갔다. 특기 팀 직원 두 명도 시간에 맞춰 다른 병실에서 카트를 끌고 나왔다. 그런데 손기태 수하 중 한 명이 손 회장의 병실로 들어가려 했다. 그가 손잡이를 잡자 세진의 동공이 커졌다.

"약 뿌렸으니까 조금 있다 들어가세요."

건우가 다급히 소리쳤다. 그가 손잡이에서 손을 떼며 뒤로 물러났다. 건우 일행은 수하들을 지나쳐 화물 엘리베이터 쪽으로 가 버튼을 눌렀다. 시간이 더디게 갔다. 화물 엘리베이터 답게 느릿느릿 올라왔다. 겨우 엘리베이터가 도착했을 때 손기태 부하의 폰이 울렸다.

"네, 사장님."

"아버지 확인해! 방역 그놈들은 잡아놓고!"

하지만 이미 건우 일행이 탄 화물 엘리베이터의 문이 닫히고 있었다. 그는 우선 후다닥 병실로 뛰어갔다. 침대는 비어 있었다.

"야! 그놈들 잡아!"

건우 일행이 카트를 밀며 지하 주차장으로 나오자 문 실장이 때맞춰 승합차를 몰고 왔다. 손 회장을 뒤에 태우고 모두 차에 올랐다. 막 출발하려는데 두 대의 차가 승합차 앞뒤로 막아섰다. 뒤에는 손기태의 차, 앞에는 탁의 차였다. 탁이 조수석에 탄 세진을 보고 흠칫 놀랐다. 탁을 본 세진의 눈빛도 흔들렸다. 손기태가 차창 밖으로 고개를 내밀었다.

"야! 니들 다 뒈졌어! 빨리 내려!"

세진은 손기태의 목소리에 당황해 어쩔 줄 몰랐다. 탁이 그
녀를 보며 희미한 미소를 지었다. 지하 엘리베이터 문이 열리
고, 손의 부하들이 쏟아져 나왔다. 순간 탁이 차를 후진했다.
손기태는 탁의 행동에 어이가 없어 소리를 빽 질렀다.

"야! 차를 빼면 어떡해?"

건우는 그 틈을 놓치지 않고 차를 급출발 시켰다. 탁은 후
진하다가 빈자리로 들어가 길을 내주었다. 승합차는 그 앞을
지나갔다. 세진은 고개를 돌려 자신을 쳐다보는 탁을 보았다.
그는 씩 웃어 보였다. 세진은 그가 걱정되기에 화답하지 못했
다. 손기태가 승합차를 빠르게 따라갔지만 탁의 차가 그 앞을
막아버렸다. 손기태는 급브레이크를 밟을 수밖에 없었다.

"너 미쳤어? 차 빼! 안 빼?"

달려온 손기태의 수하들이 탁의 차를 두들겼지만 탁은 잠
금장치를 걸고는 시트를 뒤로 눕혔다. 그는 느긋하게 눈을 감
고 좌우로 흔들리는 차의 진동을 즐겼다.

차들이 따라붙지 않자 승합차는 속도를 줄였다. 건우가 뒤
돌아 손 회장을 보았다. 문 실장이 그의 상태를 살피고 괜찮
다는 신호를 보냈다. 건우는 안도의 숨을 쉬고 세진을 돌아보
았다. 세진은 창밖을 내다봤다. 그녀는 탁에 대한 고마움과 걱
정에 나오려는 눈물을 억지로 참았다.

손 회장이 희미하게 정신을 차렸다. 밝은 형광등이 먼저 보였고, 머리 위로 대롱대롱 걸린 링거가 보였다. 그의 시야에 불쑥 두 인물이 들어왔다. 세진과 건우였다. 손 회장은 그들의 등장에 의아해했다.

"자네들⋯⋯."

"다른 병원으로 모셨습니다. 회복 주사 맞고 계시니까 금방 컨디션 좋아지실 겁니다."

"마리도 지금 오는 중이에요."

건우와 세진이 앞다퉈 그를 안심시켰다.

"신세를 졌구먼."

손 회장이 무뚝뚝한 어투로 고마움을 전했다. 병실 밖에 시끄러운 소리가 들리는 것이 마리가 온 모양이었다. 세진이 병실 문을 열었다. 상기된 표정의 마리가 보였다.

"할아버지는?"

"방금 깨어나셨어. 다른 사람한테 얘기 안 했지?"

"안 했어. 아빠한테도 절대 비밀로 하라며?"

세진이 목을 빼고 좌우를 살핀 후, 마리에게 길을 내주었다. 마리는 침상 옆에 선 건우에게 눈인사를 건네고 조부의 손을 덥석 잡았다.

"할아버지! 할아버지 돌아가시는 줄 알았단 말이야."

손녀의 흐느낌에 손 회장은 먹먹했다. 허공을 보며 입술을 깨물었다.

"나 안 죽어. 안 죽고말고!"

서재 의자에 몸을 누인 장태준은 오랜만의 행사 활동에 피곤함을 느꼈다. 안경을 벗고 미간을 주무르는데 남종규가 다급히 들어섰다.

"급한 용무 아니면 내일 얘기하세. 피곤하구먼."

"손의성 회장이 병원에서 탈출한 모양입니다."

장태준이 의자에서 몸을 일으켰다.

"탈출?"

"네. 아마도 박건우 씨가 저지른 일 같습니다."

장태준은 안경을 다시 쓰며 흥미로운 기색을 보였다.

"그러니깐 건우가 그 아이하고 각을 세웠단 말이지!"

탁의 연락이 늦었다. 이경이 자리에서 일어나 서성거리는데 아래층이 시끄러웠다.

"이게 무슨 짓이에요?"

김 작가의 소리가 쩌렁쩌렁 울렸다. 그녀는 손기태와 그 수하들에게 붙잡힌 탁을 보고 달려갔다. 탁의 입가에 굳은 피가 덕지덕지 붙어 있었다. 손기태가 김 작가를 막아서려다 계단에서 내려오는 이경을 보고 멈칫했다.

"어쩔 거요, 서 대표? 당신 부하 하나는 우리 아버지 빼돌리고, 다른 하나는 그거 못 잡게 훼방 놓고."

"이세진 씨가 한 짓이야?"

조 이사가 놀라며 물었다. 탁이 마지못해 고개를 끄덕였다.

"박건우까지 있었다니까!"

손기태가 모처럼 큰소리를 치며 활개 쳤다. 이경이 탁의 상태를 살피다 손기태를 돌아보았다.

"조용히 하죠? 손 회장님, 하루 이틀 쉬면 복귀할 겁니다."

"그, 그러니까 큰일이라는 거 아뇨?"

"함부로 쫓아내진 못해요. 그동안 손 사장이 확보한 회사 지분이 있으니까."

"지분이 문젠가! 아버지 불호령 떨어지면 죽은 목숨인데."

"그럼 죽어야죠. 호통 몇 마디에 끝날 목숨이면."

손기태가 발끈하며 이경 앞으로 한 발짝 내딛었다. 이경은 그를 무시했다.

"작가님, 탁이 다친 데부터 봐줘요. 탁이는 끝나면 올라와."

이경은 뒤돌아 계단에 올라섰다. 손기태는 그녀를 노려보다 별수가 없는지 뒤돌아 갤러리를 빠져나갔다.

소파에 앉아 있는 이경 앞으로 탁이 다가와 우두커니 섰다. 얼굴에는 여러 개의 반창고가 붙어 있었다.

"왜 맞고 다녀?"

"숫자는 못 이겨요."

"그래, 잘 참았어. 이제 성질 죽일 줄도 알고."

"죄송합니다."

이경은 일어나서 자리를 책상 뒤 의자로 옮겼다.

"그래서 세진이는 무사히 도망친 거야? 박건우도?"

"네, 손 사장 뚜껑 열린 거 보셨잖아요."

이경은 쓴웃음을 지었지만 탁의 저런 당당함이 좋았다.

"어차피 손 사장 능력으로는 더 이상 가둬놓기 힘들었을 거야. 그래도 세진이가 그렇게 빨리 움직일 줄 몰랐네."

"왜 구해주라고 하신 겁니까? 이번에도 경호였어요?"

"경호? 미끼야! 너한테 빚을 졌다고 생각할 거야. 오늘 일 때문에 내가 널 해고하든, 다른 벌을 내리든 자책하겠지. 그런 애잖아, 세진이는."

탁은 설마 하는 마음에 이경을 똑바로 쳐다보았다.

"제가 속여야 하는 겁니까?"

"필요해지면. 네 말과 행동, 의심하지 않고 믿을 거야. 세진이는 물론 박건우까지. 탁이 넌 이제 무적카드야."

탁이 고개를 숙이고 묵묵히 있었다.

"왜? 내키지 않아?"

"세진이는 대표님이 상대할 레벨이 못 돼요. 박건우랑 손잡았어도 마찬가지고요. 굳이 그렇게까지……."

"무진 신도시 재입찰이 연기됐어. 지오건설이 인수합병 하려던 작전도 무산됐고. 그거 십중팔구 세진이가 한 짓이야."

"세진이가 그걸 어떻게?"

"슬슬 내 흉내를 내기 시작한 거야. 날 비추겠다는 아이니까. 그럼 예의를 갖춰서 짓이겨줘야지."

이경이 묘한 미소를 보였다. 탁은 그녀의 섬뜩한 눈빛에 그녀를 똑바로 볼 수 없었다.

날이 밝자 탁은 짐을 꾸렸다. 김 작가는 안절부절못하고, 조 이사는 묵묵히 보기만 했다.

"탁아, 다신 그런 실수 안 하겠다고 빌어. 응? 그럼 용서해주실 거야."

"대표님 진심이 아닐 수도 있어."

김 작가와 조 이사는 안달이 났으나 탁은 대꾸 없이 가방을 들었다.

"충분히 빌었고, 얘긴 끝났어요."

"이렇게 끝내는 게 어딨어? 대표님이 나가라고 해도 매달렸어야지!"

"작가님, 이사님, 그동안 신세 많이 졌습니다."

탁이 인사하고 출입구로 걸어갔다. 김 작가는 안타까워서 쫓아가고, 조 이사는 씁쓸하게 위층을 올려다보았다. 갤러리 밖에서 시동 걸리는 소리와 함께 탁이 떠났다. 김 작가는 씩씩 거리며 들어왔고, 조 이사가 말릴 틈도 없이 계단을 성큼성큼 올라갔다.

"다른 사람도 아니고 탁이잖아요! 걔 세진이 관심 있어 하는 거 대표님도 눈치 채셨잖아요. 좋아하는 맘에 그 정도 실수는 할 수 있잖아요."

"그 정도 실수?"

김 작가는 잠시 멈칫했지만 한 번 터진 말을 멈출 수 없었다.

"손 회장 놓친 일은 잘못한 거 맞지만 매몰차게 이러실 필요까진 없잖아요."

"탁이가 없으면 당장 현실적인 문제도 생깁니다. 대표님 경호라든가……."

조 이사도 슬쩍 거들었다. 이경이 둘을 싸늘한 눈빛으로 제압했다.

"탁이 얘긴 그만하죠. 작가님, 기부 은행 기획안은 언제 볼 수 있죠?"

김 작가는 부루퉁한 얼굴로 발길을 돌렸다. 조 이사도 은근

슬쩍 따라 나갔다. 이경은 그들의 뒷모습에 흐뭇한 미소를 보였다.

세진은 탁이 생각에 심란해져 자리에 앉아 있을 수 없었다. 사무실에서 서성거리며 안절부절 못하고 있는데 건우가 급하게 뛰어 들어왔다.

"한발 늦었어요. 정미연 씨, 벌써 출국했다네요. 콜린 컴퍼니 추적은 힘들겠어요."

"그럴 거라고 생각했어요. 대표님이 화근을 남겨둘 리 없잖아요."

건우는 세진의 심드렁한 반응에 의아해했다.

"뭐, 다른 고민 있어요?"

"탁이요. 아까부터 전화했는데 안 받아요. 그냥 넘어갈 대표님도 아니고⋯⋯."

"세진 씨, 이경을 쫓다 보면 앞으로도 부득이한 희생자들이 나올 거예요. 일일이 마음 쓰다간 아무것도 못 해요."

건우가 반박하려는 세진을 막으며 말을 이었다.

"우리가 상대하는 사람이 누군지, 그것만 기억해요."

세진이 입술을 깨물며 끄덕였다.

"그럼 됐어요. 손의성 회장님이 퇴원했답니다."

손 회장이 소파 상석에 앉아 아들을 기다렸다. 마음이 착잡하기 그지없었다. 문이 벌컥 열리고 아들이 들어왔다. 호기롭게 앉은 아들의 모습에 손 회장은 안쓰러웠다. 나약한 놈. 손 회장은 자식을 저렇게 키운 자신의 잘못이 크다고 생각했다. 그야말로 자업자득이었다.

"이젠 아버지 맘대로 못 해요. 회사에 제 사람들도 심어놨고, 지분도 제법 늘었거든요. 아버지 말 한 마디에 알아서 기던 찌질이 아닙니다!"

손기태는 준비한 대사를 정신없이 내뱉고 얼른 눈치를 살폈다. 불호령을 각오하는데 부친은 따뜻한 시선을 그에게 보냈다. 손기태는 오히려 불안해졌다.

"아버지?"

"기태야, 애비가 너를 잘못 키웠다. 오냐오냐 받아주며 키우다가 사람 구실 못 하게 됐는데, 그걸 갖고 윽박지르고 다그쳤으니 너도 힘들었을 게야. 다 자업자득이다."

손기태는 예상치 못한 부친의 말에 어리둥절했다.

"이제부터 우리 부자, 지나간 실수는 잊어버리고 새 출발하자. 서이경이든 누구든, 우리 식구하고 천하금융 흔들지 못하게 너하고 내가 힘을 합치는 게다."

"아, 아버지!"

손기태는 부친의 진심에 먹먹해졌다. 말문이 막히고 죄송하다는 사죄를 큰절과 함께 드리고 싶었다. 손기태가 일어서려는데 휴대폰이 울렸다. 슬쩍 보니 서이경이었다. 받을까 말까 고민 중인데 부친의 엄한 눈빛이 시야에 들어왔다.

"잠깐만요."

손기태는 폰을 들고 구석으로 갔다.

"듣기만 해요. 회장님은 회유책을 쓸 겁니다."

손기태는 이경의 말에 너무 놀라 바로 옆에 있는 게 아닐까 하고 주위를 두리번거렸다.

"지금으로선 판을 뒤집을 수 없으니 자기 죄를 뉘우친다, 앞으로 잘 해보자, 뭐 그런 얘길 하겠죠."

손기태는 다시 주위를 꼼꼼히 살피고 일방적인 통화에 집중했다.

"한 가지만 명심해요. 지금까지 회장님이 해주지 못한 것과 제가 사장님께 만들어준 것. 그 차이를 생각한 다음에 이렇게 질문하는 겁니다."

통화를 마친 손기태가 부친을 마주 보고 다시 앉았다.

"저도 뭐 잘한 건 없죠. 없는데…… 하나만 여쭤볼게요."

손 회장이 모든 걸 받아주겠으니 어서 말하라는 제스처를 취했다.

"기왕 이렇게 된 거 회사 일 내려놓으실 의향은 없으세요? 저한테 맡기시고!"

"서이경이 그렇게 시켰냐?"

"은퇴하실 수 있겠냐고 여쭤봤습니다."

"때가 되면 해야지. 하지만 아직 네 능력으로는……."

"그럴 줄 알았습니다."

손기태가 벌떡 일어섰다. 손 회장도 엉거주춤 따라 일어섰다.

"앞으로는 용건 있으면 사장실로 오세요. 오라 가라 하지 마시고요."

손기태와 일방적인 통화를 끝낸 이경이 코리아웍스를 첫 방문했다. 그녀는 강재현의 사무실로 안내받았다. 소탈한 인테리어가 그의 고물 자동차 코스프레와 일맥상통했다.

"성북동으로 안 부르고 따로 찾아오신 거 보면 뭐 중요한 용건인가 봐요?"

이경은 그의 능청스러움에 보통내기가 아니라는 생각이 들었다. 일단 내온 차를 조용히 들었다.

"어르신이 탈당해서 신당을 만드신다는 말이 무성하던데, 그 얘깁니까?"

"그분의 계파, 조직을 무시할 순 없죠. 강 대표님이 무임승차하면 내부 알력에 시달리게 될 거예요."

"정치 신인이 별수 있습니까? 재주껏 줄타기하는 수밖에."

"확실한 자기 몫을 갖고 합류하면 줄타기, 필요 없어요."

"무슨 뜻이죠?"

이경은 심각하게 물어오는 그의 귀에 폭탄 한 발을 쏘았다.

"강 대표님 개인 재산을 사회에 기부하세요!"

강재현은 여유롭게 찻잔을 들려다 멈췄다.

"공개된 재산의 90프로! 대선 당락 상관없이 즉시 기부하는 겁니다. 분할 기부도 아니고, 개인 재단을 만드는 편법도 쓰지 말고, 말 그대로 전부 쾌척하세요."

"이, 이봐요, 서 대표! 갑자기 그게 무슨……."

이경은 당황하는 그에게 준비해온 서류를 내밀었다. 그리고 그가 서류를 읽기도 전에 핵심 내용을 간단히 말했다.

"사회 빈곤층을 위한 '큰사랑은행', 저소득층에게 담보나 보증 없이 소액 대출해주는 사회봉사형 은행을 설립할 겁니다."

"아니, 내 돈으로 서 대표가 기분 내겠다 이겁니까?"

"정반대죠. 그 은행을 이용해서 강 대표님의 기부재산 90프로를 재임 기간 내에 900프로로 만들어드리겠습니다."

강재현은 더 이상 찻잔을 들고 놀라운 이야기를 들을 재간이 없었다. 그는 찻잔을 내리며 한 번 더 되물었다.

"900프로? 그게 가능한 액수라고 생각해요?"

"제 사업은 불가능을 가능하게 만드는 과정입니다."

"생각할 시간을 주세요."

"당연히 드리죠. 딱 24시간!"

세진은 카푸치노의 시나몬 향을 맡으며 마음을 가다듬었다. 누군가 보란 듯 의자를 소리 나게 빼며 자리에 앉았다. 세진이 눈을 뜨니 탁이었다.

"누구한테 들었어?"

세진은 탁의 무뚝뚝한 말이 반가웠다.

"작가님께 전화 드렸더니 너 짐 싸서 나갔다고. 미안해."

탁이 긴 한숨을 내쉬었다. 세진은 멋쩍음에 시선을 카푸치노로 향했다.

"너 제정신이야? 어떻게 손 회장 빼낼 생각까지 했냐? 대표님이 열 받을 만하겠더라."

"대표님 계획은 꼭대기에 오르는 거지만, 그런 대표님을 막는 게 내 목표거든."

"뭔 소리야? 난 모르겠고. 너나 대표님이나 참 힘들게 산다 싶다. 근데 왜 보자고 한 거야?"

"일자리 아직 안 정했으면 나랑 일하자, 탁아. 네가 도와주면 큰 도움이 될 거야."

"나보고 대표님 배신하라고?"

"알아. 넌 무슨 일이 있어도 대표님한테 충성한다고 했어. 그래도 대표님이 시키는 대로 한다고 충성이 아냐. 최대한 빨리 중단시키는 거, 그게 진짜 대표님을 위한 길이야."

"진짜 뭔 소리야? 됐고 내 용건이나 들어. 갤러리 잘렸다고 해서 네 탓이니 뭐니 그딴 생각하지 마. 누가 나 땜에 미안해하고 그러는 거, 신경 쓰고 싶지 않다. 그 얘기하러 나왔어. 간다."

탁은 훌쩍 일어나더니 뒤도 안 돌아보고 나갔다. 그는 곁눈질로 자신을 안타깝게 바라보는 세진을 보았다. 이경의 말대로 처음 한 번은 튕기라는 명령에 충실히 따랐을 뿐이다. 그래도 마음 한편은 불편했다. 세진은 아쉬운 나머지 창피함도 무릅쓰고 큰소리로 말했다.

"탁아, 다시 전화할게. 다시 한 번 생각해봐. 꼭!"

사람들이 탁을 쳐다보았다. 탁은 고개를 절레절레 흔들며 걸음을 바삐 옮겼다.

이경은 장태준 사저로 출근했다. 그녀가 소파에 앉자 남종규가 이경에게 출력물을 건넸다.

"이달 안에 어르신께서 탈당하시면 계파 중진, 신진 의원들도 동반 탈당을 할 겁니다. 그 다음엔 강재현 대표를 주축으로 신당 창당을 준비하면 됩니다."

이경이 출력물 표지를 펼치니 각 페이지마다 현, 전직 정치인들의 프로필이 빼곡히 적혀 있었다. '이 사람들은 프로필을 채우기 위해 얼마나 많은 사람을 힘들게 했을까.'라는 생각에 마음이 씁쓸해졌다. 그녀는 극단적인 퍼포먼스를 하기로 즉석에서 마음먹었다.

이경은 한 장을 뜯어냈다. 그다음 페이지도, 한 페이지 건너 그다음 페이지도. 장태준과 남종규는 처음에 영문을 몰라 가만히 있었다. 하지만 그녀의 행동이 계속되자 울분이 치솟았다.

"서 대표님! 그분들은 어르신께 충성을 맹세하신 분들입니다."

"흥, 권력형 비리, 성추문, 전형적인 철새 정치꾼!"

이경은 그들의 흠을 간단명료하게 정의하며 종이를 찢어버렸다. 장태준이 파르르 떨었다. 자신의 수족이 잘려나가는 것 같았다.

"이 중 절반은 쳐내세요."

남종규는 가만히 있을 수 없었다.

"강재현 대표에게 필요한 건 신당의 조직 기반입니다."

"신당이면 새로워야죠. 쓰레기를 포장한다고 냄새까지 감출 수 있나요? 신당 구성은 다시 정리되면 뵙죠."

이경이 일어서자 장태준이 불러 세웠다.

"강재현이 그래 봐야 지지율 5위일세. 내가 내 사람들로 판을 깔아주겠다는데 감사하며 받아야 하지 않겠나?"

"감사는 어르신이 하셔야죠. 낡은 뒷방에서 칩거하신 분이 조만간 상왕 자리에 오르실 텐데요!"

이경은 목례를 하고 사라졌다. 장태준의 눈이 분노로 타올랐다.

"남 군, 손 회장이 복귀했다 그랬던가?"

"손기태 사장이 서 대표를 믿고 버티는 중이라 상황이 예전 같지 않은 모양입니다."

"은밀하게 한번 만나보게. 맺힌 게 많은 사람이라 쓸모가 있을 게야."

남종규는 장태준의 의중을 알아채고 밖으로 나갔다.

"저는 반대예요."

"왜요? 탁이 실력 보셨잖아요."

세진이 새 사무실에서 탁과 손잡자고 건우를 설득했다. 건우의 저항이 만만찮았다.

"우릴 돕다가 해고됐어요. 그런 사람한테 같이 일하자고 하는 건 상처에 소금 뿌리는 짓이나 마찬가지예요."

"조금 더 솔직해지는 게 어때요? 회장님 걱정되신다면서요? 탁이 같은 동료 있으면 몇 사람 몫은 해낼 거예요."

"세진 씨!"

"내 얘기들 하시나 봐?"

건우가 돌아보니 탁이 문가에 태연한 표정으로 서 있었다. 세진이 벌떡 일어나 탁을 반갑게 맞이했다.

"자꾸 전화 와서 함 와봤는데 이걸 어쩌죠?"

"아, 이거 반갑기는 한데 환영할 순 없고. 애매하네."

건우가 난처해했다. 세진의 행동으로 보아 더 이상의 반대는 무리일 것 같았다.

"탁아, 결심한 거야? 같이 가는 걸로?"

"그런 거창한 거 없다. 아이돌 경호 업무보다 이쪽이 더 재밌을 거 같아서."

탁이 느닷없이 건우를 빤히 쳐다보았다.

"페이는 그쪽에서 주는 겁니까?"

"괜찮겠어요? 서 대표 발목 잡는 일인데."

"생각해보니 나 필요 없다는 분한테 충성할 일은 없죠. 나도 먹고살아야……."

"잘 왔어! 이리와 앉아."

건우는 쓴웃음을 짧게 지었다. 이건 면접이 아니라 환영식이었다. 세진의 결정이라 건우도 그냥 고개를 끄덕이고 말았다.

박무삼은 요즘 매사에 의욕이 안 생겼다. 그토록 원하는 회장 자리에 앉았지만, 말 그대로 그냥 앉아만 있는 형세였다. 쓸쓸한 마음에 열패감마저 들었다. 뭔가 돌파구가 필요했다. 이대로 무너지기에는 쌓아놓은 것도 없었다. 노크 소리에 이어 한 사내가 여비서와 함께 들어왔다. 강재현이었다. 그는 서글서글한 인사를 올렸다.

"오랜 만에 뵙네요, 회장님. 어쩐 일로 저 같은 한량을 다 불러주시고."

"앉으시게. 바쁜 사람일 터이니 내 빨리 본론으로 들어가겠소."

강재현은 어깨를 으쓱하고 머리를 박무삼 쪽으로 가까이 향했다.

"무진텔레컴하고 강 대표 코리아웍스는 차세대 광대역 신기술 때문에 지금도 치열하게 경쟁한다고 들었네."

"무진이 대형 마트면 저희야 동네 구멍가게죠. 기술 하나 믿고 근성으로 버티고 있습니다."

"all or nothing 아닌가? 어느 쪽이든 먼저 개발하는 쪽이 시장을 독식하게 되겠지."

"어차피 질 테니까 연구 중단하라는 충고는 미리 사양하겠습니다."

강재현이 호탕하게 웃었다. 박무삼이 지그시 보다가 다시 말문을 열었다.

"신기술 개발 우리 쪽에서 중단하겠네. 중단 이유야 뭐든 갖다 붙이면 되겠지. 새로운 시장은 자네가 먹게."

강재현은 박무삼에게 견제하는 눈빛을 보냈다.

"대가 없는 호의는 없을 테고요. 당체 뭘 원하시는 겁니까?"

"서이경 대표하고 내가 복잡하게 꼬인 일이 있어. 자넨 이제부터 대선에 올인 할 테고, 자네 말이라면 서 대표도 함부로 무시할 수 없을 테니까……"

박무삼은 강재현에게 몸을 기울이며 절박한 투로 말했다.

"강 대표가 내 방패가 돼줘야겠어. 기업하는 사람끼리 서로 살 길 터주자는 얘길세."

강재현은 난감한 미소를 보내는 동시에 자신이 지독히 맹신하는 뇌를 힘차게 굴렸다.

"의심하는 눈치는? 나쁘지 않아. 탁아 연락용 휴대폰 따로 쓰는 거 잊지 말고."

이경이 폰을 내려놓으며 만족한 표정을 짓고 있는데 키폰이 울리고 김 작가의 목소리가 들렸다.

"코리아웍스 강재현 대표님 오셨어요."

이경도 다소 놀란 뜻밖의 방문이었다.

자리에 앉은 강재현이 이경에게 그녀가 작성한 기획안을 건넸다.

"검토해봤는데 자선은행, 괜찮은 기획이에요. 까짓것 저지릅시다."

이경은 그의 호탕한 결정에 미소를 보였다.

"서 대표님이 900프로 만들어준다니까 믿고 가는 겁니다. 그 믿음 없으면 애초에 성북동 가지도 않았어요."

"그러시다면 기부 발표는 빠르면 빠를수록 좋습니다."

강재현은 고개를 끄덕였지만 왠지 용건이 남은 것처럼 머뭇거렸다.

"뭔가요?"

이경이 그가 운을 떼도록 도왔다.

"내가 어디서 들었는데 무진그룹 박 회장하고 덜컹거린다면서요?"

"잘못 들으신 거 같네요."

"박무삼 회장, 건드리지 마세요. 벤처 초창기에 무진그룹에 신세진 일도 있고, 요새는 신기술 경쟁 때문에 서로 팽팽하거든요. 괜히 오해 사면 대선 가도에 안 좋은 소문이 돌 수도 있고……. 내 말 무슨 뜻인지 아시죠?"

요것 봐라. 이경은 애써 침착함을 유지하고 낮은 음성으로 물었다.

"박 회장이 직접 부탁하던가요?"

강재현은 움찔하다 이내 웃음으로 무마하려 했다.

"서 대표님 앞에선 거짓말 못 하겠다니까. 옛날 의리 생각해서 내가 중재한다고 약속했어요. 그러니까 내 체면 좀 세워줘요, 서 대표."

이경은 씩 웃고 말았지만 속으로는 억센 가시가 수없이 달린 회초리를 준비했다.

"그럼 서 대표님만 믿고 돌아갑니다."

강재현은 만족스러운 얼굴로 갤러리를 나섰다.

강재현이 돌아가고 난 후 이경은 조 이사를 불렀다.

"기대 이상으로 탐욕스러운 인간이에요. 너무 환하게 보이니까 좀 실망스러울 정도네요."

"박 회장이 그만한 보상을 약속했겠죠. 어떡하죠?"

"어차피 박 회장을 날릴 계획도 없었어요. 덕분에 강 대표가 기부 결정을 했으니 오히려 고맙다고 해야겠네요. 이사님은 손 회장 쪽을 체크해주세요."

"네, 솜씨 좋은 파파라치를 벌써 붙였습니다. 탁이 만큼은 못하지만요."

조 이사는 탁의 얘기에 이경이 매섭게 쏘아보자 고개를 숙이고 발걸음을 뒤로 돌렸다.

탁은 세진의 사무실로 첫 출근해 서류를 뒤적이다 혀를 내둘렀다.

"갤러리 안에 있을 땐 몰랐는데 밖에서 보니까 대표님 빈틈이 없네."

탁의 말에 세진은 노트북을 보며 쓰게 웃었다.

"이럴 줄 알았으면 아이돌 경호나 할 걸 그랬어. 너는 지치지도 않냐?"

"난 대표님 놓치기 싫거든!"

"너, 설마! 대표님 좋아하니?"

"그래 좋아한다. 넌 안 좋아해?"

"좋아하지."

탁은 세진을 물끄러미 바라보았다. 세진은 어느새 노트북 화면 속으로 빠져들어 있었다. 그때 건우가 급하게 들어왔다.

"세진 씨, 뉴스 틀어 봐요."

강재현의 기부 뉴스가 한창 나오고 있었다.

"강 대표가 구상하는 자선은행의 모델은 선진국에서도 성공적인 사회 기여로 평가받고 있으며……."

"바로 저겁니다."

뉴스를 보던 세진이 건우를 돌아보았다.

"이경이가 저 은행을 어떻게 써먹으려는지 알겠어요."

"자선 대출이 위장이라는 거죠?"

"푼돈으로 좋은 일 하는 척하면서 뒤로는 비자금 관리하는 게 진짜 목적이겠죠."

탁은 이경에 대한 비난에 부아가 치밀었다.

"확실하지도 않은데 오버하는 거 아냐?"

"내가 아는 대표님이라면 확실해. 추측이 맞는지 틀린지는 이제부터 알아내야지. 근데 강재현이라는 저 사람도 알고 있을까요?"

"반반이에요. 아무것도 모른 채 이용당하는 걸 수도 있고요."

탁은 둘의 탁월한 분석력에 놀라워하며 오늘 보고할 거리는 챙겼다고 생각했다.

서재에서 뉴스를 지켜보던 장태준과 남종규는 한방 맞은 표정이었다. 화면에는 '코리아웍스 강재현 대표, 전 재산 사회에 기부'라는 자막이 올라와 있었다.

"유력한 차기 대선 주자인 강재현 코리아윅스 대표가 오늘 파격적인 기부 결심을 밝혔습니다. 동산과 부동산, 주식을 포함한 자신의 재산 대부분을 사회에 환원하겠다고 밝힌 강 대표는……"

뉴스를 듣던 장태준이 안경을 벗고 욱신대는 미간을 주물렀다.

이경도 갤러리에서 같은 뉴스를 보고 있었다. 화면 속에는 강재현의 사무실이 비춰졌고 강재현은 당찬 얼굴로 질문에 대답하고 있었다.

"IT 사업으로 큰돈을 번 제가 정치까지 기웃거린다며 비판하는 목소리가 있는 거 잘 알고 있습니다. 제가 정치를 하려는 이유는 새로운 시대에 대한 소명에 응답하는 겁니다. 제 진정성을 보여드리기 위해, 이번 기부를 결심했습니다."

기자는 연신 고개를 끄덕이며 다음 질문을 했다.

"재산의 90프로면 결코 적은 액수가 아닌데 어떻게 어떤 방식으로 하실 계획입니까?"

"말 그대로 기부를 실천해야죠. 찔끔찔끔 나눠서 하다가 흐지부지할 생각도 없고요. 제 이름의 재단을 만들 계획도 없습니다. 큰사랑은행은 우리 사회 저소득층에게 희망의 끈이 될 수 있도록 투명하고 공정하게 운영될 예정입니다."

이경은 의미심장한 미소를 짓더니 일어섰다. 더 들을 필요가 없었다.

이경이 서재로 들어가려는데 남종규가 응접실에서 서경을 빤히 쳐다보고 있었다. 오늘따라 그의 안경마저도 거슬렸다. 그가 언짢은 투로 말문을 열었다.

"강재현 대표 기부 건은 사전에 알려주셨어야죠."

"어째서요?"

저 여자는 항상 저런 식이다. 남종규는 뺨이라도 한 대 올리고 싶었지만 애써 참았다.

"어르신께서 많이 놀라고, 서운해 하셨습니다."

"그래요? 더 놀라고 서운하실 일이 생겼는데."

이경은 서재로 앞섰다. 남종규는 불안한 아니, 불길한 예감에 휩싸였다.

이경은 손 회장과 남종규의 파파라치 사진을 장태준에게 보여주었다. 장태준과 남종규의 안색이 동시에 굳어졌다.

"손 회장은 제가 눈엣가시 같을 겁니다. 천하금융을 뺏길까봐 불안해하면서요. 근데 남 이사장님이 이렇게 몰래 만나신 까닭은 뭐지요?"

남종규가 머리를 재빨리 굴렸으나 워낙 불시에 당한 터라 바로 대처를 못했다.

"용건은 충분히 짐작해요. TJ 문화재단에 대한 제 영향력을 줄이거나 협회를 동원해서 공격할 방법을 상의했겠죠."

남종규는 움찔했다. 이경은 계속 말을 이어나갔다.

"제가 진짜로 궁금한 건 어르신께서 지시한 일인가 하는 바로 그 점입니다."

장태준이 사진을 내려놓았다. 난처한 기색이 역력했다.

"절 제거하라고 지시하셨습니까?"

장태준은 안경을 고쳐 쓰며 시간을 끌었다. 드디어 남종규가 한발 나서며 말했다.

"죄송합니다, 어르신. 제가 허락도 받지 않고 어리석은 짓을 저질렀습니다."

남종규가 장태준에게 머리를 깊숙이 숙였다. 당황하던 장태준은 이내 표정을 되찾았다.

"어허, 남 군답지 않은 실수를 했구먼."

이경은 그들의 쇼를 냉랭하게 지켜보았다.

"어르신 처분에 맡기지요!"

이경이 소파에 앉아 움직일 생각을 하지 않았다. 장태준은 어렵사리 말을 꺼냈다.

"남 군, 그동안 궂은일 도맡아 하느라 고생 많았네. 이제 바깥세상에 나가서 더 큰 일을 해야지."

이경은 그제야 일어서 예를 취하고 물러났다. 남종규가 그녀를 불러 겨우 한 마디 내뱉었다.

"언제고 다시 뵙겠습니다."

이경은 의아해하며 주위를 두리번거렸다.

"누구한테 말하는 거죠? 전 생각 없어요."

이경의 강력한 한 방에 남종규가 한쪽 무릎을 꿇었다.

이경은 모처럼 욕조에 몸을 뉘었다. 자신의 팔을 잘라내는 장태준의 표정이 떠올라 피로가 단번에 가셨다. 오늘 밤에는 화이트 앨범을 안 들어도 푹 잘 수 있을 것 같았다. 그렇게 승리의 기쁨을 만끽하고 있을 때 탁에게서 전화가 왔다.

"세진이하고 박건우가 자선은행을 조사할 거 같습니다. 강재현하고도 접촉할 모양이에요. 전 어떻게 할까요?"

"세진이 도와줘야지. 그 일 하러 간 거니까. 문제 있어?"

"아닙니다."

이경은 통화를 끝내고 전원 버튼을 눌렀다. 오랜만의 휴식이다. 불과 30분 만이라도 뜨거운 온기와 자유를 마음껏 누리고 싶었다.

탁은 낮은 한숨을 쉬었다. 통화한 휴대폰을 안주머니에 넣고, 평소 쓰던 휴대폰을 바깥 주머니에서 꺼냈다. 그는 비상계단을 나와 사무실로 들어갔다.

"탁아, 코리아웍스라는 회사 대박이야. 기술 특허만 해도 수두룩해."

"그래 봤자 그놈이 그놈이지."

탁은 그의 정체를 어렴풋이 알기에 화가 치밀었다. 자신이 모르는 정치인들의 이면은 어떨지 안 봐도 훤했다. 속에서 열불이 치솟았다.

"탁아."

탁은 숨을 고르고 흥분을 진정시켰다.

"와줘서 고마워."

쟤는 또 왜 저래. 탁은 잠시 세진을 바라보았다. 세진을 좋아하는 마음이 일절 없고, 좋아하지 않을 자신도 충분했다. 그저 한 번씩 보면 기분이 좋을 뿐이다. 아울러 가끔 자신을 통제할 수 없을 때, 만약 그녀라면 자신을 막을 수 있을 것 같기는 했다. 순수한 세진을 보면 더러운 자신도 조금이나마 희석되는 느낌을 받았다. 그게 다였다.

"닭살 멘트는 사양한다."

탁은 그 자리에서 바로 나간 뒤, 밤이 되어서야 사무실로 돌아왔다.

세진이 책상에 엎드려 자고 있었다. 탁은 소파에 있던 담요를 들고 와 덮어주었다. 그러다 노트북 모니터 옆에 붙어 있는 사진이 눈에 들어왔다. 이경과 세진이 환한 미소로 같이 찍은 폴라로이드 사진이었다. 그는 잠든 세진의 얼굴을 한참이나 바라보았다.

　손기태의 사무실에 서승사자가 찾아왔다. 그것도 둘이나. 손기태는 이경의 말에 너무 놀라 의자 깊숙이 몸을 묻었다.

　"회사를 쪼개요?"

　"손 회장님은 나하고 화해할 생각 없을 거예요. 아버지하고 아들이 한 회사 안에서 소모전 치르는 것보다 갈라서는 게 낫죠."

　조 이사가 이경의 말에 덧붙였다.

　"뉴스 보셨습니까? 강재현 대표가 만드는 자선은행에 창립 멤버로 함께 투자하시는 겁니다. 물론 일반 은행과 다른 특수 은행이고, 실제 업무도 많이 다르겠지만요."

　손기태의 눈이 번쩍거렸다.

　"협회에서 어르신 자금 관리하던 것처럼?"

　이경이 고개를 끄덕이고, 조 이사가 대신 말했다.

"큰사랑은행이 강 대표 금고가 될 겁니다. 그리고 이거 받으시죠. 전에 말씀하신……."

손기태의 얼굴에 화색이 돌았다.

손 회장과 최 회장이 밀담 중인 방문을 벌컥 열고 손기태가 당당하게 들어와 소파에 앉았다. 손 회장은 못마땅함에 혀를 끌끌 찼다.

"너, 또 사고 쳤더구나. 협회에 이어 우리 회사 돈까지……."

"아들 협박하시는 게 재밌어요?"

"너하고 왈가왈부하고 싶지 않다. 돈이나 갖고 와!"

"어이구, 한두 푼도 아니고 되겠습니까, 회장님?"

최 회장이 밉살스럽게 거들었다. 손기태는 씩 웃었다. 품속에서 수표를 꺼내 테이블 위에 힘차게 내려쳤다.

"확인해보세요. 원금과 이자까지 정확할 겁니다."

손 회장이 수표를 받아 들며 믿을 수 없다는 표정을 지었다. 최 회장 역시 놀라워했다.

"한 말씀 더 드리겠습니다. 이제 제 지분 챙겨서 회사 쪼개 나가겠습니다."

"뭐, 뭐라고?"

아들은 기세 좋게 밖으로 나가고, 아비는 안에서 충격으로 몸을 떨었다.

엘리베이터에 오르니 세진과 건우밖에 없었다. 아무래도 IT 회사인 만큼 출근 시간이 자유로운 것 같았다. 건우가 연줄을 통해 겨우 강재현과 자리를 마련했기에 둘은 기대감이 컸다.

"강재현 씨는 어떤 사람이에요?"

"참, 빨리도 물어보네요. 명석하고, 인간적이고, 자기 일에 열정적이고. 뭐 성공할 이유가 충분한 사람이죠. 왜요?"

"대표님이 선택했다면 다른 이유가 있을 거 같아서요."

"욕심이죠!"

강재현이 맞은편에 앉은 건우와 세진에게 답했다.

"죽을 때 짊어지고 갈 것도 아닌데 끌어안고 있어봐야 뭐하겠어요? 다 자기 욕심일 뿐이죠."

"그래도 전 재산 기부, 아무나 할 수 있는 일은 아닙니다."

건우가 그의 면을 세워주었다.

"마음먹는 게 어렵지, 결심하고 나면 아무것도 아니에요."

"기부은행 제안은 서이경 대표님이 하신 거죠?"

세진이 슬쩍 끼어들었다. 강재현이 그녀를 보며 살짝 웃었다.

"박건우 씨. 아까 소개를 들었는데 까먹었네."

"갤러리 S, 서이경 대표 밑에서 일하던 친굽니다."

강재현이 다소 의외라는 표정을 지었다.

"그분이 기부은행을 제안한 건, 다른 목적이 있을 거예요."

강재현은 그녀의 날 선 말에도 미소를 잃지 않았다.

"다른 목적이라면?"

"비자금 관리용이죠."

강재현이 짐짓 놀란 표정을 지었다. 건우가 세진을 거들었다.

"서 대표가 막후에서 성북동 어르신까지 조종하는 거 압니다. 자칫하면 강 대표님도 선의의 피해자가 될 수 있어요."

"잠깐, 잠깐만요. 서 대표가 무진그룹하고 얽힌 일이 있다는 건 얼핏 듣긴 했는데. 그렇다고 아무런 근거도 없이 두 분 말을 믿을 수는 없죠. 비자금이라니……."

"좋은 뜻으로 시작한 정치, 다른 뜻으로 오염되면 안 되잖습니까? 저희가 강 대표님께 도움이 될 겁니다."

건우의 확신에 찬 말에 강재현은 내심 이용가치가 있다고 판단했다.

"이 얘기, 서 대표는 몰라야겠네요. 그렇죠?"

세진은 기분 좋게 사무실로 돌아왔다가 문 실장의 말에 아연실색했다.

"두 분 안 계실 때 탁 씨가 통로에서 통화하는 걸 봤어요. 휴대폰을 두 개 쓰더군요. 과연 하나의 용도는 뭘까요?"

"실장님 지금 탁이를 의심하시는 거예요?"

"진정해요, 세진 씨."

건우기 흥분한 세진을 다독였다.

"탁이는 몇 번이나 절 구해준 친구예요. 지난번 병원에서 봤잖아요? 자기가 위험한데도 우릴 도와준 거. 그러다 갤러리도 쫓겨났는데 어떻게 의심할 수가 있어요?"

하지만 건우는 세진의 말에 수긍하지 않는 눈빛이었다.

"설마 믿지 못하는 거예요?"

"처음이 아니니까요."

"저, 절 말하시는 거군요."

세진과 건우는 입을 굳게 다물었다. 마침 사무실로 들어서던 탁이 심상치 않은 분위기를 감지했다. 모두 탁에게로 시선을 돌렸다. 세진이 탁에게 달려갔다.

"너 휴대폰 꺼내봐!"

"뭐야, 왜 이래?"

탁은 주머니에서 휴대폰을 꺼냈다. 문 실장이 다가와 휴대폰을 들었다.

"이건 평상시 쓰는 휴대폰이네요. 다른 휴대폰 없어요?"

탁이 인상을 구겼다.

"보여줘. 괜한 의심하지 않게 너 결백한 거 보여 달라고."

탁은 상황 파악이 되었는지 자리를 피하려 했다. 건우가 그를 막아섰다. 탁이 주먹을 불끈 쥐었다.

"탁아! 부탁해."

탁은 세진의 말에 포기한 듯 팔을 벌렸다. 건우는 탁의 외투 안과 주머니를 뒤졌으나 다른 휴대폰은 나오지 않았다.

"의심해서 미안해요."

"아무래도 아이돌 경호나 해야 할 거 같다."

탁은 쓸쓸하게 웃으며 미련 없이 뒤돌아 가버렸다. 세진이 흠칫 놀라며 다급히 그를 쫓아 나갔다.

"죄송합니다, 팀장님."

문 실장이 사과했다.

"아뇨. 티를 안 내서 그렇지 나도 찜찜하긴 했어요."

건우는 어쩔 수 없었다는 듯 얘기했다.

"그럼 나도 의심해야죠."

탁을 놓치고 들어온 세진이 씩씩거리며 말했다.

"세진 씨, 그게 아니라……."

세진은 건우를 원망스레 노려보다가 소지품을 챙겨서 나갔다. 건우는 답답한 마음에 한숨만 나왔다.

탁은 사무실 건너편 건물에 몸을 숨기고 있었다. 그는 세진이 털레털레 나오는 걸 보고 폰을 꺼냈다.

"문 실장이라는 여자, 눈썰미가 좋더군요. 일부러 복도에서 통화했는데 딱 집어내네요."

"보내준 파일은?"

"말씀하신 대로 외부 사무실에 심어놨습니다."

"한동안 시끄러울 거야. 휴가 삼아 조용히 물밑에 있어. 어디 있는지, 뭘 하는지 나한테도 알리지 말고."

통화가 끊기자 탁은 좀 전의 세진처럼 털레털레 자기 차로 걸어갔다.

서울 근교 국도변, 한 전통 찻집에서 남종규와 박무삼, 손회장이 만났다.

"일개 야인이 청한 자리에 나와 주셔서 몸 둘 바를 모르겠습니다."

"서 대표가 아들놈을 부추겨 회사를 쪼갤 작정일세. 날 병원에 감금한 걸로 부족했다 이거지."

"그건 약과예요. 난 괴한에게 협박까지 당했어요, 죽인다고."

박무삼과 손 회장은 앞다퉈 서로의 처지를 말하고 나니 조금 창피한 마음이 들었다. 분위기를 살피던 남종규가 입을 열었다.

"어르신의 형편도 여러분과 다르지 않습니다. 서 대표한테 주도권을 뺏긴 뒤로 보기 안쓰러울 정도십니다. 제가 비록 성북동을 떠나긴 했지만 주군께 마지막 충성을 다하려고 합니다. 여러분도 똑같은 심경일 텐데 저와 뜻을 함께하시겠습니까?"

남종규는 잠시 숨을 고른 뒤 더욱 단호한 목소리로 말했다.

"서이경을 쳐내야지요!"

정적이 흘렀다. 박무삼과 손 회장은 고개를 끄덕이며 남종규 쪽으로 몸을 기울였다. 이제 뜻은 모였다. 다음은 행동해야 할 때였다.

엘리베이터에서 내린 세진은 사무실로 출근하는 길이 내키지 않았다. 웅성거리는 소리가 들리고, 사무실 앞이 사람들로 어수선했다. 의아한 세진이 서둘러 사무실로 들어섰다.

검찰 수사관들이 컴퓨터 본체를 뜯고, 문서 자료를 박스에 담고 있었다. 건우는 수사관 한 명과 한창 입씨름 중이었다. 세진이 황급히 다가섰다.

"어떻게 된 거예요?"

"제가 강 대표 코리아웍스 기술 정보를 훔쳤다네요."

"무슨 말도 안 되는……. 여기 그런 짓 할 사람 아무도 없어요."

"가시죠."

수사관이 건우를 앞세웠다. 세진이 건우 앞을 막아섰다.

"괜찮아요. 별문제 없을 겁니다. 어제 일은 미안했어요."

세진이 대답할 틈도 없이 건우와 수사관들은 썰물처럼 빠져나갔다. 세진은 어지러운 사무실에 홀로 남았다. 바닥에 떨어진 폴라로이드 사진을 주워들었다. 세진은 충격으로 멍하니 서 있었다.

강재현은 담담한 표정의 이경 말에 움찔했다.

"처음부터 무진그룹에서 기획했다는 겁니까? 우리 회사 기술을 빼내려는 목적으로?"

"뭔가 보상도 약속받았을 텐데요."

"서 대표를 만나 중재를 해주면 신기술 경쟁은 포기하겠다고 하더군요."

"박건우 씨도 만나셨죠?"

"그 사람은 기부은행을 설립하는 진짜 목적을 알고 있었습니다."

"그런데도 저한테는 숨기셨네요. 박건우 씨를 만난 사실조차……."

강재현이 변명하려는데 키폰이 울렸다. 그는 다행이다 싶어 얼른 받았다.

"어, 그래요. 확실해요? 알았어요."

그는 키폰을 끊고 잠시 멍한 상태로 있었다. 이경은 무슨 말을 할지 예상할 수 있었다.

"박건우 씨 컴퓨터에서 우리 회사 신기술 정보가 나왔답니다."

"당연하죠. 그 정보를 빼내려고 회사 밖에 사무실까지 차린 거니까. 대권을 잡고 싶으면 절 속이지 마세요. 같은 실수를 되풀이하면 대표님은 많은 걸 잃을 겁니다."

"무슨 말인지 알아들었어요."

이경은 차기 대권 주자의 백기를 받아냄으로써 드디어 킹메이커로서 자격 조건을 완벽히 갖췄다.

또 다른 괴물

　폭탄을 맞은 듯 살벌한 풍경의 사무실에서 세진은 통화를 계속 시도했다. 문 실장은 소파에 묵묵히 앉아 있었다.
　"탁이는 계속 연락 안 돼요. 전화기가 꺼져 있어요."
　"이건 함정입니다. 코리아웍스 파일이 우리 컴퓨터에서 발견될 리 없어요. 누군가 일부러 심어놓은 겁니다."
　"설마 범인이 탁이라는 거예요?"
　"아니면 세진 씨가 했겠죠."
　순간 세진과 문 실장의 시선이 엇갈렸다.

　쾅! 세진이 갤러리 문을 박살 낼 듯 문을 열어젖히고 들어섰다. 문소리에 김 작가와 조 이사가 다가왔다.

"세진 씨? 무슨 일이야?"

"대표님은요?"

"외출 중이셔."

"탁이는 어디 갔어요?"

"세진 씨 때문에 해고됐는데 아직 몰랐어?"

세진은 김 작가의 반응이 거짓이 아니라고 직감적으로 느꼈다.

"작가님, 혹시 코리아웍스라는 회사 기술 정보 해킹하셨어요? 대표님 명령으로?"

김 작가의 눈빛이 흔들렸다. 세진은 이경의 짓이라는 걸 확신했다.

지검 조사실에 세진과 건우가 마주 앉았다. 건우는 약간 지쳐 보였다. 세진 역시 그 못지않았다.

"건우 씨 의심이 맞았어요. 탁이가 우릴 속였어요. 컴퓨터에 증거도 심어놨고요. 대표님이 시켰을 거예요. 미안해요."

"걱정 말아요. 회사 변호사들이 왔다 갔는데 증거 때문에 조사가 길어질 순 있어도 기소는 어려울 겁니다."

"뒤죽박죽 제대로 하는 게 하나도 없어요."

"날 엮어놓고, 세진 씨는 고립시키고. 그래서 혼자 남은 세진 씨가 자책하고 괴로워하는 거, 그게 이경이가 노리는 거예요. 이경이는 멀쩡해요. 그러니까 우리가 먼저 지치지 맙시다."

세진은 눈물이 쏟아질 거 같아 자리에서 일어섰다. 건우는 그녀의 뒷모습을 우두커니 바라만 보았다.

박무삼은 이경의 말을 믿을 수 없어 자리에서 일어났다. 이경은 그를 향해 마저 못한 말을 끝까지 내뱉었다.

"부정경쟁 방지법 및, 영업비밀 보호에 관한 법률 위반. 한마디로 산업 스파이라는 뜻입니다. 그런 사람한테 신도시 프로젝트를 계속 맡기면 안 되죠."

"나 지금 형님 면회하고 오는 길이요. 건우 그 녀석, 누명 쓴 거 벗겨주기도 바쁜 판에 도리어 자리를 뺏으란 소리요?"

이경은 회장실을 여유롭게 걸으며 박무삼을 압박했다.

"제가 성북동하고 힘겨루기 할 때, 가운데서 줄타기하느라 힘드셨을 거예요. 탐욕에도 휴식이 필요하죠!"

이경은 아무 말 못 하는 박무삼을 개의치 않았다. 그녀는 회장석에 다가가더니 자연스레 의자에 앉았다. 무섭도록 자연스러웠다.

"지금 저한테 이 자리를 뺏는 건 일도 아닙니다. 절 따라 오세요."

갤러리 입구에 차가 멈추고, 시동이 꺼졌다. 이경이 헤드라이트를 끄려는데 전방에 한 사람이 나타났다. 세진이었다. 차창을 사이에 두고 두 시선이 마주쳤다. 이경은 코웃음을 치며 차에서 내렸다. 세진이 다가왔다.

"전처럼 돌이라도 던지지 그랬니."

세진은 이경을 노려보기만 했다.

"그게 네 한계야."

"알아요. 사람으로서 여기까지라는 거. 박건우 씨는 대표님 미워하지 않아요. 자기 집안을 지키고 싶은 것뿐이죠. 탁이도 후회하지 않을 거예요. 대표님한테 충성을 다했으니까."

"그래서?"

"하나만 대답해줘요. 날 괴물로 만들고 싶었던 거예요? 대표님처럼?"

이경이 엷게 미소 지었다.

"내 질문에 먼저 대답해. 넌 나를 바꿀 수 있다고 믿었니?"

"충분히요."

"그럼 나도 대답해줘야지. 세진이 넌 언젠가 내가 될 거야!"

세진은 잠시 움찔했을 뿐 크게 반응하지 않았다.

"기뻐할 줄 알았는데 아닌가?"

"기뻐요. 이제야 깨달았거든요. 대표님이 해도 되는 일은 내가 해도 된다는 거."

이경은 세진의 말뜻을 알아듣고는 쓴 미소를 지었다.

"지옥에서 만나요!"

이경의 미소는 흔들리지 않았다. 세진은 이경을 스쳐 지나갔다. 이경은 갤러리 입구에 들어서다, 문에 붙어 있는 사진에 눈길이 갔다. 그녀는 가까이 가 확인했다. 세진과 함께 찍은 폴라로이드 사진이었다. 사진 속의 둘은 환하게 미소 짓고 있었다. 이경은 뒤돌아서서 멀어져가는 세진을 물끄러미 바라보았다.

국도변의 전통 찻집은 이제 낙오한 자들, 아니 낙오하지 않으려는 자들의 아지트였다. 김이 피어오르는 찻잔을 남종규와 손 회장이 잡았다. 박무삼의 자리는 비어 있었다.

"박 회장님은 결국 서 대표하고 맞설 용기를 내지 못하셨네요."

남종규가 씁쓸하게 첫마디를 꺼냈다. 손 회장 역시 빈자리에 시선을 주었다.

"하는 수 없죠. 손 회장님하고 저, 이렇게라도 힘을 모으는 수밖에……."

"한 사람 더 오기로 했네."

남종규가 놀란 표정을 짓자 문이 열렸다. 남종규의 눈은 커졌고, 손 회장은 담담히 상황을 설명했다.

"갤러리 S에 대해 많은 걸 알고 있네. 병원에서도 날 구해줬고."

세진은 고개 숙여 인사했다. 남종규가 겨우 입을 열고 말했다.

"서 대표하고 갈라선 이유가 뭡니까?"

"제가 못 미더우신가 보네요. 죄송합니다, 회장님."

세진이 일어섰다. 손 회장이 당황하며 따라 일어서려 했다.

"무슨 일을 어떻게 꾸밀지 몰라도 한 가지만 말씀드릴게요. 밖에서 만날 땐 항상 주위를 살피세요. 두 분 모두 대표님한테 요주의 인물이니까요."

세진은 눈인사를 하고 곧장 나가버렸다.

손 회장은 책망하듯 남종규를 보았고, 남종규는 상대를 너무 만만하게 봤나 싶어 멋쩍게 차를 마셨다. 분명 분위기나 포스는 이경과 비슷하긴 했다.

건우는 몹시 피곤해 보였지만 눈빛은 살아 있었다. 뭔가 골똘히 생각에 잠긴 건우 곁으로 담당 검사가 자판기 커피를 들고 다가왔다.

"그룹 변호인단 위세가 아주 대단해요. 나도 옷 벗으면 무진 그룹 고문 변호사나 할까 봐요."

"얼마든지요. 근데 이렇게 말도 안 되는 수사에 세금 낭비하시면 되겠어요?"

"어허, 그러니까 왜 남의 회사 기술 정보를 빼내고 그래요?"

"또 얘기하면 백 번째니까 생략하고. 어차피 기소까지 몰고 가는 건 어려울 겁니다. 이럴 바엔 좀 더 수사다운 수사에 배팅하는 게 어때요?"

검사는 건우의 당당한 모습에 처음엔 시건방지다는 생각이 들었으나, 그의 일관된 모습에 지금은 오히려 호감을 느끼고 있었다.

"전직 대통령이 뒤를 봐주는 유력 대선 후보! 그 두 사람을 쥐고 흔드는 비선 실세! 뭔가 털어보고 싶지 않아요?"

"비선 실세라니. 그게 누구요?"

건우는 입을 닫았다. 쉽게 말할 거리는 아니지 않은가.

장태준의 서재는 이제 주객이 바뀐 듯했다. 이경과 강재현이 소파에 앉아 정치권 인사들 프로필을 검토하고 장태준은 묵묵히 지켜보기만 했다.

"많이 추려내셨네요. 이러다 성북동계는 아예 공중분해 되는 거 아닙니까?"

"새 술은 새 부대에 담아야지. 안 그런가?"

장태준의 말은 왠지 반어법처럼 들렸다. 이경은 그를 무시하고 준비한 파일을 장태준과 강재현에게 건넸다.

"신당에 참여할 각계 인사들 명단입니다. 비리나 추문에서 자유로운 인사들이라 강 대표님 이미지에 도움이 될 겁니다."

강재현이 파일을 훑어보며 감탄했다.

"신당 간판 거는 즉시 지지율 1위도 어렵지 않겠는데요, 이거?"

장태준은 그래도 마뜩찮았다.

"정치는 사람이 반, 자금이 반일세. 자선은행은 아직 설립 전이고, 재단 출연금도 목표액에 못 미치는 걸로 아는데……"

"어르신, 지금 같은 표정은 좋지 않네요. 걱정도, 해결도 제가 합니다."

장태준은 욱 올라오는 성질을 참았고 강재현은 강 건너 불구경하듯 조용히 히죽거렸다. 이경이 강재현의 가벼움을 눈치챘다.

"지금 지지율, 절반은 어르신 후원으로 얻어낸 겁니다. 두 분이 공생 관계라는 사실, 잊지 마세요."

강재현은 입맛을 다시며 다시 한 번 파일을 검토했다.

세진이 손 회장의 천하금융 회장실을 찾았다. 손 회장이 부드러운 얼굴로 그녀를 맞이했다.

"남 이사장 그 친구, 워낙 깐깐하고 의심이 많아. 불쾌했더라도 자네가 이해하게."

"괜찮습니다. 그런 조심성이 성북동에서 오래 일한 비결이겠죠."

손 회장은 잠시 눈을 비볐다. 언행이 이경과 닮았다고 새삼 느꼈다. 심지어 진지했을 때의 얼굴까지도.

"그래, 따로 보자고 한 이유가 뭔가? 이사장이 들으면 안 되는 얘기라고 했던가?"

"네. 서 대표님뿐 아니라 성북동 그분한테도 피해를 주는 일이거든요. 참, 그전에 손 사장님이 회사를 나누겠다고 했다면서요?"

"뒤에서 서 대표가 조종한 일이겠지."

"담판을 지으려면 회장님도 무기가 있어야 합니다. 회장님은 TJ 문화재단에 대해 누구보다 많이 알고 계시잖아요. 그 약점을 확보하세요. 서류가 아니라 사람을 노리셔야 합니다."

세진은 그 어느 때보다 침착하고 서늘한 얼굴로 말했다. 손 회장은 고개를 끄덕이며 세진의 말에 귀를 기울였다.

손기태는 이경을 찾아 갤러리를 찾았다.

"재무팀 애들하고 변호사들이 몇 번이나 맞춰봤는데 5대5로 쪼개는 건 어려울 거 같아요."

"당연하죠. 천하금융을 그만한 회사로 키운 사람은 손 회장님이니까."

호기롭게 일을 벌였던 손기태는 조금 주눅이 든 모양새였다.

"그럼 어떡하지. 내 지분만 들고 나와서 기부은행에 참여해봤자 새 발의 피……."

"그래도 분리하겠다는 제스처를 계속 보내세요. 실수는 손 회장님 쪽에서 저지를 겁니다."

"정말 그렇게만 되면 좋은데."

"자식 이기는 부모는 없으니까요."

세진은 자신의 부친을 생각하니 쓴 미소가 절로 지어졌다.

손기태는 일을 마치고 나가다 탁과 마주쳤다. 보아하니 탁이 이경의 심복으로 여전히 활동하는 것 같아 인상이 찌푸려졌다.

탁은 고향에 온 느낌으로 갤러리를 둘러보았다. 전날, 그는 이경에게 잠수 대신 복귀 의사를 전화로 전했다. 돌아온 대답은 세진을 다시 마크하라는 것이었다. 그는 이경에게 보고하러 갈까 아님 트렁크에 있는 짐을 먼저 옮길까 고민하던 참이었는데 김 작가와 조 이사가 반가운 얼굴로 걸어왔다.

"잘됐다, 잘됐어."

김 작가는 탁이 돌아와 신이 났다. 조 이사는 별 표정이 없었다.

"차에서 짐 좀 가져올게요."

탁이 밖으로 나갔다. 조 이사는 여전히 탁을 응시하기만 했다.

"왜 그러세요, 이사님?"

"작가님이 입수한 코리아웍스 정보를 박건우 씨 사무실에 심어놓은 사람이 탁이 같네요. 그냥 모른 척합시다. 보안이 중요했으니 우리한테도 감추셨겠죠."

"무섭네요. 우리 대표님. 하긴 그게 대표님 매력이죠. 그러고 보니 박건우 씨를 노린 게 아니었네요. 대표님은 세진 씨가 고립되기를 바란 거예요. 박건우 씨든 누구든 아무런 도움도 받지 못하게."

조 이사도 김 작가의 말에 동의하듯 슬쩍 고개를 끄덕였다. 탁이 짐을 들고 들어왔다.

"이제 대표님 좀 뵙고 내려올게요."

조 이사와 김 작가는 탁을 돌아보며 다시 고개를 끄덕였다.

"손의성 회장과 둘뿐이었다고?"

"네, 천하금융 들렀다가 바로 돌아갔습니다."

탁은 간단한 세진의 동향을 보고했다.

"음, 손 회장은 됐고. 세진이 마크해. 박건우 없으니까 혼자 뛰려고 애쓸 테고, 이런저런 사람들 만나러 다닐 거야. 나가는 길에 작가님한테 코리아웍스 자료 올려 보내라고 해."

탁은 얼른 인사를 하고, 그녀의 명령을 수행하러 달려 나갔다.

차 한 대가 눈길을 따라 지겁을 나왔다. 큰길에 접어들자 문 실장은 룸미러로 뒷좌석을 살폈다. 건우는 상당히 지쳐 보였다. 그는 문 실장의 시선을 느꼈다.

"나라님들 조사받고 나오니까 실장님이 운전하는 차도 얻어 타고, 제가 호강합니다."

"피곤하실 텐데 쉬시죠. 댁으로 모시겠습니다."

"세진 씨는 사무실에 나와요?"

"요즘 바쁜 거 같습니다."

건우는 세진에 대한 복잡한 마음에 눈을 감고 생각에 빠졌다.

세진은 만국투자 건물에 들어섰다. 직원의 안내로 회장실 직통 엘리베이터를 탔다. 전날 밤늦게 최 회장을 한번 찾아보라는 손 회장의 전화를 받았다. 그는 능구렁이인데다 임팔라

처럼 조심성이 많은 인물이었다. 세진은 썩 내키지는 않았지만 일단 접촉을 시도해볼 생각이었다.

어느새 회장실에 다다랐다. 최 회장은 노회한 미소로 그녀를 반겼다. 세진이 몇 마디 던지자 죽는 소릴 해댔다.

"재단 출연금에 대해선 별로 할 얘기가 없는데……."

"손기태 사장한테 감금에 폭행까지 당하셨다고 들었어요. 손 회장님도 안타깝게 생각하고 계세요. 이번 기회에 TJ 문화재단에서 추진한 불법적인 모금 활동, 전모를 밝히려고요."

최 회장은 부담스러운지 연신 헛기침을 해댔다.

"출연금은 다들 자발적으로 낸 걸로 아는데. 우리 회사도 그렇고. 가서 손 회장님한테 전해요. 괜히 이것저것 들추다간 낭패 보는 수가 있다고.

최 회장은 어린애 다루듯 말하며 혀를 끌끌 찼다.

"손 사장 뒤를 서 대표가 봐주는 거, 아시는 양반이 그러네."

"손 회장님은 더 이상 다른 사람한테 조종당하지 않으려고 용기를 내신 거예요."

"이봐요, 젊은 친구. 갑이 조종하면 을은 고분고분 따라가고. 그게 바로 세상사는 요령이라네. 허허."

세진은 벽을 보고 얘기하는 기분이었다. 그냥 물러나는 게 여러모로 좋겠다고 생각했다.

세진은 최 회장과 그렇게 아무런 성과도 없이 나오는 길에 탁을 보았다. 자신을 애써 숨기려 하지도 않은 것이 마치 기다리고 있었던 것 같았다.

"알겠지만 최 회장 만나고 나오는 길이야. 내 일정 알고 싶으면 추운데 기다리지 말고 전화로 물어봐. 얼마든지 가르쳐줄게."

세진은 마음 같아선 빨리 자리를 피하고 싶었으나 눈길이라 그럴 수도 없었다. 조심스레 걸음을 옮기는 세진을 탁은 말없이 지켜보기만 했다.

손 회장은 박무삼을 방문했다. 이경의 반대파로 자리매김한 손 회장과 전통 찻집 회동에 불참한 박무삼이 서로 불편한 시선을 주고받았다.

"무진그룹이 주도해서 재계 출연금을 걷은 건 사실 아니오? 거기 반발하는 회사들은 불이익이 있을 거라고 협박성 충고까지 했고."

"다 지난 일 갖고 왜 이러세요?"

"박 회장 책임을 묻자는 게 아니라, 서 대표가 저지른 잘못을 밝히자는 얘기요."

"병원에 계신 동안 총기가 많이 흐려지셨나 봅니다.

"박 회장!"

손 회장이 박무삼의 무례한 언행에 버럭 소리를 질렀다.

"손 회장님, 사업이 힘드시면 은퇴는 어떠세요?"

이경이 갑자기 들어섰다. 손 회장은 그녀 대신 박무삼을 노려보았다. 박무삼은 멋쩍게 시선을 피하며 남 일처럼 말을 툭 던졌다.

"서 대표가 드릴 말씀이 있답니다."

"내 회사 쪼개려는 사람하고 할 얘기 없네."

손 회장이 자리를 박찼다.

"회사가 소중하다면 어떻게든 살리셔야죠. 아드님하고 같이 자선은행에 참여하세요. 천하금융은 간판만 바뀔 뿐, 달라지는 건 없습니다."

"사사건건 자네 지시를 받아야겠지. 이름만 회장인 누구처럼 말일세."

박무삼이 손 회장을 쩨려보았다. 이경은 계속 몰아붙였다.

"한 가지만 분명히 해두죠. 전 손 사장이 기특해서 함께 가는 게 아닙니다. 회장님이 합류하지 않으면, 아드님은 저한테 아무런 값어치가 없어요. 실익이 없는 상대는 채무 관계부터 정리해야죠."

"그때 그 수표? 공금을 대신 갚아준 게 그럼……."

"자선사업도 아닌데 대신 갚아줄 리가 있나요? 손 사장한테 빌려준 돈입니다. 이제 물장구는 그만 치고 제가 만든 물길로 따라오세요. 박 회장님도 마음을 비우고 나니까 한결 편해졌거든요."

"쉬운 길 놔두고 돌아가지 마세요, 회장님."

박무삼이 능청스러운 표정으로 이경을 슬쩍 거들었다. 손 회장은 혼란스러웠다. 이경은 그의 눈빛에서 체념을 읽었다. 그는 힘없이 일어나 인사도 없이 자리를 파했다.

"손 회장 말이야. 아깐 자존심 때문에 버텼지, 내가 보기엔 다 기울었어."

"자식 문제에 이성적인 부모는 없으니까요."

"그건 우리 행님도 마찬가지요. 건우 누명 쓴 거, 서 대표 짓이라고 의심하고 있어요."

이경은 코웃음 쳤다.

"그래서요? 그 연세에 탈옥은 무리지 싶은데."

"판세가 다 무르익었다 싶겠지만 이럴 때 특히 조심해야 하는 거요, 서 대표."

"귀한 충고를 들었네요. 그럼 저도 보답을 해야죠. 무진테크 매각해서 들으신 비난, 이번에 명예 회복하세요. 강재현 대표의 코리아웍스, 무진에서 인수하는 겁니다."

박무삼은 예상하지 못한 이경의 제안에 놀라움을 금치 못했다. 그녀의 눈빛은 득의만만했다.

"매각 같은 거 안 합니다."

강재현은 느긋하게 의자에 기댔다. 건너편에 앉은 건우의 표정이 비장했다.

"겨울엔 난로 대신 컴퓨터 본체 끌어안고, 쪽잠 자면서 만든 회삽니다. 코리아웍스는 내 청춘이고 분신이에요."

건우 역시 사업하는 입장에서 강재현의 입장이 십분 이해되었다.

"대선에 나가시려면 대표직부터 사퇴하셔야 할 텐데요."

"후임 대표가 맡을 겁니다."

건우가 조심스레 핵심적인 질문을 꺼냈다.

"가령 서이경 대표가 매각하자고 나서면 어떻게 될까요?"

강재현은 서 대표라는 말에 인상을 쓰며 격한 반응을 보였다.

"서 대표가 왜?"

"이유는 딱 하나죠. 과연 얼마나 이익을 남길 수 있는가. 그 확신만 서면 가차 없이 밀어붙일 겁니다."

강재현은 긴장한 표정으로 수를 계산하다, 씩 웃었다.

"누가 뭐래도 결정은 내가 합니다. 매각 방침은 없어요. 후임에게 넘길 겁니다. 참, 사과드리죠. 잠시나마 우리 회사 기술정보를 진짜로 빼냈다고 의심했어요. 무혐의로 조사 끝났다니 불행 중 다행입니다."

"누가 그런 함정을 팠을까요?"

강재현은 속으로 서이경이라 답했지만 입 밖으로 내뱉진 않았다.

"저를 벼르고 있거든요. 다른 패는 다 쥐었는데, 저만 히든이라서."

"저도 서 대표한테는 액면만 오픈했습니다."

건우와 강재현은 동시에 미소를 주고받았다. 건우는 소기의 목적을 달성한 듯 밝은 표정으로 일어섰다.

"앞으로 서로 도울 일이 많을 거 같네요. 그렇죠?"

강재현 역시 미소로 응답했다.

노트북 앞에서 잠시 고민하던 세진이 한 파일을 불러왔다. 'TJ 문화재단 출연 기업체 목록.' 눈으로 목록을 읽어 내려가는데 생각만큼 신통치 않았다. 그녀가 한숨을 내쉴 때, 건우가 사무실로 들어왔다. 세진이 반가운 얼굴로 그에게 다가갔다.

"언제 나오셨어요? 전화라도 하시지. 이제 조사 끝난 거면 기술 유출 혐의는 완전히 벗은 거죠?"

건우가 미소로 끄덕였다.

"실장님한테 얘기 들었어요. 혼자 바빴다면서요?"

"재단 쪽으로 알아보고 있었어요."

"잠깐 앉아 봐요."

건우가 세진을 소파로 안내하고 먼저 앉았다. 세진이 따라

앉는 걸 보고 이야기를 꺼냈다.

"검찰 조사 받으면서 짬짬이 생각해봤는데 이런 식으로는 이경이 상대하기 힘들어요. 우리는 카운터라고 날렸는데 이경이한테는 잽밖에 안 된다고요."

세진은 그동안의 성과라면 성과인 손 회장을 다급히 언급했다.

"다른 사람 기대하지 말아요. 우리가 접촉하면 이경이가 곧바로 손을 쓸 겁니다. 이경이는 지금 컨디션 최상이에요. 맘대로 못 할 게 없고요."

"지금 그 말씀은 당분간 아무것도 하지 말자는 소리로 들리네요."

"정반대예요. 물밑에서 조용히, 드러나지 않게 준비하자는 겁니다."

건우도 구체적인 방안을 떠올리지 못했다. 세진도 그를 탓할 생각은 없었다.

"알겠어요. 어쨌든 다시 보니까 반갑네요."

세진이 보일 수 있는 최상의 미소를 건우에게 보냈다. 건우는 세진의 마음을 알기에 그 미소에 즉각 화답하지 못했다.

강재현은 무게를 재듯 서류철을 들어보았다.

"아이고, 서 대표님 조사 많이 하셨네. 저한테 물어보고 하셨으면 헛고생 안 하시는 건데. 전 회사 매각할 생각 없습니다."

"후보 등록 전까지 회사는 정리하셔야죠."

"저만 대표직에서 물러나면 되죠. 후임 CEO가 질 이끌어 갈 겁니다."

"누구로 내정하셨나요?"

강재현은 싱긋 웃었다.

"사업상 비밀입니다. 다른 건 다 서 대표님 코치 받아도, 회사만큼은 제 권한이에요."

이경이 코웃음 쳤고, 강재현은 불쾌한 표정을 지었다.

"실력, 인정합니다. 사실 운도 따랐죠. 벤처 열풍 타고 초기엔 성공했죠. 그다음엔 기술이 담보된 작은 업체들을 마구잡이로 흡수했어요. 덩치가 커진 뒤로는 주식 장사로 재미를 보셨고요."

"그렇게 말씀하시니 좀 서운한데요."

강재현은 자세를 고쳐 앉으며 정색한 표정을 지었다.

"스물 몇 살, 순수했던 강재현 박사는 여기 없습니다. 대선 지지율 2위, 욕망에 충실한 강재현 후보가 있을 뿐이죠. 저는 욕심 없는 사람하고 일하지 않습니다."

"코리아웍스는 팔지 않을 겁니다."

강재현은 자존심이 걸린 듯 힘주어 말했다. 강재현과 이경의 시선이 팽팽하게 맞섰다.

"결국 팔게 되실 거예요."

이경이 나가자 강재현은 서류를 바닥에 힘차게 뿌렸다. 그는 씩씩거리며 폰을 꺼냈다.

"있다가 볼 수 있겠소?"

세진은 당황스러운 얼굴로 손 회장과 마주 앉았다.

"일이 그렇게 됐네. 천하금융은 자선은행 사업에 참여하게 될 게야."

세진은 실망이 컸지만 웃고 말았다.

"혹시 대표님 만나셨어요? 비자금에 관련되시면 나중에 큰 문제가 생길 거예요."

"송충이가 먹는 게 솔잎밖에 더 있나? 내가 하던 일이 원래 그런 업무라네."

손 회장이 자조적인 웃음을 보였다.

"병원에서 구해준 은혜는 내 언제고 신세를 갚겠네."

세진은 막막해졌다. 마지막 남은 희망이 사라지고 있었다.

이경의 인상이 심각했다. 그녀 앞에 선 갤러리 식구들은 긴장한 표정이었다.

"후임으로 누굴 골랐는지 조사해보셨어요?"

"회사 안팎에서 정보를 수집했는데 후임 CEO는 오리무중입니다."

"안정적으로 사내 임원 중에서 뽑는다는 얘기도 있고, 워낙 파격적인 스타일이라 전혀 엉뚱한 사람을 골랐을지도 모르고요."

이경은 얼굴을 살짝 찌푸리며 말했다.

"매각 타이밍 놓치기 전에 알아내야 해요. 온오프, 가능한 방법은 모두 동원하세요."

이경이 손짓으로 나가라는 신호를 보내고 서류를 펼쳤다.

"세진이는 더 안 따라다녀도 될 거 같아요."

탁이 앞으로 나서자 이경이 시선을 들었다.

"천하금융은 끝난 거 같고, 박건우하고 조사하던 일도 문제가 있나 봐요. 검찰에서 나온 다음엔 박건우는 외부 사무실에 통 안 들르거든요."

"알았어. 그래도 세진이는 계속 확인해."

"계속 따라붙습니까?"

"하라고 했잖아."

그녀는 표정 없이 다시 서류를 들여다보았고, 갤러리 식구들은 그녀의 눈치를 살피며 물러났다.

강변 둔치에 두 대의 차가 천천히 마주 보고 달려왔다. 한 대가 주차하자 그 옆으로 다른 차가 멈췄다. 먼저 주차한 차에서 건우가 내려 옆 차로 옮겨 탔다. 운전석에서 강재현이 기가 막힌다는 표정을 짓고 있었다.

"007 영화도 아니고 이렇게까지 해야 해요?"

"서 대표 만만하게 봤다가 몇 번 데인 적 있을 텐데요."

강재현은 주위를 두리번거리다 얼른 라이트를 끄며 전화한 목적을 간략히 전달했다.

"매각으로 방향을 정했으면 무슨 일이 있어도 밀어붙일 겁니다. 후임 CEO는 누굽니까?"

강재현이 잠시 망설이는 모습을 보였다. 건우가 문을 열고 내리려 하자 황급히 입을 열었다.

"실리콘 밸리에 지사가 있어요. 거기 지사장이 연구원 출신인데, 비전도 있고 경영 능력도 탁월한 친구예요."

"언제 들어오기로 했습니까?"

"다음 주 초에."

"후임 발표 때까지 최대한 늦게 입국시키세요. 당일에 도착시키든가. 미리 들어와 있으면 회유든, 협박이든 서 대표가 손을 쓸 겁니다. 방심하지 마세요!"

건우는 자기 차로 옮겨 탔다. 건우의 차가 천천히 빠지자 강재현은 각오를 다졌다.

세진은 밤늦게까지 사무실에서 노트북 자판을 두드렸다. 모니터를 보는 그녀의 눈에 생기가 보이지 않았다. 한숨을 내쉬고 다시 기운 내려는 순간, 폰이 울렸다. 남종규였다. 예상보다 남종규에게서 연락 오기까지 시간이 제법 걸렸다. '역시 신중한 사람이구나.'라는 생각과 함께 폰을 들었다.

"손 회장님이 서 대표 쪽으로 넘어갔다고 들었습니다. 한번 만났으면 하는데요."

"어떡하죠? 제가 지금 조사하는 게 성북동 숨통 콜린 컴퍼니라서."

남종규는 아무 말 없이 통화를 끝냈다. 세진은 피식 웃으며 정미연 프로필에 이어 가족 인적사항도 들여다보았다. 여동생 '정수연' 이름을 확인했다. 그녀는 즉시 SNS 등 여러 매체를 통해 그녀의 행방을 생각보다 손쉽게 찾았다.

"강원도?"

세진은 난감했다. 그녀는 애들 방학을 맞아 강원도로 휴가를 떠났다. SNS에 친절하게도 일정을 올려놓았기에 행선지는 알아냈지만 너무 멀었다. 순간 세진은 좋은 생각이 떠올랐다. 그녀는 시간이 많이 늦었지만 스스럼없이 폰을 집어 들었다.

날이 밝아도 상황은 반전의 연속이었다. 건우는 느긋한 미소로 조카를 바라보는 박무삼의 시선에 불안감을 느꼈다. 그가 느긋한 모습을 보이면 항상 큰일이 생기곤 했었다.

"우리가 코리아웍스를 인수한다고요?"

"무진테크 팔았다고 하도 내 욕들을 해서 서 대표하고 담판을 지었다."

건우는 몇 발 앞서나가는 이경의 수에 충격을 받았다.

"그만 놀라고 웃어. 신도시 프로젝트도 수월하게 굴러가고, 코리아웍스까지 인수하면 그룹에 겸경사 아니냐?"

건우는 머리를 뒤로 젖히며 눈을 감았다. 또 무슨 대책을 세워야 하나 막막했다.

이경과 장태준, 강재현이 서재에 모여앉아 이경의 주재로 회의를 진행했다.

"신당 추진위가 이번 주말에 임시위원회를 개최합니다. 당연히 두 분 모두 참석해서 추진위 인사들과 상견례를 하셔야죠."

"폼 나게 차려입어야겠는데요? 어르신 계파에 잘 보이려면."

장태준은 강재현의 농담이 거슬렸다. 사람들은 파격적이다

소탈하고 서민적이다 칭하지만 장태준이 보기에는 너무 가벼운 인물이라 걱정이 태산이었다.

"어르신, 서 대표 진짜 대단하지 않습니까? 어제의 적도 오늘의 동지로 탈바꿈시키는 솜씨, 예술이에요, 예술!"

장태준은 그가 마땅치 않았다. 그는 눈을 질끈 감았다.

이경과 강재현이 형식적인 회의를 마치고 응접실로 나왔다.

"후임 CEO 꼭꼭 숨겨놓으셨네요."

"찾기 힘들죠? 서 대표만 이기란 법 있습니까? 한 번씩 저주고 그래야 인간적인 면도 돋보이는 거지. 먼저 갑니다."

강재현의 발걸음이 가벼웠다. 미소를 지운 이경이 그를 차갑게 응시했다.

갤러리 식구들은 장태준의 사저 방문 후, 표정이 좋지 않은 이경을 슬쩍슬쩍 훔쳐보았다.

"코리아웍스, 어떻게 됐어요?"

"지난번 기술 유출 뒤로 방화벽이 강화됐어요. 여간해서 뚫리질 않아요."

"업계 소식통을 몇 사람 접촉해봤는데, 후임 CEO에 대해선 의견이 분분합니다."

이경이 인상을 찌푸리며 소파에 앉는데 탁에게 전화가 왔다.

"세진이가 손마리하고 고속도로 탔습니다. 어디 놀러 가는 분위긴데요?"

"일단 따라붙어."

이경은 고개를 갸웃거렸다.

마리의 차가 안내 직원의 지시에 따라 주차장으로 들어섰다. 마리는 요가 매트 작은 사이즈 두 개를 들고, 행사장 입구에 붙은 '평창 송어 대축제' 현수막을 멍하니 바라보았다. 며칠 전 온 눈으로 축제 분위기가 최고조였다. 세진은 얼음낚시 입장표 두 장을 끊었다.

"세진아, 여긴 어디? 난 누구?"

"바람 좀 쐬고 싶어서. 같이 올 사람이 너밖에 없잖아?"

"그럼, 따뜻한 발리나 일본 온천에나 가지 그랬어."

"자고로 우리 것이 좋은 것이야."

세진이 얼음낚시 행사장으로 향하는데 마리가 붙잡았다. 그녀는 손짓으로 낚시 도구 판매를 가리켰다.

"넌 맨손으로 송어 잡을 거니?"

얼음 두께가 20센티미터, 수심은 70센티미터 정도로 보였다. 둘은 작은 얼음 구멍 두 개를 각각 차지하고 요가 매트를 깔고 앉았다. 마리는 심드렁한 표정으로 모형 미끼를 단 낚싯

줄을 구멍에 떨어뜨렸다. 세진은 좌우를 살피며 정수연에게
전화를 걸었다. 분명 모르는 번호가 걸려오면 받지 말라는 언
니 정미연의 명을 받았을 것이기에 세진은 직접 찾아 나선 참
이었다. 그녀의 일정상 분명히 여기에 있을 것이다. 전화를 계
속 걸어 그녀가 받거나 그녀의 폰이 울리면 세진은 접근할 요
량이었다. 무식한 방법이지만 뾰족한 수가 생각나지 않았고,
옆에는 마리가 있었기에 무작정 평창으로 온 것이었다.

2시간이 지났다. 정수연은 전화를 받지 않았고, 어디에서도
벨소리가 울리지 않았다. 역시 무모한 시도였다. 세진은 포기
하고 자리를 털었다. 고개를 돌리니 마리는 구멍 속에 들어갈
듯이 머리를 파묻고 견지 대를 들었다 놓았다 반복하고 있었
다. 그녀 곁에는 송어 한 마리도 보이지 않았다.

"잘 돼가니?"

마리는 머리를 들고 안타까운 표정을 지었다.

"잡기는커녕 지나가는 송어 등짝만 두 번 봤다. 두 번!"

마리는 씩씩거리며 머리를 다시 구멍에 묻으려다, 옆에 서
있는 정체불명의 발을 보았다. 마리와 세진이 동시에 그들을
바라보았다. 중학생과 초등학생인 예쁜 자매였다. 둘은 행사장
에서 나눠준 비닐봉투에 팔딱팔딱 뛰는 송어를 가득 담고 있
었다. 마리는 둘이 너무 부러웠다.

"예쁘고 착하게 생겼구나. 이름이 뭐니?"

"주원이, 예원이요."

둘은 동시에 대답하며 마리가 안 돼 보였는지 자기가 잡은 송어를 한 마리씩 꺼내주었다. 마리는 일어나 둘을 꼭 껴안았다.

아이들에게 받은 송어로 붉고 싱싱한 송어회가 떠졌다. 마리는 입 안 가득 송어회를 밀어 넣었다. 그런 마리를 귀여워 세진은 웃으며 장작에 구운 송어구이 한 점을 들었다.

"미안해. 갑자기 오자고 해서."

마리는 송어구이에 눈독을 들이며 대답했다.

"아냐. 콧바람 쐬니까 좋다. 안 그래도 이상한 소문이 돌아 뚜껑 열리기 직전이었거든."

"왜?"

"그때 병원 옮긴 거, 어떻게 된 거야?"

세진은 하마터면 아까운 송어 한 점을 떨어뜨릴 뻔했다.

"회장님은 뭐라고 하셨는데?"

"이상한 얘기들, 다 헛소문이라고."

"할아버지 말씀이 맞아."

"정말? 네 말이라서 믿는다. 아무튼 큰 신세 졌으니 뭐든 부탁할 거 있으면 해."

세진은 흐뭇하게 웃었다.

분위기 좋은 카페였다. 이경은 문을 열며 오랜만에 데이트 감성을 떠올렸다. 건우가 저만치서 손을 들었다. 그녀는 즉시 괴물의 탈을 뒤집어썼다.

　"얼굴 좋아 보이네? 검찰 조사, 받을 만했나 봐?"

　"오자마자 시비 걸지 마시고 앉아."

　이경은 피식 웃으며 앉았다. 건우가 쑥 들어왔다.

　"코리아웍스, 매각시키려고 한다며?"

　"회사 대표 직함으로 대선에 나갈 순 없으니까."

　"후임 CEO가 누군지 알아냈어?"

　이경이 건우의 말에 갸웃거렸다.

　"질문하는 의도를 모르겠네."

　"후임이 누군지 알아야 이경이 네가 작업 들어가지. 안 그래?"

　이경은 숨을 골랐고, 건우는 말을 골랐다.

　"실리콘 밸리에 있는 코리아웍스 지사장이야. 나머진 알아서 하고, 매각 성공시켜라."

　이경이 잠시 생각하다 엷은 미소를 보였다.

　"그래, 이제 좀 사람 같아 보인다. 그룹에 이익이 된다면 더 한 일도 할 수 있는 거야."

"천만에. 이게 처음이자 마지막이지 싶다."

"네 욕심을 부끄러워하지 마."

건우는 이경을 잠시 바라보다가 자리를 떴다. 이경은 폰을 천천히 꺼내 김 작가에게 전화를 걸었다.

강당 입구, '민주미래 신당 창당 추진위원회 발족식'이라 적힌 현수막 아래 유력 인사들이 삼삼오오 모였다. 강재현은 사람들과 악수하며 활달하게 인사를 나누었다. 그 모습을 담느라 취재진 카메라도 바빴다. 장태준도 여러 사람들과 환담을 나누었지만 모든 관심이 강재현에게 쏠려 있었기에 표정이 약간 언짢아 보였다.

문득 조 이사가 강재현에게 접근해 귓속말을 전했다. 그는 서둘러 인사를 끝내고 조 이사를 따랐다. 장태준의 시선이 그들을 좇았다.

강당 내 작은 회의실에서 밀담이 오갔다. 강재현이 화가 나 제자리를 맴돌며 어쩔 줄 몰랐다.

"분명히 말씀드렸는데요? 회사는 팔지 않겠다고."

"행사가 끝나면 기자회견이 있을 겁니다. 매각 발표는 그때

하시면 되겠네요."

이경은 막무가내였다. 강재현이 반박하려 하자 그녀가 한발 먼저 나섰다.

"미국 서부 지사에 유창승 사장, 후임 CEO로 못 옵니다."

강재현은 잰걸음을 멈추고 의자에 털썩 주저앉았다.

"어떻게 알아냈어요?"

"제가 일하는 방식을 아실 텐데요. 가능한 모든 수단을 동원해서 후임 임명을 저지할 겁니다. 매각 결정하세요!"

세진은 전날 콧바람을 쐰 때문인지 가벼운 발걸음으로 쇼핑몰을 돌아다니며 매대 물건을 살피거나 상점 진열대를 구경했다. 저만치 미행하던 탁은 하릴없이 뚜벅뚜벅 걸었다. 세진은 그의 존재를 아는지 모르는지 쇼핑에 여념이 없었다. 탁이 일정한 거리를 유지하며 따라가는데 한 여성이 그 앞을 가로막았다.

"도를 믿으시나요?"

"네? 지금은 관심 없어요."

탁이 지나치려는데 그녀가 다시 가로 막았다.

"조상님이 도솔천에서 기다리십니다. 5분만 시간을 내주시면 안 될까요?"

"아, 아뇨. 다음에……"

탁이 겨우 그녀를 뿌리치고 앞을 보는데 세진이 보이지 않았다. 큰길로 뛰어가 두리번거리는데 세진이 건장한 사내 두 명과 실랑이를 벌이고 있었다. 탁은 엄청난 속도로 달렸다. 하지만 거리가 제법 있었던 탓에 세진이 결국 두 사내에 의해 승합차에 태워졌다.

"세진아!"

탁의 울부짖음에 사내들이 돌아보았고, 그들 역시 황급히 차에 올라 출발했다. 탁이 차 손잡이를 잡았지만 간발의 차이로 놓치고 말았다. 그는 차 번호판을 주시하며 폰을 꺼냈다.

"작가님! 빨리 차적 조회 좀 해줘요. 세진이가 납치됐다고요!"

강재현이 굳은 표정으로 대형 홀로 나왔다. 이경과 조 이사가 뒤따랐다.

"강 대표님을 위한 날입니다. 미소 잊지 마세요."

강재현은 이경을 한 번 흘겨보았다가 사람들을 향해 다가가며 미소를 되찾았다. 이경과 조 이사가 걸음을 멈췄다. 장태준이 이경을 쳐다보자 이경이 눈인사를 보냈다. 장태준이 쓴 웃음으로 받고 돌아설 때, 조 이사의 휴대폰이 울렸다. 전화를 받은 그는 심각한 표정으로 폰을 이경에게 건넸다.

"세진이가 납치됐어요! 죄송합니다! 제가 잠깐 한눈파는 사이에……"

"침착해. 차적 조회는?"

"작가님이 알아보고 있어요."

이경은 놀란 기색을 드러내지 않고 침착하게 대응했다.

"일단 갤러리에 가 있어. 나도 이사님하고……."

이경의 휴대폰이 울리며 그녀의 말을 잘랐다. 발신인이 남종규? 이경은 싸한 느낌을 받았다.

"서이경입니다."

"창당 행사는 잘 치르고 계십니까?"

이경의 목소리는 한없이 차분했다.

"덕분에요."

"함께하지 못해 유감이네요. 몸은 비록 떠났어도 마음은 늘 어르신을 모시고 있습니다."

"그런 얘긴 어르신께 직접 하시죠."

이경은 보지 않아도 남종규가 비릿한 미소를 머금고 있는 것 같았다.

"저도 바깥일이 바빠서요. 자꾸 어르신 뒷조사를 하는 골칫거리 때문에 신경이 좀 쓰입니다."

"바꿔주시죠."

"확인만 시켜드리죠."

"대표님?"

"어떻게 된 거야?"

"모르겠어요. 갑자기 끌려왔어요. 저는 아는 게 아무것도……."

세진의 말을 끊고 남종규가 폰을 빼앗아 다시 말을 이어갔다.

"기왕 이렇게 됐으니 어르신께 마지막으로 충성하려고요. 갖고 계신 콜린 컴퍼니 자료를 제게 넘기시죠."

장태준의 발목을 잡고 있는 유일한 무기였다.

"워낙 거래에 능숙한 분이라 다른 생각할 틈을 주면 안 되겠죠. 2시간 안에 가져오세요. 장소는 다시 알려드리죠. 아, 물론 혼자 오셔야 합니다."

이경이 대답하기도 전에 통화는 끊어졌다. 이경이 입술을 꾹 깨물었다. 조 이사가 걱정스레 다가왔다.

"어르신이 직접 지시했을까요?"

"아뇨. 그렇진 않은 것 같아요."

이경은 웃으며 환담하는 장태준을 살폈다.

"장소가 확인되는 대로 탁이를 보내서……."

"그럼 세진이가 위험해요."

"설마 혼자 가시겠다는 겁니까?"

이경의 눈빛이 섬뜩했다.

남종규가 폰을 주머니에 넣으며 의자에 앉아 있는 세진을 바라보았다. 전시가 막 끝나 비어 있는 갤러리였다. 남종규의 수하들이 입구를 지키고 있었다. 남종규가 세진 곁으로 다가 섰다.

"정말 혼자 올 거라고 생각합니까?"

"아마, 자료도 갖고 오실 거예요."

"서 대표에 대해 확신하는군요."

세진이 일어나 자신만만한 미소를 보였다.

"내가 계속 콜린 컴퍼니 조사하던 걸 대표님도 알고 있어 요. 납치당하는 모습을 탁이가 봤고요. 결국 이사장님이 극단 적인 방법을 썼다고 믿을 거예요."

"스스로 미끼가 되겠다고 할 줄은 몰랐습니다만."

세진이 쓰디쓴 미소를 지었다.

"남은 방법이 거의 없으니까요."

"나야 어르신 약점을 제거할 수 있으니 그렇다 쳐도 이세진 씨가 얻는 건 뭔가요?"

세진은 입꼬리만 살짝 올릴 뿐 아무 말도 하지 않았다. 남 종규는 그녀를 이해할 수 없었지만 자신의 목적만 달성하면 됐기에 더 이상 질문하지 않았다.

운전석에 이경이 홀로 올랐다. 탁이 그 뒤에서 급정거하며 황급히 내렸다.

"혼자 가시면 안 돼요!"

"이사님하고 갤러리에 가 있어."

탁이 차 문 손잡이를 잡으려 하자 조 이사가 고개를 내저었다. 이경은 차창을 올리고 출발했다.

이경의 차가 지정된 갤러리 앞에 멈췄다. 곧바로 이경이 차에서 내렸다. 남종규의 수하들이 다가와 주변 이상 유무를 확인한 뒤 그녀를 갤러리 안으로 안내했다.

의자에 앉아 기다리던 세진이 이경을 보고 벌떡 일어났다.

"대표님······."

"괜찮아?"

이경은 세진의 안전을 확인하고 남종규를 흘겨보았다.

"놀라게 해드려서 죄송합니다. 빗나간 충성심이라고 이해해 주시죠."

이경은 가증스럽다는 듯 콧방귀를 뀌었다.

"자료는 어디 있습니까?"

"가져오지 않았어요."

세진의 표정이 순간 굳었다. 남종규는 인상을 구기며 이경 앞에 한 발짝 다가섰다.

"콜린 컴퍼니 자료가 거래 조건입니다."

이경은 냉소를 머금고 세진을 보았고, 세진은 긴장했다. 이경은 세진을 보면서 남종규에게 말했다.

"가짜 납치극에는 거래가 필요 없죠!"

세진은 눈을 감았고, 남종규가 당황하며 말을 더듬었다.

"제안은 세진이가 했겠죠. 이사장님은 밑져야 본전이었을 테고요."

"그, 그래서 빈손으로 오셨단 말입니까?"

"같은 질문을 여러 번 하시네요. 번거롭게."

남종규는 낭패스러운 얼굴로 수하들에게 낮은 목소리로 소곤댔다.

"세진아, 넌 내가 이런 거래에 순순히 따를 거라고 생각했니?"

세진이 겨우 표정을 추스르고 간단히 대답했다.

"네."

"어째서?"

"제가 대표님 약점이니까요."

"시도는 좋았어. 기특하네."

"함정인 거 눈치 챘으면서 왜 오신 거예요? 절 비웃으려고요? 아무리 해도 안 된다, 확인시켜 주려고 오셨어요?"

"내가 안 오면 네가 위험해지니까."

세진은 울컥했다.

"가짜가 진짜 함정으로 변할 수도 있거든."

남종규가 좀 전과는 다른 눈빛으로 다가왔다.

"일이 이렇게 된 이상, 자료를 받아내야겠습니다. 갤러리에 연락하시죠."

"이사장님?"

세진이 놀란 눈으로 남종규를 쳐다보았다.

"어르신을 위한 일입니다. 저도 어쩔 수 없네요."

세진은 충격과 배신감으로 떨리는 두 주먹을 꽉 쥐었다.

"실망할 거 없어. 모두 필사적으로 싸우는 거야. 우리도, 이 남자도."

갤러리에 비상이 걸렸다. 탁과 조 이사가 컴퓨터 앞에서 고군분투 하고 있는 김 작가를 둘러쌌다.

"대표님 차, 위치 추적 안 돼요?"

탁이 김 작가를 닦달했다. 손을 급하게 놀리고 있지만 그녀 역시 초조하고 답답하기는 마찬가지였다.

"대표님하고 세진이 둘 다 위험하다고요!"

"안다니까!"

"다들 조용히 해요. 결심하고 가셨습니다. 기다리죠. 대표님이 해결하실 겁니다."

조 이사가 오랜 충신답게 주군을 믿어 의심치 않았다. 그 말에 모두 동의하고 따를 수밖에 없었다.

이경과 세진이 갤러리 내 지하 창고에 갇혔다. 미술품 상자와 그림 등이 어수선하게 널려 있었다. 세진이 있는 힘껏 문을 흔들다가 체념하고 돌아섰다. 그녀는 미술품 상자에 걸터앉은 이경에게 시무룩한 표정으로 가까이 갔다.

"죄송해요, 대표님. 제가 다 망쳤어요. 일이 이렇게 될 거라곤 전혀 예상하지 못했어요."

이경은 세진을 말갛게 보았다. 세진은 진심이 담긴 말을 계속했다.

"전 대표님을 비출 수도 없고, 대표님처럼 할 수도 없어요."

세진은 가슴 아프게 마음을 토로했다.

"이제 알겠어요. 제 한계가 여기까지라는 걸."

"이제 그만하자. 자료 넘기고 여기서 나가야지."

이경이 상자에서 일어서 문으로 성큼성큼 갔다.

"그러지 마세요!"

이경이 돌아보았다. 세진은 단호한 모습이었다.

"거래는 해도 타협은 안 돼요. 상대를 굴복시켜야지, 내가 무릎 꿇으면 안 되잖아요. 대표님은 저런 인간한테 아쉬운 소리할 필요 없어요! 빠져나갈 방법은 제가 찾아낼게요!"

세진이 뭐라도 히려고 돌아서는데 이경이 입술을 열었다.

"세진아, 콜린 컴퍼니 자료는 내 차에 있어. 그런 자료야 있으면 좋지만 넘겨도 상관없어. 난 방금 네 대답이 듣고 싶었거든."

이경이 세진에게 한 발 다가서며 지그시 바라보았다.

"그래서 널 데리러 온 거야."

세진은 놀라고 먹먹해서 멍하니 서 있었다.

"다음 사거리는 어느 방향으로 가요?"

김 작가는 갤러리 자기 자리에서 부지런히 교통 CCTV 검색 중이고, 조 이사는 그 화면을 벽면 TV로 받아서 관찰했다. TV 화면에 이경의 차가 사거리를 직진하는 모습이 보였다.

"직진이야!"

모두 헤드셋을 통해 연락을 주고받았다. 김 작가는 현 교통 카메라와 교통 CCTV 창을 여러 개 띄워 이경의 경로와 종착지를 예상하려 했다. 탁은 답답해서 소리쳤다.

"대표님은 목적지나 알려주시지……."

"세진 씨 때문이야. 만에 하나 미행이나 잠복을 들켰다간 세진 씨가 위험해지니까."

탁은 조 이사의 말에 수긍했으나 안달이 나 견딜 수가 없었다.

"우회전, 우회전!"

김 작가가 소리 질렀고, 탁이 급하게 핸들을 돌렸다. 탁의 차가 곧 신호에 걸려 한숨 돌린 김 작가의 눈이 반짝거렸다. 김 작가는 이경의 차 경로를 예상해서 근처 남종규와 관련 있는 장소를 검색하기 시작했다. 아무래도 손이 부족했다. 그녀는 조 이사를 불러 일을 분담했고, 그는 즉시 종착지를 예상하고 모처럼 큰소리를 냈다.

"그쪽 방향에 갤러리가 하나 있어요. 백송재단에서 매물로 내놨는데 아직 팔리지 않은 물건입니다."

김 작가의 얼굴이 환해졌다.

"탁아, 들었지?"

"주소나 빨리 찍어주세요!"

주소를 보니 제법 시간이 걸릴 것 같았다. 그는 힘껏 액셀을 밟았다.

행사를 마치고 나오는 장태준과 강재현이 나란히 걸어 나왔다. 취재진들이 강재현에게 몰리자 장태준이 슬쩍 밀려났다.

쓸쓸해하는 와중에 수행원이 그에게 폰을 건넸다. 상대방의 목소리를 확인한 장태준은 깜짝 놀란 목소리로 말했다.

"남 군? 그게 사실인가!"

장태준은 분주하게 악수하며 사람 좋은 미소를 보이는 강재현을 바라보았다. 장태준의 얼굴에 좀 전과는 다른 기운이 드러났다. 전화를 마친 장태준은 천천히 강재현에게 다가가 말했다.

"조용히 얘기 좀 하세."

"10분 뒤에 기자회견입니다."

강재현이 최대한 불쾌해하지 않도록 예의 바르게 거절했다. 장태준은 더 이상 주눅 들지 않은, 예전의 모습으로 돌아가 있었다.

"지금 얘기하자고 했네!"

강재현은 장태준의 변화된 어투에 어안이 벙벙했다.

소회의실에 들어간 장태준은 호언장담하며 강재현에게 말했다. 강재현으로선 그간 상황을 종합해봤을 때 믿을 수 없는 내용이었다.

"회사 매각을 막아주시겠단 말입니까?"

"정치 멘토는 서 대표가 아니라 날세. 이제부터는 서 대표 말에 휘둘릴 거 없네."

강재현은 그의 말이 미심쩍었다.

"있다가 성북동에 들르게. 우리가 상의해야 할 일이 아주 많을 게야."

장태준은 특유의 미소를 띠며 능구렁이 같은 표정을 되찾고 최대한 점잖은 목소리로 말했다.

남종규는 저만치에서 부하들에게 뭔가 지시했다. 은테 안경을 어루만지는 그의 모습을 세진이 불안하게 지켜보고 있었다.

"자료만 챙기고 풀어주지 않을지도 몰라요."

이경은 차분히 기다렸고, 남종규가 다가왔다.

"거래에 약간 변동이 생겼습니다. 어르신께서 여러 가지 상황을 정리하시는 동안 두 분은 조용히 쉬셔야겠습니다."

세진이 한 발 나섰다.

"약속이 다르잖아요!"

남종규는 위압적인 얼굴을 그녀들에게 들이밀었다.

"어르신의 뜻입니다. 따르시죠."

그의 수하들이 들어와 이경과 세진을 바깥으로 끌어냈다. 차 쪽으로 안내하며 앞뒤로 감시하듯 함께 걸었다. 그들 중 하나가 뒷좌석의 문을 열고 타라는 손짓을 했다. 세진이 반항하며 소란을 피우자 앞차에서 남종규가 내렸다.

"수갑이라도 채워야 얌전히 가시나요?"

이경이 그를 노려보며 세진을 진정시켰다. 둘이 뒷좌석에 올라타자 앞선 차가 움직였고 그녀들을 태운 차가 그 뒤를 따랐다. 순간 차 한 대가 엇갈려 지나갔다. 탁의 차였다. 탁은 찰나에 이경과 세진을 보고는 재빨리 유턴했다. 빠르게 따라붙은 탁의 차는 두 차 사이에 교묘하게 들어와 브레이크를 밟았다.

그녀들을 태운 차도 덩달아 급정거를 했다. 탁은 후다닥 차에서 내려 그녀들에게로 갔다. 이경과 세진도 탁을 발견하고 기뻐했으나 걱정도 되었다. 앞좌석에 앉은 사내 둘이 밖으로 뛰쳐나갔고 선행 했던 차에서도 두 명의 덩치가 달려들었기 때문이다. 탁은 일전을 각오하고 뒤차에서 내린 한 명의 턱을 발로 걷어차고 다른 한 명의 명치를 무릎으로 가격했다. 탁은 나자빠지는 둘을 보며 세진에게 빨리 가라는 손짓을 했다. 그 순간 다른 사내의 발이 탁의 옆구리를 강타했다. 탁은 벽에 부딪치면서도 계속 신호를 보냈다. 세진은 퍼뜩 정신을 차리고 운전석으로 몸을 날렸다. 탁은 다시 일어나 사내들을 한쪽 방향으로 유도했다. 길이 트이자 세진은 액셀을 힘껏 밟았다.

쫓아오는 차가 없어도 세진은 속도를 늦추지 않았다.

"세진아."

이경이 부드럽게 부르자 세진도 진정하며 액셀에서 살짝 발을 뗐다. 룸미러로 보니 안전한 것 같았다.

"탁이는 괜찮을까요?"

"걱정 말고 갤러리로 가."

세진이 돌아보았으나 이경은 같은 말을 반복할 뿐이었다.

이경과 세진이 갤러리에 도착하자 조 이사와 김 작가가 뛰어나왔다.

"대표님! 괜찮으세요?"

이경이 끄덕이자 김 작가가 바닥에 풀썩 주저앉았다. 조 이사가 세진을 쳐다보았다.

"탁이는?"

"그게……."

"기자회견은 어떻게 됐어요?"

이경이 세진의 말을 끊었다. 조 이사도 당황한 눈치였지만 이경의 질문에 충실히 대답했다.

"코리아웍스 매각 발표는 안 나왔습니다. 강 대표 측에서도 별다른 연락이 없고요."

이경이 계단으로 향하다 세진을 돌아보았다.

"조금만 있다 갈게요. 탁이 괜찮은지 확인만 하고요."

이경은 끄덕이며 곧장 집무실로 올라갔다. 세진은 물끄러미 그녀의 뒷모습을 바라보았다.

"어떻게 된 거야, 세진아?"

"콜린 컴퍼니 자료 성북동에 넘겨주셨어요."

김 작가가 놀라는 동시에 그녀의 폰이 울렸다. 전화를 받은 그는 잠시 듣더니 위층을 향해 큰소리로 외쳤다.

"탁이 지금 병원에 있대요!"

갤러리 식구 모두가 침상 주위에 서 있었다. 응급처치를 끝낸 탁은 평온하게 잠들어 있었다. 세진은 안쓰럽고 미안했다. 벌써 여러 번째였다.

"의사 선생이 다행히 큰 부상은 아니라고 하더군요."

세진과 김 작가가 깊은 안도의 숨을 쉬었다.

"다들 가서 쉬세요. 전 조금 있다 갈게요."

이경이 탁에게 시선을 거두지 않고 말했다. 갤러리 식구들은 그녀의 말을 따랐다. 세진은 발걸음이 떨어지지 않았지만 병실 밖으로 물러섰다.

착각의 대가

그날의 해는 장태준의 사저에 먼저 뜬 듯했다. 장태준은 실로 오랜만에 맘 편한 필사를 했다. 지켜보는 강재현은 좀이 쑤셨다. 그동안 이경 덕분에 바로바로 회의만 하고 서재를 빠져나왔지만 웬일인지 전날부터 장태준의 포스가 무시무시했다. 강재현은 조심스레 입을 떼었다.

"중요한 말씀이 있다고 하셔서 왔는데요."

"오랜만에 붓을 잡았네. 오늘따라 글씨가 물 흐르듯 써지는 구면."

강재현은 붓글씨에 전혀 취미가 없었다. 장태준은 붓을 놀리며 천천히 말했다.

"내가 힘이 없어서 서 대표가 하자는 대로 따른 게 아닐세. 젊은 친구가 그토록 열심히 하니까, 대견한 마음으로 지켜본 게지."

"그러셨습니까?"

강재현은 내심 코웃음 쳤다. 장태준이 문득 고개를 들었다.

"이제는 신당도 만들었겠다, 자네 지지율도 안정권이니 내 계획대로 대선을 치러야겠어."

"서 대표는 배제하고요?"

장태준은 강재현의 물음에 대답하지 않고 붓을 내려 놓았다.

"좀 치우게"

서재 옆문에서 남종규가 걸어 나왔다. 강재현이 놀란 눈으로 그를 쳐다보았다. 특유의 안경을 치켜드는 버릇은 여전했다.

"그동안 안녕하셨습니까?"

강재현이 고개를 계속 끄덕이고는 장태준을 바라보았다.

"서 대표 의사는 타진해봐야지. 나를 따를 것인지, 혼자 고집을 피울지. 만에 하나 서 대표하고 내가 갈라선다면 자넨 누구 손을 잡을 생각인가?"

장태준의 물음에 강재현은 그저 어리둥절할 뿐이었다.

"성북동하고 손잡으세요."

박무삼은 조카의 말에 의아해했다.

"강 대표가 매각 발표 안 했다는 건, 어르신 입김이 들어간 거고, 결국 서 대표랑 문제가 생겼다는 뜻이에요."

"양자택일한다면 성북동이 낫다?"

"서 대표가 튕겨나가도 어르신하고 강 대표의 커넥션은 단단합니다. 그 조합으로 대선을 충분히 치를 수 있어요."

"판세가 그렇긴 한데 과연 서 대표가 가만있겠냐?"

"서이경은 제가 맡을게요. 작은아버지는 양지에서, 저는 음지에서 그룹 이익부터 챙기는 겁니다."

박무삼은 건우의 확연한 변신에 놀라워했다.

"마지막 승자는 결국 우리가 될 거예요."

건우는 자신만만한 미소를 지어보였다.

손 회장이 아들을 의미심장하게 바라보았다.

"방금 남 이사장하고 통화했어. 기부은행에 대한 전권은 우리 천하금융에 맡기겠다는구나."

"그럼, 서 대표를 완전 아웃시킨다고요?"

"세상 무서운 거 없이 굴더니, 결국 이렇게 될 줄 알았지."

손 회장은 아들을 지그시 보았다.

"기부은행은 네가 맡도록 해라."

손기태는 부친의 뜻밖의 제안을 믿을 수 없었다.

"이번이 너한테 일생일대의 기회다. 넌 은행을 맡고, 나는 재단을 관리하고. 우리 부자가 새로운 정권의 돈줄이 되는 게야."

손기태는 부친의 말이 고맙고도 설렜다.

기쁜 마음으로 부친의 방에서 나온 손기태는 이경과 맞닥뜨렸다. 손기태는 멋쩍어 시선을 맞추지 못했다.

"어째 나쁜 짓하다 들킨 사람 같네요."

"거 넘겨짚지 맙시다. 아버지 안에 계세요."

손기태는 부담스러운 시선을 외면하고 서둘러 자리를 피했다. 예감이 좋지 않았다. 이경이 손 회장을 방문하자 그는 기다렸다는 듯 봉투를 내밀었다. 이경이 열어보니 수표였다.

"이걸로 내 아들이 진 빚은 정리된 게요."

"아무리 핏줄이라도 이만한 액수를 대신 갚아주긴 힘들죠. 그건, 이 수표보다 훨씬 이익이 되는 결정을 하셨단 의미겠죠."

"어르신께 적당히 했어야지."

"아쉽네요. 그동안 쌓인 정도 많았는데."

이경은 평소대로 미련 없이 떠나려는데 손 회장이 불러 세웠다.

"돌아가신 서 회장님을 존경했던 마음으로 충고 한 마디만 하겠네. 큰 사업을 하려면 유아독존만 고집해선 안 되네. 매사에 유연하게, 융통성 있게 일처리를 해야 하는 법이야."

이경은 차가운 웃음을 흘렸다.

"회장님을 도와드렸고, 사고뭉치 손 사장도 거뒀습니다. 더 이상의 포용력을 기대하시면 곤란하죠."

손 회장은 속에서 끓어오르는 화를 참고 여유 있게 인사를 건넸다.

"살펴가시게."

천하금융 건물을 떠나며 이경은 골똘한 생각에 빠졌다. 때 맞춰 조 이사가 픽업을 했다. 뒷좌석에서도 생각은 계속되었다. 예상보다 빠르게 장태준의 페이스로 흘러가고 있었다.

"코리아웍스로 가요."

차창을 열었다. 찬바람이 불었다. 더 차가운 바람이 불었으면 했다. 뜨거운 열정과 분노를 잠재울.

이경과 조 이사가 안내 데스크 앞에 서 있었다. 여비서가 난 감한 표정을 지었다.

"대표님께서 지금 중요한 회의 중이시라서……."

이경이 불쾌해하자 조 이사가 나섰다.

"언제 끝나겠습니까?"

"회의 끝나면 바로 방송사 인터뷰가 예정돼 있습니다. 오늘 은 뵙기가……."

이경은 대꾸 없이 휙 돌아섰다. 여비서는 이경 일행이 나간 걸 확인하고 키폰을 눌렀다.

키폰을 받은 강재현이 고개를 끄덕였다.

"서 대표가 헛걸음하고 갔나 봐요."

"성북동 어르신도 매각이 아닌, 후임 대표로 밀어주시겠답니까?"

강재현의 맞은편에는 건우가 앉아 있었다.

"회사 쪽은 터치 안 하신다고 약속했습니다. 사실 제가 모신 용건은요. 내가 조만간 대선 캠프를 꾸릴 건데, 박건우 씨가 경제 파트 참모를 맡아주시면 어떨까 하고요."

"대선 캠프요?"

"난 대권을 잡고, 박건우 씨는 그룹을 먹고. 서로 윈윈 하자 이거죠. 어때요?"

건우는 강재현의 속내를 가늠할 수 없어 선뜻 대답을 하지 않고 망설였다.

이경을 태운 차가 갤러리 입구에 멈추는데 낯선 승용차가 보였다. 이경은 누굴지 짐작이 갔다. 꼴 보기 싫은 인간이지만 어쩔 수 없었다. 안으로 들어서니 아니나 다를까 남종규가 소파에서 기다리고 있었다. 그는 이경을 발견하고 거만하게 일어섰다.

"돌아가는 분위기, 대충 감지하셨을 겁니다. 서 대표님한테 영 재미없는 상황일 테죠."

"그래서요?"

"어르신께서는 서 대표 능력을 높이 사고 계십니다."

"사긴 뭘 사요? 팔 생각도 없는데."

이경이 비아냥거렸다. 남종규는 울컥했으나 한두 번 있는 일도 아니었기에 참을 수밖에 없었다.

"일부러 찾아온 성의를 생각해주시죠. 이게 마지막 제안이 될 겁니다."

"가서 전하세요. 어르신을 풀어주려고 콜린 컴퍼니 자료를 넘긴 게 아니라고. 유감스럽지만 어르신은 제 계획에서 제외시켰습니다. 자료도 그래서 넘긴 거예요."

"강재현 대표는 어르신과 함께 갈 겁니다."

"그럼 강 대표도 같이 제외시키면 되겠네요."

"지금이라도 늦지 않았습니다."

"저 빈말 안 하는 거 알죠? 그럼 이만."

이경은 집무실로 올라가버렸다. 남종규가 낮게 한숨을 쉬며 출입구로 향하는데 조 이사가 막아섰다. 남종규는 당황하며 그 자리에 멈췄다. 조 이사가 나지막이 말을 건넸다.

"너, 이 새끼! 또다시 대표님이나 우리 식구 건드리면 죽는다!"

남종규는 평소에 보지 못한 뜻밖의 거친 조 이사의 모습에 안경을 치켜 올리며 서둘러 자리를 피했다.

외부 사무실은 그야말로 철저히 외부에 있었고 혼자 있는 공간이었다. 세진은 컴퓨터 자판을 두드리고 있었다. 건우가 들어섰다.

"혹시나 하고 들렀어요. 이경이 요즘 상황이 안 좋아요. 알고 있어요?"

"네, 왜 그렇게 됐는지도 알아요."

건우가 눈을 동그랗게 떴다. 세진은 한숨을 내쉬며 모의 납치극 사건을 말했다. 건우는 듣는 내내 상황에 맞는 표정을 지으며 이야기에 쑥 빠져들었다.

"제가 아니었으면 콜린 컴퍼니 자료가 성북동에 넘어가지 않았을 거예요. 이상하죠? 대표님 계획 망가트리려고 그렇게 애썼는데, 막상 일이 그렇게 되니까 마음이 너무 불편하고 허전해요."

"세진 씨 착각이에요. 이경이는 멈추지 않았어요."

"그럼, 아직 포기하지 않은 거예요. 대표님?"

"이경이랑 만나서 저쪽을 흔들어놓을 방법을 찾을 겁니다."

세진은 의외라는 듯 쉽게 납득하지 못했다.

"강 대표 회사를 인수하려고요. 이제 우리 회사를 위한 일이면 착한 척 안 하려고요."

세진은 건우가 너무 낯설게 느껴졌다.

"실망했어요?"

"놀랐어요. 근데 두 분이 함께 일하면 저도 도울 수 있겠네요. 제가 거들어도 되죠?"

건우가 예상한 세진의 반응이었다.

"그 부탁하려고 들른 거예요. 세진 씨한테 도와달라고요."

세진이 모처럼 환하게 웃었다. 이경에게 다시 도움이 될 수 있다는 생각에 벌써 마음이 들떴다.

세진은 갤러리 입구에 멈춰 서서 잠시 건물을 올려다보았다. 감회가 새로웠다. 떠난 지 얼마 되지도 않았지만 돌아오는 길이 쉽지 않았다. 김 작가가 문을 활짝 열었다.

"어서 와. 대표님한테 연락 받았어."

세진이 멋쩍게 웃었다. 웃다 보니 멈추지 않았다. 문득 위층을 바라보았다.

"대표님은요?"

"요즘은 바깥일이 워낙 많으셔. 사방에 적들 아니니."

세진은 너무도 잘 알기에 마음이 착잡했다.

박무삼이 회장다운 여유와 풍모를 맘껏 과시했다. 면접을 본 사내들 역시 만족해하는 눈치였다. 그들과 건우가 엇갈려 회장실을 나가고 들어섰다.

　"코리아웍스, 지금쯤 줄초상 났을 거예요. 저런 핵심 인사들을 빼왔으니."

　박무삼은 마뜩찮았다.

　"몸값 얹어줘서 데려오면 뭐하냐? 동종 업계 이직이라 연구 개발 업무는 시키지도 못하는데."

　"지금은 무관한 보직으로 배치하고 코리아웍스 인수하는 즉시 자기들이 하던 일 맡기면 됩니다. 여기 헨더슨 테크에서 보내온 서류예요."

　박무삼이 건우가 건넨 서류를 펼쳤다. 불안한 눈치였다.

　"사람 빼온 것도 그렇고, 이 발표도 출혈이 너무 커. 이건 서 대표 아이디어라고 했지?"

　"네, 이 발표로 쐐기를 박는 겁니다. 강 대표 입장에선 매각을 고려할 수밖에 없어요."

　건우가 여전히 자신 없어 하는 박무삼을 안심시키려 애썼다.

　경제뉴스에선 '무진그룹, 헨더슨 테크와 기술 제휴'라는 제

목의 뉴스가 나오고 있었다.

"차세대 광대역 기술을 개발하던 무진그룹에서 후발 주자인 헨더슨 테크와 전격적인 기술 제휴를 발표했습니다. 이로써 차세대 기술 시장에서 우위를 선점하게 된 무진그룹은……."

차로 이동 중인 강재현도 DMB를 통해 같은 뉴스를 초조하게 시청했다.

"한편 신기술 개발을 놓고 무진그룹과 경쟁하던 코리아웍스의 주가는 제휴 발표 이후 큰 폭으로 하락하고 있으며……."

강재현은 더 듣고 있기 힘든지 기사에게 화풀이를 해댔다.

"신호 다 지키면서 갈 거예요? 빨리빨리 좀 갑시다."

장태준의 서재가 며칠 만에 하한가를 쳤다. 특히 강재현이 잔뜩 흥분해 있었다.

"의도가 뻔해요. 우리 직원 빼가고, 기술 제휴까지 기습적으로 발표한 거, 코리아웍스를 인수하겠다는 얘기 아닙니까?"

"무진 입장에서도 꽤 무리를 했네요."

남종규가 차분히 분석했다.

"어르신께서 박무삼 회장한테 경고하세요! 제 회사 건드리면 재미없을 거라고."

"회사에 대한 애정은 알겠지만 자넨 지지율 2위 대권 후보일세. 어차피 회사 일에서 손을 떼야 하는데 후임에게 넘기나 매각이나 무슨 차이가 있겠나?"

강재현은 장태준의 반응에 놀라다 싸늘해졌다.

"어르신, 저한테는 그냥 회사가 아닙니다."

장태준이 흥분하고 애걸하는 강재현을 내려다보았다.

"이보게, 강 대표. 누구나 두 손에 모두 떡을 쥐고 싶어 하지만 결국 하나만 골라야 할 때가 있어. 그럴 땐 어느 떡이 더 큰가, 그걸 살펴야 하네."

"정치냐, 회사냐 양자택일하라는 말씀이군요."

"경험자로서 얘기해줄까? 대권은 자네가 상상하는 그 이상의 힘일세! 그 힘만 거머쥔다면 지금 자네를 화나게 만든 자들을 모두 쓸어버릴 수 있을 게야."

강재현은 장태준의 말에 결심을 굳힌 듯 눈빛을 반짝였다.

손기태는 찻잔을 들다가 최 회장의 탐욕스러운 눈빛을 보고 멈추었다.

"이제 와서 그게 무슨 말씀이세요?"

"우리 회사에서 몰래 사들인 차명 계좌들, 단가를 더 올려야겠다 이 말일세."

"계산 다 끝났잖아요."

손기태의 목소리가 거의 울먹거렸다.

"자네, 그 계좌로 자선은행 돈 빼돌려서 짭짤할 텐데, 나는 푼돈이나 먹고 떨어져라?"

능구렁이 최 회장 입장에서는 손기태 같은 초짜는 꿀단지
였다.

"회장님은 우리 거래, 모르시지?"

손기태는 어쩔 줄을 몰라 입술만 잘근잘근 깨물었다.

강재현이 초조하게 기다리던 건우가 저녁이 되어서야 나타
났다. 건우는 미소로 목례했지만 강재현의 눈빛은 싸늘하기
그지없었다.

"기술 제휴를 알고 있었어요? 무진에서 우리 사람 빼가는
거 박건우 씨는 몰랐어요?"

"둘 다 알고 있었습니다."

건우는 담담하게 말했고, 강재현은 그의 솔직함에 어이없었
다.

"다 알고 있으면서도 한 마디 귀띔조차 안 했다?"

"코리아웍스를 인수하면 무진그룹은 최소한 10년 후까지
주력 사업으로 성장시킬 겁니다. 대선 캠프에서 참모 노릇하
는 것보다 그룹의 이익이 우선이죠."

강재현은 그의 뻔뻔한 말에 화가 치밀었다.

"학습 효과가 미미하시네. 박무일 회장님, 지금 정권에 찍혀
서 두바이 철수하게 된 거, 벌써 잊었어요? 내가 대권을 잡으

면, 무진그룹은 사업에 애로사항이 많아질 겁니다."

건우는 그의 협박에 미소로 대처했다.

"그럼 강 대표님 낙선 운동에 뛰어들어야죠. 워낙 인기가 좋으셔서 결과야 어떨지 모르지만. 강 대표님, 코리아웍스를 저희 회사에 매각하세요."

강재현은 눈을 실룩거리며 노려보았다. 건우는 어깨를 으쓱하더니 한 마디 던졌다.

"참, 절 캠프에 쓰시겠다는 호의에 감사드리는 차원에서 하나만 알려드리죠. 큰사랑은행 관리하는 손기태 사장, 뒷주머니 들춰보세요. 검찰이 내사 중이란 소문이 있습니다. 부정대출 혐의로."

강재현은 건우의 제보에 눈살을 찌푸렸다. 기분이 나빴지만 바로 확인해봐야 할 사항이었다.

이경은 아래층의 소란스러움에 자리에서 일어섰다. 퇴원한 탁에게 갤러리 식구들이 축하 인사를 건네고 있었다. 이경도 그에게 반가운 얼굴을 보였다.

"퇴원했습니다, 대표님."

"몸은 괜찮아?"

"끄떡없습니다."

"그럼 바로 일 나가야겠다."

식구들은 속으로 혀를 내둘렀다.

"장비 챙겨주세요. 오늘 밤 안에 꼬리 밟아야 해요."

탁은 다부지게 대답하며 몸을 풀었다. 이경은 그런 탁의 모습에 돌아서 계산을 오르며 피식 웃었다.

창문이 있는 식당 내실에 강재현과 손기태가 마주 앉아 있었다. 손기태는 강재현의 다그침에 어쩔 줄 몰라 했다.

"누, 누가 그딴 헛소릴 해요?"

"그건 알 필요 없고, 큰사랑은행 부정대출, 얼마나 해먹었어요? 차명 계좌도 끌어 모았죠?"

손기태는 펄쩍 뛰며 구린내를 숨기려 했다.

"손기태 씨. 누군 돈이 썩어나서 전 재산 기부한 줄 알아요? 자선은행은 내 비자금 관리가 목적이지, 당신 뒷주머니 채우려고 만든 게 아냐. 알아?"

손기태는 침을 꿀꺽 삼켰다. 빠져나갈 구멍을 찾아야 했다.

"일단 제 얘기도 좀 들어보시고……."

"대선 완주하려면 돈이 얼마나 드는 줄 알아요? 착실하게 키워서 자금 돌려쓰기도 모자랄 판에 벌써부터 손을 타면 어쩌자는 거야."

이경은 탁이 도청해온 음성 파일을 노트북으로 재생했다.

'자선은행은 내 비자금 관리가 목적이지, 당신 뒷주머니 채우려고 만든 게 아냐. 알아?'

이경이 노트북을 덮었다. 더 들어볼 필요도 없었다. 자신이 킹으로 내세운 사람이었지만 역겨웠다. 말이 주인의 손으로 움직여야지 과도한 욕심으로 홀로 행마를 하면 주인에게 버림을 받는 것은 당연하다고 이경은 생각했다.

손 회장은 못난 아들로 인해 밤늦게 장태준의 서재로 호출을 당했다. 맞지 않는 옷을 억지로 입히지 말았어야 했는데. 후회는 이미 늦었다. 장태준과 강재현은 찌푸린 인상으로 그를 맞이했다. 손 회장은 몸 둘 바를 몰랐다.

"입이 열 개라도 드릴 말씀이 없습니다. 죽여주십시오, 어르신."

읍소만이 손 회장이 유일하게 할 수 있는 방안이었다. 장태준이 언짢아하며 혀를 찼다. 어느새 나타난 남종규가 보고를 올렸다.

"서울지검에서 큰사랑은행 차명 계좌를 입수한 건 사실 같습니다."

강재현의 얼굴이 하얗게 질렸다.

"검찰이 사건을 공개하면 대선이고 뭐고 끝장입니다."

"이보게 강 대표, 역경이 도리어 기회가 될 수도 있다네. 이

참에 국민들 앞에서 털어놓는 게지. 관리자의 실수로 좋은 취지가 훼손됐다, 진심으로 반성하고 개선하겠다든지."

장태준이 정치 절대고수답게 대처 방안을 하나 던졌다.

"꼬리는 자르고 가면 된다는 겁니까?"

"몸통만 살아 있으면 문제 될 게 없어. 솔직담백한 태도를 보이면 국민의 신뢰가 커질 수도 있고."

손 회장은 자신의 아들이 꼬리가 되면 어쩌나 걱정되었지만 섣불리 대화에 끼어들 수 없었다. 그리고 그의 아들이 현금 가방을 들고 야반도주 했다는 사실도 전혀 알지 못했다.

장태준의 사저와 갤러리 S의 분위기가 역전되었다. 이경의 전략, 전술이 기가 막히게 먹혔던 것이다. 하지만 조 이사는 여전히 심각한 얼굴이었다.

"오후 2시에 긴급 기자회견을 한답니다."

"정면 돌파할 생각인가 봐요. 손기태 사장만 자르고 가는 걸로."

김 작가가 거들자 이경이 미소를 띠었다.

"성북동에서 지시를 받았겠죠. 아직 미련을 못 버렸네요."

"손기태 사장이 혼자 뒤집어쓸까요?"

탁의 질문에 이경은 대꾸하지 않았지만 그녀의 수는 거기까지 읽고 있었다.

기자회견장에 각종 매체의 기자들이 카메라와 노트북으로 무장한 채 대기하고 있었다. 무대 뒤에서 회견장을 힐끔거리는 강재현의 얼굴은 긴장 그 자체였다. 그렇게 정치 초년생은 경험 부족을 역력히 드러내고 있었다.

그가 단상으로 나오자 카메라 플래시가 일시에 작렬했다. 강재현은 참모들이 밤새 작성하고 낮에 퇴고한 원고를 읽기 시작했다.

"국민 여러분, 안녕하십니까? 코리아웍스 대표, 강재현입니다. 저는 오늘, 참으로 불미스러운 일을 여러분 앞에 밝히기 위해 이 자리에 섰습니다. 봉사와 희망의 취지로 설립된 큰사랑은행에서 벌어진 이번 부정대출 사건은 내부 조사 결과, 그 전모가 드러났으며…… 관리자의 부정과 일탈을 단속하지 못한 제 불찰을 통감하면서, 국민 여러분 앞에 깊은 사죄의 말씀을…… 제 개인의 영달이 아닌, 대한민국을 위해 대권에 도전하는 초심은 결코 변하지 않았으며 이번 사건을 큰 교훈으로 삼아 보다 희망찬 나라, 깨끗한 나라를 만들겠다는 저 강재현의 진정성을 믿어주시기 바라며……."

회견 막바지에 이르러 기자들 휴대폰 진동이 일제히 울렸다. 한둘이 아니라 참석한 주요 언론사 기자들의 폰이 거의 동시에 진동했기에 회견장 분위기는 어수선했다. 강재현도 원고 읽기를 멈추고 어리둥절해 했다.

회견은 자연스레 중단되었고 호기심 강한 기자 한 명이 메시지를 확인하자 나머지 기자들도 그를 따랐다. 메시지는 음성 파일이었고, 그 내용은 충격적이었다.

"누군 돈이 썩어나서 전 재산 기부한 줄 알아요? 자선은행은 내 비자금 관리가 목적이지, 당신 뒷주머니 채우려고 만든 게 아냐. 알아?"

측근이 폰을 들고 와 강재현에게 건넸다. 그는 곧 자신의 목소리를 듣게 되었다.

"대선 완주하려면 돈이 얼마나 드는 줄 알아요? 착실하게 키워서 자금 돌려쓰기도 모자랄 판에 벌써부터 손을 타면 어떡하자는 거야."

하얗게 질린 강재현이 휘청거리며 단상을 벗어나려는데 기자들이 득달같이 달려들어 일제히 그의 이름을 불렀다. 강재현은 측근의 부축을 받으며 무대 뒤로 사라졌다.

장태준은 어금니를 깨물었다. 남종규는 통화를 마치고 돌아섰다.

"기자회견장에 검찰 수사관들이 도착했답니다. 곧장 지검으로 소환될 거 같습니다."

장태준은 신음 소리와 함께 힘겹게 말을 내뱉었다.

"정치적으로 사망한 셈이구먼. 지지율도 썰물처럼 빠질 게 야."

"대선이 문제겠습니까? 당장 사법 처리부터 피할 수 없을 텐데요."

순간 본능적으로 장태준의 머리가 비상하게 돌아갔다.

"몸통만 살면 꼬리가 문제겠는가? 정 의원한테 연락하게. 강대표를 대신하기엔 그만한 인물이 없어."

남종규는 고개를 숙여 동의의 뜻을 나타냈다.

"그건 그렇고……."

남종규는 폰을 꺼내려다 장태준의 말에 멈칫했다.

"이런 맹랑한 짓을 꾸밀 사람은 하나밖에 없는데 이젠 치워 야겠지, 그 아이?"

카페에 마주 앉은 이경과 건우는 전 보다 밝은 얼굴이었다.

"코리아웍스, 동작도 빨라. 거기 이사진이 벌써 작은아버지 한테 연락했어. 매각에 대해서 긍정적으로 검토하자고."

"안 그래도 하락세인 주가가 대표가 구속되면 폭락하게 될 텐데 마음이 급할 거야."

"고마워서 어쩌지. 뭐 필요한 거 있으면……."

"아직 성북동이 남았어. 어르신까지 보살펴드려야 내 마음이 편하지."

이경은 농담인 듯 진심을 표현했다. 건우는 성북동이라는 말에 난처한 표정을 지었다.

"참, 세진 씨는 언제 데려갈 거야?"

"무슨 뜻이야?"

"네가 키운 사람이잖아."

"무진그룹에서 잘 가르쳐봐. 혹시 알아? 네가 싫다는 회장 자리, 언젠가 세진이가 차지할지도 모르지."

"불가능한 그림은 아닌데?"

짧은 정적 후, 둘은 오랜만에 동시에 크게 웃었다. 웃는 그들의 눈은 10여 년 전 남포동 거리에서 함께 있는 자신들을 보는 듯했다. 이제 다시 돌아올 수 없는 시간이지만 그때의 행복만큼은 각자의 마음속에 봉인되었기에 그 자체로 충분했다. 둘 사이에 미련이 존재하는지 그들은 아직 그것을 살필 여유는 없었다.

사무실에서 서류를 챙기는 세진의 마음도 한결 좋아졌다. 자신의 실수가 다소 희석되는 느낌이었다. 그녀는 한결 가벼워진 마음으로 추려놓은 서류 뭉치를 문 실장에게 건넸다.

"부탁하신 코리아웍스 자료예요."

"고마워요."

"참, 어젠 어디 다녀오셨어요? 통 안 보이시던데."

문 실장은 세진을 잠시 바라보다 빙긋 웃으며 말했다.

"부산에 출장 갔다 왔습니다. 같이 나가시죠. 전철역까지 태워다 드리겠습니다."

"그래주시면 완전 고맙죠."

세진이 문 실장의 차에 동승했다. 그녀는 시동을 걸고 출발 준비를 했다. 내비게이션이 자동 로딩되었다. 문 실장은 뭔가 빠뜨린 듯 차에서 내리더니 트렁크 쪽으로 갔다. 세진은 벨트를 매다가 문득 내비 화면을 보았다.

'최근 목적지 강릉으로 검색하시겠습니까.'

세진이 멈칫했다. 몇 초 뒤 안내 화면이 사라지고, 문 실장이 차에 올랐다. 세진은 어색하게 웃으며 전방을 주시했다.

차는 지하 주차장에서 지상으로 올라왔지만 세진의 머릿속이 복잡했다. 그녀는 슬그머니 말을 꺼냈다.

"실장님, 출장은 무슨 일로 다녀오신 거예요?"

"팀장님 대신 문상 다녀왔습니다. 일상적인 비서 업무예요."

문 실장은 태연히 대답했다. 전혀 흔들림이 없었다.

"아, 비서는 그런 일도 하시는구나."

문 실장이 전철역에 세진을 내려주었다. 세진은 감사의 인사를 전하고 돌아섰지만 표정은 딱딱하게 굳어 있었다.

종업원이 상을 물리고 간단한 후식만 올려놓고 빠졌다. 건우는 자신을 취조했던 검사와 담소를 나누고 있었다. 건우가 슬슬 본론에 들어갔다.

"성북동에서는 벌써 대체할 인사를 찾았을 겁니다."

"어르신을 캐려면 콜린 컴퍼니밖에 없는데 추적할 단서가 있습니까?"

"정미연 씨 동생과 저희 직원이 강원도에서 이미 접촉했습니다. 대가만 충분하다면 협조할 뜻이 있는 거 같습니다."

검사가 몸을 뒤로 물렀다.

"내친김에 성북동 노친네까지 털어버리시겠다?"

"성북동이 최종 목표가 아닙니다. 어르신 목줄을 죄고 나면 서이경까지 가야죠."

"이유가 뭡니까?"

"그냥 놔두면 모조리 집어삼킬 여자거든요. 무진그룹은 물론이고 어쩌면 이 나라를 통째로……."

세진은 마음이 너무 무거웠다. 그녀는 고민 끝에 폰을 꺼내 들었다.

"네, 세진 씨."

"아까 문 실장님 오셔서 코리아웍스 자료 받아갔어요."

"수고했어요. 아직 사무실이에요?"

"아뇨. 실장님이 역까지 태워다 줘서 집에 거의 다 왔어요. 부산 출장 갔다 와서 피곤하신가 보더라고요. 팀장님 대신 결혼식 다녀오셨다고."

"축의금만 낼 수 없는 결혼식이라서요. 실장님이라도 보내서 예의 차려야죠."

그의 목소리는 한 치의 흔들림도 없었다. 세진은 잠시 말문이 막혔다.

"세진 씨?"

"네, 그럼 내일 뵐게요. 건강 챙기시고요."

앞뒤가 맞지 않았다. 아니, 앞은 맞았지만 뒤가 확연히 틀렸다. 자신에게조차 숨기는 일이 뭘까. 세진은 서운한 한편, 의구심이 일었다. 자리에서 움직일 수 없었다. 그녀에게 헤드라이트 불빛이 쏟아졌다. 세진이 눈살을 찌푸리는데 저만치 이경의 차가 서 있었다. 세진은 이경이라면 우선 반가웠다. 하지만 좀 전의 일로 반가움이 반감되었다. 이경은 세진의 표정에서 직감적으로 뭔가 있구나 싶었다.

이경은 세진을 태우고 한적한 곳을 찾았다. 카페에 느긋하게 앉아 이야기하기에는 세진의 분위기가 좋지 않았다. 이경은 차안에서 자초지종을 물었다.

"무슨 일이야? 할 말 있는 표정이었잖아."

세진은 얼버무리며 곧장 속을 털어놓지 않았다.

"못 이기는 척 그냥 속아줄까?"

"아니에요. 참, 기부은행 조사할 텐데 대표님은 괜찮아요?"

"내가 관여한 흔적을 남겼겠니? 관리는 천하금융이 도맡아서 했어."

"그럼 마리 아빠는……."

"욕심 부린 만큼 처벌받겠지. 그게 싫으면 도망칠 수도 있고."

세진의 표정이 또 어두워졌다.

"또 시작이네. 쓸데없는 남 걱정……."

"대표님 걱정하는 거예요. 가는 길마다 적을 만들잖아요."

"신경 쓸 거 없어. 그런 인간들하고 어울렸다가 갈라섰다가 하면서 여기까지 온 거니까."

세진은 이경의 말에 불쑥 건우가 생각났다.

"그럼, 이제 박건우 씨와도 갈라서기로 하셨어요?"

"서로 원하는 걸 얻었는데 더 이상 같이 갈 필요는 없지. 왜?"

"두 분이 함께 일하는 거, 저는 좋았거든요."

세진의 말에 이경은 실소했다.

"좋았다고? 성북동 정리하고 나면 무진그룹도 손을 써야지."

"역시 대표님은 감정을 함부로 쓰시지 않네요."

이경은 아무 대답도 하지 않았다.

"근데 오늘 왜 오신 거예요?"

"너 칭찬해주려고. 모두들 네가 기대 이상으로 잘했다고 하기에."

세진은 이경의 칭찬에 건우의 일을 잠시 잊을 수 있었다. 그녀는 더 해달라는 눈빛으로 이경을 올려다봤지만 이경은 애써 모른 척하고 시동을 걸었다.

건우는 한번 돌린 톱니바퀴를 멈출 수 없었다. 아니, 멈출 마음이 없었다. 이른 아침부터 문 실장의 보고를 받으며 다음 단계를 준비했다.

"조금 전에 정미연 씨 동생, 정수연 씨와 연락했습니다. 언니가 LA에 있는 친구 집에서 지내는 거 같다고요."

"남의 식구 휴가에 따라가신 보람이 있네요. 연락처는 파악했어요?"

"일단 본인 의사를 다시 확인한 다음에 알려주겠답니다. 단순히 돈 문제는 아니고, 전남편이나 콜린 컴퍼니 일에 더 이상 연루되고 싶지 않은 거 같습니다."

"액수가 커지면 생각도 바뀔 겁니다. 계속 시도하세요."

문 실장이 메모한 수첩을 덮었다.

"참, 세진 씨한테 출장 어디로 다녀왔다고 했어요?"

건우 역시 어젯밤 세진과의 어정쩡한 통화가 마음에 걸렸다.

"부산이라고 말해줬습니다."

"뭐라 하셨죠? 결혼식이라고 하셨나요?"

"팀장님 대신 상가에 다녀왔다고……."

건우는 일어서려다 멈칫하며 낮은 탄식을 쏟아냈다.

세진이 모니터에 뜬 '특기 팀 비서실 문정희' 폴더를 클릭하는데 비번을 묻는 창이 나타났다. 세진은 자판을 치려다가 멈췄다. 섣불리 입력했다가 오류가 나면 문제가 생길지도 몰랐다. 세진이 한숨을 쉬며 창을 닫는데 건우가 들어섰다. 세진이 태연히 그에게 인사했다.

"며칠 쉬지 뭐 하러 나왔어요? 급한 일도 없는데."

건우가 미소를 건네며 다가갔다.

"이번 일, 고생 많았어요. 세진 씨가 정직원 열 사람 몫을 해낸 거나 마찬가지예요."

그는 봉투를 내밀었다. 세진은 화들짝 놀랐다.

"이런 거 안 주셔도 돼요. 제가 좋아서 한 일인데요."

"코리아웍스 인수하면 우리 회사 향후 이익이 엄청날 거예요. 거기 비하면 이건 약소하죠."

그가 다시 봉투를 내밀었지만 세진은 정중히 사양했다.

"대신 밥이나 사주세요."

건우는 웃을 수밖에 없었다. 그가 고개를 끄덕이자 세진도 빙긋 웃었다.

이경은 어제의 승전보에 아랑곳없이 회의를 시작했다. 모두 그런 주군의 모습이 익숙했다.

"성북동에서 내세울 후보는 한평당 정기택 의원이 될 거 같습니다."

"그렇겠죠. 원래부터 정 의원을 염두에 두고 있었으니까."

"뒷조사 들어가 볼까요?"

김 작가가 손목을 돌리며 말했다.

"필요 없어요. 닳고 닳은 정치인 따위, 어차피 성북동이 무너지면 끝이에요."

이경은 단호하게 말했다.

"성북동에서 쉽게 미끼를 물까요?"

"적당한 타이밍에 흘려야죠. 작가님 준비는요?"

"거의 끝나 갑니다."

"미끼를 무는 순간, 이번엔 완전히 끝장내야죠."

이경의 태연한 말투가 오히려 섬뜩함을 자아냈다. 그녀가 탁에게 시선을 보냈다.

"손기태 사장은?"

"해외로 튀기 전에 출국금지 떨어졌어요. 깊숙이 잠수 탄 거 같은데 손의성 회장도 소재 파악은 못 하고 있나 봐요."

"손마리 따라붙어. 아버지는 무서워도 딸한테는 연락하겠지. 그나저나 우리 손 회장님 심기가 불편하겠네. 기부은행에 들어간 천하금융 자금, 그대로 동결됐을 텐데"

세진이 식사를 마치고 자리에 앉았다. 컴퓨터를 작업하려다 멈칫했다. 왠지 묘한 이질감이 느껴졌다. 갸웃거리는데 익숙한 냄새가 코로 들어왔다. 냄새의 근원지를 찾아 사냥개처럼 코를 킁킁거렸다. 마우스를 들었는데 묘한 향수 냄새가 났다. 자신의 핸드크림 향은 아니었다. 문 실장 향수 냄새 같기도 했다. 누군가가 자신의 컴퓨터를 만졌다는 확신이 들었다. 세진은 심각해졌다. 그녀는 폰을 들어 전문가에게 의견을 들어보기로 했다.

"찾았다. 여기 숨겨놨네."

전화로 김 작가가 소리쳤다. 그녀는 원격으로 세진의 컴퓨터를 살피고 있었다.

"아무리 꽁꽁 숨겨도 내 앞에선 어림없지."

세진은 김 작가의 모습이 선명하게 보이는 듯 해 미소가 지어졌다.

"제 컴퓨터에 뭘 설치해놓은 건데요?"

"원격 감시 프로그램이야."

세진의 얼굴이 다시 심각해졌다. 김 작가가 설명을 시작했다.

"이메일, 문서 작업, 인터넷 검색 등 세진이가 하는 모든 작업을 실시간으로 파악할 수 있어."

"그럼 작가님이 방금 하신 작업도 들키잖아요?"

세진은 점점 불안해졌다.

"어허, 사람을 어찌. 난 발소리도 안내고 들어갔다 나오지."

세진은 안도하는 동시에 건우가 자신을 의심한다는 사실에 충격을 받았다.

"세진아, 지금 바로 삭제해줄까?"

"아뇨. 그냥 놔두세요. 지워버리면 제가 눈치 챘다는 걸 알게 되잖아요."

"응? 그게 무슨 소리야?"

박무삼이 묵묵히 앉아 있는 이경을 삐딱하게 쳐다보았다. 아무리 밟아도 맨 윗자리로 올라오는 그녀는 불가사의였다.

"신도시 프로젝트에서 손 뗀 걸로 알았는데?"

"그만한 사업을 쉽게 포기할 순 없죠. 갤러리 S도 외부 투자

집단에 참가하게 해주시죠."

"그게 돈만 있다고 프로젝트에 낄 수 없을 거요. 건우가 책임자라 이제 나는……."

"받은 게 있으면 갚을 생각도 하셔야죠."

그녀의 말이 양심을 콕콕 찔렀다. 박무삼은 달래듯 말을 건넸다.

"신도시 프로젝트 쪽은 단념하고, 무진하고 같이 갈 만한 다른 사업을 구상해봅시다."

"그때 가서 귀찮아지면, 또 박건우 씨를 방패막이로 쓰시려고요?"

"서운하게 생각지 말아요, 서 대표."

"어떡하죠? 충분히 서운한데."

이경이 씩 웃었다. 박무삼은 그녀의 아름다운 미소를 제대로 즐길 수 없었다. 그 뒤에 숨어 있는 칼날이 얼마나 날카로운지 알고 있었기 때문이다.

박무삼은 이경이 찬바람 휘날리며 떠나자 즉시 조카에게 전화를 걸었다.

"모르쇠 작전으로 나가니 서운하다고 몇 마디 하고 돌아갔어."

"저한테 떠넘기시지 그랬어요? 더 이상 재입찰에 낄 수도 없고 하니 이제 외부 투자를 노릴 겁니다."

"난 계속 모르는 걸로 하고, 네가 알아서 해."

건우는 통화를 끝내고 피식 웃었다. 차라리 자신이 모든 총대를 메는 게 나았다. 박무삼이 어정쩡하게 관여 안 하는 편이 훨씬 좋은 결과를 내왔었다. 문 실장을 쳐다보니, 그녀는 자기에게 던져질 질문을 미리 예상하고 답변을 준비 중이었다.

"아직 수상한 기미는 없습니다."

건우는 즉시 생각에 잠겼다.

"정말 세진 씨가 스파이 짓을 한다고 생각하세요? 제가 볼 때는……."

"저도 확실치 않아요. 이경이가 콜린 컴퍼니 자료까지 넘기면서 세진 씨를 챙겼어요. 그런데도 갤러리에 데려가지 않는 거 보면 그럴 만한 이유가 있겠죠?"

건우는 자기 본성과 관계없이 어느새 차가운 인간으로 변하고 있었다.

고수의 행마

　별빛이 내리는 밤하늘을 뒤로 하고 이경은 장태준을 날려 버릴 작전을 구상하고 있었다. 상당히 복잡했기에 함부로 그 결과를 예측하거나 장담할 수 없었다. 그녀가 지시한 기획안을 조 이사가 들고 왔다. 이경은 한참을 살피다가 기획안을 덮었다.

　"이 정도면 찾기 어렵고, 그렇다고 아예 추적 못 하는 건 아니겠군요. 적당한 난도네요."

　"곧바로 작업 시작하겠습니다."

　조 이사가 물러나는데 이메일 알람이 떴다. 세진이 보낸 메시지였다. 열어보니 내용이 딱 한 줄이었다.

'박건우 씨가 콜린 컴퍼니를 조사하고 있어요.'

이경은 즉시 폰을 들었다.

"뭐야, 이게?"

"제가 대표님 스파이라는 증거요."

이경은 즉시 세진의 의중을 알아채지 못했다. 처음 있는 일이었다.

"당장 와."

세진은 토를 달지 않았다. 당연 택시를 타고 최대한 빠른 시간 안에 달려올 것이다. 이경은 그 시간 동안 세진의 깊은 뜻을 생각하기로 했다.

이경이 예상한 시간 즈음에 세진이 도착했다. 그녀는 이미 세진의 작전을 대충 알아챘다. 이제 흥미롭게 확인할 시간만 남았다.

"요즘 박건우 씨는 회사를 위해서라면 무슨 짓이든 할 사람이에요. 대표님 몰래 콜린 컴퍼니 조사하는 것도 수상하고요."

"성북동을 압박해서 나까지 엮으려는 생각이겠지."

"제가 스파이라는 걸 알면 거꾸로 절 이용하려고 들겠죠."

"그래서 일부러 들켰단 말이구나. 난 너보고 박건우 염탐하라고 한 적 없는데."

"들켜도 제가 책임질게요. 대표님은 신경 쓰지 마세요."

"널 의심했다고 건우를 미워하지는 마. 건우도 자기 욕망, 자기 목표에 충실할 뿐이니까."

세진은 쓸쓸했다. 머리로는 이해가 갔지만 가슴은 아직 따라가지 못했다.

"알아요. 누굴 원망하거나 미워하지 않아요. 제 감정, 아껴 써야죠."

두 여인은 담담히 웃었고, 별빛은 여전히 내리고 있었다.

날이 새자 손 회장이 이경에게 건네받은 미끼를 들고 장태준의 사저를 방문했다. 장태준은 정원을 거닐고 있었다. 겨울 날씨치곤 포근했기에 노랗게 빛바랜 잔디도 따뜻하게 느껴졌다. 손 회장은 정확히 장태준의 반 보 뒤를 따랐다.

"그러니깐 서 대표가 이미 신도시 프로젝트에 들어와 있다?"

장태준이 걸음을 멈췄다.

"네, 천하금융하고 줄이 닿은 외국계 투자 회사 친구들에게 들은 이야기입니다."

"공식적으로는 박건우 씨가 방해할 테니 투자 그룹에 참여할 수 없겠죠. 자금을 돌려서 다른 회사 이름으로 투자한 거 같습니다."

남종규가 안경알을 닦으며 의견을 제시했다.

"법적으로 문제가 생길 수 있는 수법이지요."

손 회장이 덧붙이자 장태준의 눈빛이 반짝거렸다.

"그런가?"

"다만 문제를 삼으려면 무진그룹에서 직접 나서야 합니다. 어쨌든 사업 당사자니까요."

"남 군, 박무삼 회장을 만나봐야겠군."

남종규는 난처한 표정을 지었다.

"신도시 관련해서는 박건우 씨한테 일임하고 일절 관여하지 않는 모양입니다. 박건우 씨를 만난다고 해도 제 말을 곧이곧대로 들을 리 없습니다."

장태준이 아쉬워하자 손 회장이 드디어 미끼를 흔들었다.

"서이경 대표를 잡을 수 있는 절호의 기회입니다. 어르신!"

장태준은 미끼를 덥석 물진 않았지만 그 주위를 맴돌기 시작했다.

"미끼를 던져놨네. 벼르던 차에 잘됐다 싶은 눈치더군. 근데 어떻게 조치할지, 그 얘긴 미처 못 들었네."

"그 정도만 해도 충분합니다."

이경은 손 회장의 보고에 만족했다. 미끼가 적당한 위치에 자리 잡았다.

"약속은 꼭 지켜야 하네."

"아드님 일은 걱정 마세요. 저희 직원들이 찾아내는 대로 안전하게 출국시킬 겁니다. 물론 회장님이 만나고 싶으시면 그전에 자리도 마련해 드리고요."

"일단 빨리 찾아내주게."

이경은 전화를 끊고 탁에게 전화를 걸었다.

"지금은 어디 묵고 있어?"

"동성호텔 2001호예요. 어젯밤에 가명으로 체크인 했어요."

"손 사장은 수시로 확인해. 곧 필요해질 때가 있을 거야."

구치소 면회실 입구에 선 박무일은 그 자리에 못을 박은 듯했다. 그의 눈길만 이글이글 타올랐을 뿐 움직임이라곤 찾아볼 수 없었다. 그의 시선 끝에 장태준이 있었다. 장태준은 오랜 옛 친구에게 온화한 미소를 보냈다.

"오랜만일세. 혈색이 좋아 뵈는구먼. 그만 노려보고 앉게. 한창때면 주먹다짐이라도 하겠지만 우리도 많이 늙었지 않은가?"

박무일은 할 수 없이 장태준의 맞은편에 소리 나게 앉았다.

"먼 수작을 부리러 왔노? 용건만 말해라."

"나에 대한 억한 심정 잘 알고 있네. 그래도 자네나 무진그룹을 남이라 여겨본 적 없네."

"됐다. 말장난할 끼모 가라. 더 들을 것도 없다."

박무일이 침을 뱉으려다 참고 일어섰다.

"봉수 딸이 평지풍파를 일으킬 모양이야."

박무일의 발에 다시 못이 박혔다.

"자네도 만난 적 있을 테지? 그 아이가 한국에 들어온 이유를 뭐라고 하던가?"

"야심이 억수로 크더라. 세상 꼭대기에 함 올라가 보끼라꼬."

"그건 다 핑계일세. 그 아이는 자네하고 나, 우리 두 사람한테 복수하러 온 걸세."

"복수? 복수라꼬?"

장태준은 박무일이 자신의 페이스에 말려드는 게 느껴졌다.

"날 끌어내리고 지 애비가 뺏긴 걸 되찾겠다고 했네. 그 아이는 무진그룹까지 집어삼킬 작정이야!"

박무일은 거친 호흡을 몇 번이나 내쉬었다.

"봉수 딸아가 신도시 프로젝트에 투자자로 들어왔다 캤나?"

"액수가 상당할걸세. 자칫하면 자네 숙원 사업을 그 아이가 차지할 수도 있어."

박무일이 혀를 찼다. 숙원 사업이라니. 장태준이 재임 시절, 박무일의 러시아 진출을 막고 대타로 던져준 것이 무진 신도시 사업이었다. 장태준은 그의 속마음을 읽었는지 달래듯 말했다.

"아직도 오해를 하구 있구먼."

"아이다. 내 똑똑히 기억한다. 봉수도 그래 내쫓고, 이제 와가 그 딸아까지 쫓아내자고? 에이 이 쓰레기 같은 인간아. 니가 천년만년 살 거 같나?"

장태준은 쓴소리에 익숙하지 않았다. 그는 언짢음을 최대한 숨기며 말했다.

"판단은 자네가 하게."

"태준아, 노욕은 인제 내리놔라."

"살날이 다하면 내려놓는 날이 오겠지. 아직은 때가 아닐세."

장태준은 쓸쓸히 일어섰다. 마음은 착잡했지만 박무일은 아들 생각을 하며 오랜만에 묵직한 수를 생각했다.

박무삼이 오랜만에 건우를 놀라게 했다.

"신도시 프로젝트에 서 대표 자금이 들어왔다고요?"

"꼭두새벽에 호출 받고 구치소 갔다 왔다. 형님이 그러시더라."

"어디서 나온 정보예요?"

"어르신이 면회하고 갔단다. 거기서 나온 얘기야. 한번 확인해 봐. 나도 서 대표가 고분고분 물러난 게 어째 수상타 싶었거든."

건우는 한동안 반응을 보이지 않다, 씩 웃었다. 박무삼이 의아해했다.

"잘하면 어르신하고 서 대표 한꺼번에 쓰러트릴 수 있겠는데요?"

건우는 즉시 행동을 개시했다.

"신도시 프로젝트에 외부 투자 참여한 회사 리스트하고 업체 정보 추려주세요."

문 실장은 고개를 끄덕이기만 할 뿐 즉시 움직이지 않았다. 좋지 않은 소식을 전할 모양이었다.

"정수연 씨한테 연락이 왔습니다. 힘들 것 같다는 연락이⋯⋯."

문 실장이 시선을 깔았다. 건우는 아쉬움이 남는지 창밖을 한 번 쳐다보고 선선히 수긍했다.

"그럼 작전 변경해야죠. 어르신 거치지 않고 바로 서이경한테 갑시다."

문 실장은 오랜 경력에도 건우가 무슨 명령을 내릴지 예상할 수 없었다.

"투자사 리스트부터 뽑아주세요. 거기 답이 있을 겁니다.

아, 그리고 세진 씨한테는 콜린 컴퍼니 조사를 계속하는 것처럼 보여야 해요."

　건우와 문 실장을 비롯한 특기 팀 직원들은 서류 더미와 컴퓨터에 파묻혔다. 종이 나부끼는 소리와 자판 굴러가는 소리만이 들렸다. 처음 호재는 문 실장이었다.

　"팀장님, 이것 좀 보시죠."

　"오션 인베스트먼트? 이 회사 자료, 더 찾아보세요."

　이경은 탁을 제외한 식구들과 회의를 시작했다. 발 빠른 조 이사가 항상 선봉이었다.

　"사저 1호차가 구치소에 간 사실을 확인했습니다."

　"무슨 얘기가 오갔을지 훤히 보이네요. 작가님, 무진그룹에서 투자 회사들 뒷조사 들어 올 거예요."

　"예상대로면 홍콩에 있는 오션 인베스트먼트가 걸려들 겁니다. 회사 규모나 자산에 비해 투자액이 크게 움직였거든요. 무진에서는 그 돈이 대표님 자금이라고 의심할 거예요."

　이경이 김 작가가 건넨 자료를 확인했다.

　"2단계로 들어가면 오션 쪽 자금 흐름이 파악될 겁니다."

　"너무 쉽게 추적되면 안 돼요."

　"그럼요. 적당히 어렵게 해놨죠."

　김 작가가 생긋 웃었다. 그의 장단에 놀아나는 이들이 눈에

선했다. 이경이 뒷짐을 지고 갤러리를 느긋하게 걸으며 말했다.

"3단계까지 추적되면 갤러리하고의 접점이 드러나야 해요."

"네, 지시하신 대로 해놨습니다."

조 이사가 묵직한 음성으로 대답했다.

건우와 직원들은 서서히 지쳐갔다. 잡힐 것 같은데 잡히지 않았다.

"실장님. 아직도 막혔어요?"

문 실장의 손이 보이지 않을 정도로 빠르게 움직였다.

"지금 경로가 몇 군데로 흩어져 있는데 최대한 빨리 찾아보겠습니다."

건우가 문 실장 옆에서 모니터를 들여다보았다.

"나눠서 넘기세요. 저도 찾아볼 테니까."

사무실 밖이 어두워졌다. 특기 팀 직원들의 눈에서 생기가 빠져나갔다. 문 실장도 눈을 비비는 순간, 건우가 벌떡 일어섰다. 모두 고개를 들었다.

"이 회사에 대해 아세요?"

건우가 회심의 미소를 띠었다.

"구로다 투자 은행? 여기가 출발점이었습니까?"

"이 회사는 일한금융이 세운 자회사예요."

"일한금융이면…… 설마?"

"돌아가신 서봉수 회장, 바로 그 일한금융입니다."

건우의 눈빛이 확신에 찼다.

"서이경, 꼭꼭 숨었는데 그만 머리카락이 보이네요."

외부 사무실에 홀로 출근한 세진은 모니터에 띄운 이메일을 보고 있었다. 본문은 간단했다. '손마리를 통해서 손의성 회장을 만나볼 것. 자세한 내용은 첨부 파일에.' 세진은 지침에 따라 첨부 파일을 클릭했다.

문 실장이 손에 출력물을 들고 건우의 방문을 열었다. 여기저기 쌓여 있는 서류 더미 사이, 건우는 담요를 덮고 토막잠을 자고 있었다.

"팀장님?"

건우는 벌떡 일어나며 시계를 찾아 두리번거렸다.

"시계보다는 이것부터 보셔야겠습니다."

건우는 문 실장의 심각한 표정에 얼른 정신을 차렸다.

"서이경 대표가 이세진 씨한테 보낸 메일입니다. 첨부 파일을 출력한 겁니다."

갤러리에서도 하루가 일찍 시작되었다. 김 작가는 두 눈이 불룩하게 부은 채로 이경에게 보고했다.

"첨부 파일에는 구로다 투자 은행이 손의성 회장 소유의 일본 사업체와 관련 있다는 내용을 넣어놨어요."

그녀는 잠시 보고를 멈추고 뿌듯한 표정을 지었다.

"거래내역, 자잘한 액수까지 다 맞춰서."

이경은 만족했다.

"다 쫓아왔다고 생각했을 텐데, 안됐네요."

"그 파일만 넘어간 걸로 충분할까요?"

"조금 더 시끄러워지게 놔둬야죠. 마침표는 그때 가서 찍어도 돼요."

박무삼은 아침부터 인상을 구겼다. 건우가 건넨 출력물을 보고 간밤에 무슨 일이 일어났는지 어리둥절했다.

"프로젝트에 불법 투자한 게 서 대표가 아니라 성북동이란 말이냐?

"네, 일본에 있는 투자 은행이 일한금융 자회사였는데, 최근 손의성 회장하고 비밀리에 거래를 튼 거 같아요."

"그래서 TJ 문화재단 자금을 우리 사업에 몰래 집어넣었다?"

박무삼도 점점 감을 잡아갔다.

"불법 투자는 서 대표한테 덮어씌우고, 신도시 프로젝트에 개입하려는 속셈이겠죠."

박무삼은 성북동의 계략에 기가 찼다.

"금감원이나 검찰 금조부에 제보해야죠. 불법 투자금은 동결시키고, 자격도 박탈할 겁니다."

박무삼은 의외로 껄끄러운 표정을 지었다. 건우는 그 표정이 뭘 의미하는지 알았다.

"작은아버지?"

"밖으로 일 키우지 말고, 이렇게 하자. 성북동에다 메시지부터 넣는 거야. 집어넣은 돈 빼고 얌전히 물러가시라고. 건우야, 내 말대로 해."

"보복당할까 겁나세요? 성북동에서 갖고 있는 작은아버지 리베이트 자료 때문이죠?"

박무삼은 자신의 속마음이 너무 빨리 드러나 무안함에 오히려 역성을 냈다.

"네 맘대로 해! 형제가 나란히 수의 입은 꼴 보고 싶으면!"

건우는 헛웃음이 삐져나왔다.

세진이 홀로 사무실을 청소하는데 건우가 들어왔다. 왠지 힘이 없어 보였다. 그녀는 재빨리 걸레를 치웠다.

"차 드릴까요?"

건우는 아무런 대답 없이 그녀를 가만히 바라보았다. 세진은 멋쩍었다.

"회사에 골치 아픈 일이 생겼어요. 이럴 수도 없고, 저럴 수도 없고. 뭐, 그런 문제요."

"심각한 거예요?"

"나 혼자 심각하죠. 회사를 생각하면 저질러야 하는데 집안 때문에 주춤거리게 되고……."

건우는 피곤한 듯 마른세수를 했다. 세진은 어떤 일인지 대충 짐작했다.

"미안해요. 도움이 못 돼서."

건우는 손가락 사이로 세진을 바라보았다. 세진은 담담하게 마주 보았다. 건우는 결심했는지 마른침을 삼켰다.

"청소 괜히 했네요. 내일부터 사무실 안 나와도 돼요. 세진 씨."

세진은 잘못 들은 말인지 미간을 찌푸렸다. 건우는 뒤돌아선 채 말했다.

"그동안 수고했어요."

건우는 문도 닫지 않고 사라졌다. 세진은 각오하고 있었지만 생각보다 감당하기 어려웠다. 벌써 두 번이나 그에게 큰 상처를 주었다. 세진은 뭔가를 해야 했다. 문제는 그 뭔가를 정확히 알 수 없었다. 문득 모니터에 붙은 폴라로이드 사진이 보였다. 그래 내가 이경이 되어서 생각해보자. 내가 이경이라면…….

그녀는 폰을 꺼내 들었다.

"그래, 조만간 그쪽 사무실은 나와야 했을 거야."

이경은 예상한 일이라 세진의 말에 크게 놀라지 않았다.

"대표님."

"말해."

"저 여기서 나가도 갤러리에는 안 갈 거예요!"

이경이 이번에는 다소 놀랐다. 생각 밖이었다.

"제가 할 수 있는 일, 제 힘으로 찾아보려고요."

"알았어."

"화나셨어요?"

이경은 세진이 이미 자신의 턱 밑에까지 올라왔다는 생각에 기특하기도 하고 안쓰럽기도 했다. 이경은 이제 세진에게 덕담을 들려줘야 했다.

"대신 한 가지는 약속해야겠다. 내가 오라고 하면 즉시 도우러 올 것!"

이경은 기뻐하는 세진의 모습이 바로 마주 보고 있는 것처럼 느껴졌다.

"알겠습니다."

세진의 담담한 대답이 이경의 가슴을 때렸다. 얼핏 옆 테이블에 화이트 앨범이 보였다. 순간 그녀는 오늘 딱 한 곡이 듣고 싶었다.

이경은 면회실에 마련된 좌석에 선뜻 앉을 수 없었다. 마음이 계속 쓰이는 걸 보면 자신이 세진을 꽤나 생각하는 것 같았다. 문 열리는 소리에 겨우 마음을 가다듬었다. 건우의 부친이 들어왔다. 실로 오랜만의 만남이었다.

"왔나? 올 때가 됐다, 싶었다."

"기다리고 계실 줄 알았습니다. 바쁜 일이 많아서요."

"장태준이 때문이가?"

이경은 간단히 자초지종을 읊었다. 물론 철저히 계산 하에 준비된 대사들이었다.

"맞나? 외부 투자 건이 죄다 장태준이 그 새끼 농간이라꼬?"

이경은 고개를 서서히 끄덕였다. 진실이 살짝 묻어나는 것 같았다.

"솔직히 내는 니가 나를 해코지할 꿍꿍이인 줄 쪼매 의심은 했다."

"박무삼 회장하고 건우 씨는 이대로 덮을 생각입니다."

박무일은 핏줄의 행동이 십분 이해되었다. 하지만 이경에게 뭐라 말할 수 없었다.

"회장님은 처음 겪는 일이 아니시죠?"

박무일은 갸웃거렸다.

"저희 아버님을 쫓아낼 때도 두 분은 지금같이 한통속으로 해치웠습니다. 어르신이 부추기고, 회장님은 못 이기는 척 동조하고……."

심장이 아려왔다. 박무일은 착잡했다.

"이번엔 어떻게 하시겠어요? 친구의 노욕 때문에 나도 어쩔 수 없었다고 또 한 번 핑계를 대실 겁니까?"

박무일은 깊은 한숨을 한참이나 내쉬었다.

"똑같은 실수를 되풀이하지 않는 기 사람이다. 잘못인 거 알면서도 같은 짓을 또 하모 그건 사람이 아이라 짐승인 기라."

"저희 아버님이 들으면 기뻐하시겠네요."

이경이 일어섰다.

"그럼 기다리겠습니다."

박무일은 나가는 이경을 침통하게 바라보았다.

장태준 사저의 응접실에 사람이 북적댔다. 정치 일선에 다시 나서는 백전노장에게 줄을 서기 위해 여념이 없었다. 그 와중에 손 회장이 눈치 없이 응접실로 뛰어 들어왔다. 서재에서 손님을 배웅하러 나오던 남종규가 그를 발견하고 난처해했다.

"회장님, 오늘은 보시다시피……."

손 회장은 남종규의 반응이 눈에 들어오지 않았다. 사색이 된 얼굴로 귓속말을 전했다.

장태준의 서재에 폭탄이 제대로 떨어졌다. 도망도 갈 수 없는 밀실에 폭탄이 터져버렸다. 장태준은 망연자실했다. 정보를 수소문한 남종규가 뛰어 들어왔다.

"검찰총장 특명이 떨어졌습니다. 사건은 다들 쉬쉬하는데 지검 에이스들로 팀을 꾸려서 곧장 구치소로 보냈답니다."

"박무일 회장이 8년 전, 러시아 가스관 사업 수주하고, 무진 신도시 인허가 특혜까지 모두 폭로할 모양입니다."

손 회장이 불난 집에 부채질했다. 남종규가 그의 말에 울컥했다.

"그게 어르신 혼자 한 일입니까? 박무일 회장도……."

"사태가 이렇게 된 거 보면 모르겠나? 박 회장은 어르신까지 끌어안고 추락할 셈인 게야!"

손 회장의 말에 장태준이 떨리는 손으로 안경을 벗었다. 남종규가 다급히 다가섰다.

"어르신! 일단 줄이 닿는 인사들부터 접촉해보겠습니다."

장태준은 멍하게 고개만 끄덕거렸다. 남종규가 뛰쳐나가고 손 회장도 요령껏 자리를 피했다. 혼자 남은 장태준은 아무 생각도 떠오르지 않았다.

방송 뉴스 소재가 떨어질 새가 없었다. '무진그룹 박무일 회장, 항소 포기'라는 자막 위로 앵커의 멘트가 시작되었다.

"오늘 오전 박무일 무진그룹 명예회장의 항소심 최종 공판이 연기됐습니다. 1천억 원대 회사 자금 횡령 및 배임, 조세 포탈 혐의로 구속 수사 중이던 박무일 명예회장은 변호인을 통해 항소 포기 의사를 재판부에 전달했고……."

이경이 냉랭한 눈빛으로 속보를 지켜보았다.

"한편 박 회장은 지난 정권 시절, 무진그룹이 관여했던 러시아 가스관 건설 사업과 천연 에너지 국책 사업 수주와 관련해 장태준 전 대통령이 관여한 초대형 정경유착 비리에 관해서 추가 혐의를 자백했습니다."

"박 회장이 구체적인 증언과 함께 제출한 다수의 증거물을 확보한 검찰은 오늘 내일 사이 장태준 전 대통령을 긴급 소환 조사할 방침이라고 밝혔습니다."

"장태준 전 대통령의 성북동 사저 역시 큰 충격에 빠진 가운데 공식적인 입장 표명은 아직 나오지 않고 있습니다."

박무삼 주재 하에 열린 대책 회의에서는 격한 의견들이 오고갔다. 건우는 한쪽에서 굳은 표정으로 듣고만 있었다.

박무삼은 회의를 마치고 축 늘어졌다. 건우는 핏기 없는 얼굴로 멍하게 창밖을 바라보았다.

"어르신하고 있었던 일까지 자백하면 추가 재판에, 형량이
늘어날 게 뻔한데……"

건우는 호흡을 가다듬고 정신을 집중하려 노력했다.

"참 나, 마른하늘에 날벼락도 유분수지."

"이상하긴 하네요. 이 모든 게 아주 잘 짠 시나리오대로 벌
어진 일 같잖아요."

박무삼이 건우의 말에 귀를 기울였다.

"묵은 원한이 있는 노인네 두 분이 결국 나란히 감옥살이하
게 됐네요. 이 정도로 꼼꼼하게 일을 꾸밀 수 있는 사람, 과연
누굴까요? 전 의심 가는 사람이 한 명밖에 없습니다."

박무삼에게도 슬며시 떠오르는 인물이 있었다.

장태준은 책상 위에 항상 놓여 있던 붓과 벼루를 정성스레
천으로 감쌌다. 남종규가 어깨를 축 늘어뜨린 채 다가왔다.

"한동안 쓸 일이 없을 테니까 잘 보관해야지. 자네가 짬짬
이 관리해주게."

"항공편을 준비했습니다. 일단 닥친 일부터 피하시죠."

"이보게, 남 군."

"지금은 제 결정에 따라주십시오, 어르신!"

"불과 얼마 전까지 내가 이 나라 대통령이었네. 내 꼴이 추하고, 내가 한 짓이 부끄럽다고 무작정 도망칠 수는 없지 않겠나?"

남종규는 참담해 고개를 숙이는데 문이 활짝 열렸다.

"당연히 그러셔야죠. 어르신이라면 스스로 지은 죄를 피하지 않을 거라 믿었습니다."

이경이었다. 남종규가 그녀에게 다가서며 험악한 표정을 지었다. 이경이 슬쩍 눈길을 주며 말했다.

"이런 사태면 자기 살길 찾기 바쁠 텐데……. 인정해드리죠."

남종규의 얼굴 근육이 이경의 말, 음절 하나하나에 반응했다.

남 군, 나가 있게."

이경을 쏘아보던 남종규는 하는 수 없이 물러났다. 장태준의 마지막 자존심이었다. 적장이 목을 치러 왔는데 추한 꼴을 보일 순 없었다.

"전부 네가 꾸민 짓이냐?"

"네."

"그랬구나. 그랬을 거라고 생각했다. 허나 박무일이나 내가 무너진다고 해도 네가 꿈꾸는 세상은 장담할 수 없을 게야."

"두고 보면 아시게 될 겁니다."

적장은 너무나 자신만만했다.

"역시 내 말이 맞았군. 봉수가 딸자식 하나는 야무지게 키웠어."

장태준은 쓴웃음을 지었다.

"살펴가세요, 어르신."

이경은 갤러리로 돌아오는 차 안에서 찬바람을 맞았다. 두 원수를 날려버렸는데 기대만큼 시원하지 않았다. 생각보다 덤덤했다. 전화가 왔다. 받을 기분이 아니었지만 건우였다.

"머리는 많이 썼지만 너도 어렵게 됐어."

"그래?"

"어르신에다가 우리 아버지까지 엮었는데 너라고 피해갈 순 없잖아."

"빨리 알아챘네?"

건우는 잠시 숨을 고르는 듯 말이 없었다.

"이경아, 다 이뤘다는 생각이 들 때, 넌 전부 잃게 될 거야."

"기대할게."

이경은 전화기를 내려놓고 뒷좌석의 차창을 끝까지 내렸다. 바람이 거세게 들이쳤지만 여전히 시원하지가 않았다.

건우는 아버지를 기다리고 있었다. 비록 구치소에 수감된 몸이었지만 나름 자랑스러운 부친이었다. 문을 열고 들어서는 박무일의 얼굴은 의외로 밝았다.

　"결자해지라 안 하나? 내가 꼬이게 했으모 결국 내 손으로 풀어야 하는 기라."

　박무일은 건우에게 짐짓 눈을 부라렸다.

　"니는 쓸데없는 맘 묵지 말고, 작은아버지 도와가 회사부터 단디 챙겨라."

　"그럼요. 늘 하는 일이 그건데요."

　"그라고 정권 바뀌기 전에 특별 사면이니 뭐니 한다꼬 위에 줄 대고 하지 마라. 형량 떨어지모 고대로 날짜 채우고 나오끼다."

　건우는 수긍할 수 없어 고개를 떨어뜨렸다. 박무일은 마치 투사 같은 표정과 말투로 당부했다.

　"기업한답시고 힘센 놈들한테 꼬리쳐가며, 가끔 법도 어겨가며 재벌 된 거 아이가? 이제 와가 무신 꼼수를 또 부리겠노?"

　건우는 아비의 고해성사를 아프게 들었다.

　"세상에 앙심 품을 것도 없꼬, 누굴 탓할 일도 아이다. 내가 지은 죄는 내가 고대로 짊어지고 갈 끼다."

"알겠습니다."

건우는 박무일의 뜻을 겨우 삼켰다. 박무일은 갑자기 생각
난 듯 급하게 말을 꺼냈다.

"봉수 딸아 말이다. 그 아랑 다투지 말거라. 악연은 애비들
끼리 끝냈으모 된 기다."

건우의 눈빛이 딴 곳을 서늘하게 바라보았다.

"그 약속은 못 드리겠네요. 아버지 세대는 끝났어도 저희는
아직 못 끝냈어요. 추워진답니다. 감기 조심하세요."

박무일은 안타까움에 눈물이 핑 돌았다.

"아는 사람들은 다들 알고 있습니다. 구속된 강재현 대표랑
성북동 어르신 뒤에 서 대표가 진짜 실세였다는 거."

이경은 찻잔을 내려놓고 50대 사내를 쳐다보았다.

"그런가요?"

"잠룡이다, 차차기다 말은 무성한데, 저는 이번 대권에 정치
생명을 걸고 도전할 생각입니다."

이경이 쉽사리 입을 열지 않았다.

"서 대표님이 제 킹메이커가 돼주시면 그 이상 든든한 일이
없지요."

"제 도움을 받으시려면 한 가지 조건이 필요한데요."

사내가 솔깃했다.

"뭡니까? 뭐든 말씀만 하시죠."

"제가 어떤 로드맵을 짜든 반대 없이 제 결정에 따라야 합니다."

사내는 잠시 생각하다 끄덕거렸다.

"더 까다로운 조건은 없습니까?"

사내는 그렇게 수행비서와 떠났다. 이경은 창가에서 그 모습을 지켜보았다.

"시간 낭비했네요. 경력에 비해 훨씬 형편없는 위인이에요."

"적당한 이유를 대고 차단하겠습니다."

조 이사와 탁이 그녀의 뒤에 나타났다. 조 이사가 탁을 슬쩍 보며 말했다.

"대표님, 이세진 씨 연락이 안 된 지 벌써 일주일이 넘었습니다."

이경이 돌아섰다.

"신경 쓰지 말라고 했잖아요."

탁이 입을 열려다 꾹 다물었다.

"성북동은 체크하고 있나요? 남종규 이사장, 움직일 때가 됐는데."

"네, 체크해보겠습니다."

"참, 먼저 손 사장 좀 만나고 오세요."

조 이사와 탁이 누구에게 지시했는지 몰라 서로 쳐다보았다.

"두 분 다요."

섣불리 객실 문을 연 손기태가 뒷걸음질 쳤다. 조 이사와 탁이 얼른 안으로 들어와 문을 걸어 닫았다.

"뭐야, 니들? 언제부터 미행한 거야?"

조 이사가 두 손을 천천히 들며 안심시키려 했다.

"안심하세요. 손 사장님을 해치러 온 게 아닙니다."

손기태는 고개를 흔들며 작은 테이블 쪽으로 조금씩 움직였다. 탁이 재빨리 테이블 위에 놓인 빈 술병을 발로 걷어찼다. 손기태는 술병을 무기로 쓰려던 계획이 저지되자 의자에 풀썩 주저앉았다.

"저희 대표님께서 손 회장님 부탁을 받았습니다."

손기태가 조 이사를 올려다보았다.

"무사히 해외 도피할 수 있도록, 저희가 도와드리죠."

오랜 도피 생활에 찌든 손기태의 눈에 생기가 돌았다.

텅텅 빈 장태준의 서재에 남종규가 들어섰다. 주위를 천천히 둘러보더니 책상으로 다가갔다. 그는 장태준이 필사하던 책자를 한 장씩 넘기며 주군을 그리워했다.

"책 속엔 길이 없습니다."

남종규가 놀라며 고개를 들었다. 건우가 서재 입구에 서 있었다.

"길은 걸어가면 뒤에 있는 거죠."

"박건우 씨랑 선문답이나 할 기분이 아닙니다만."

남종규는 다시 책자에 시선을 돌렸다.

"나도 이사장님하고 입씨름할 생각 없어요. 서이경 잡고 싶지 않아요?"

남종규가 책자를 넘기려다 멈칫했다.

"나한테 계획이 몇 가지 있는데, 들어도 손해는 아닐 겁니다."

"글쎄요. 제가 서 대표를 노린다고 해서 박건우 씨랑 함께할 이유는 없을 듯한데."

"그랬다가 여러 번 당했잖아요. 나도, 이사장님도."

건우의 말투가 갑자기 달라졌다.

"이번엔 제대로 해야죠. 이제 오기밖에 남은 게 없거든요."

"그래서 어떻게 제대로 하겠다는 겁니까?"

남종규가 자세를 고쳐 잡고 물었다.

"적장을 잡으려면 말부터 쏜다. 그게 시작입니다."

건우의 눈빛이 서늘하게 빛나고 있었다.

"특기 팀 베이스에 법무 팀하고 감사 팀 인원 차출해서 새로운 특수임무 팀부터 꾸리겠습니다. 회사에서 지원 가능한 자금, 정보 전부 필요합니다."

박무삼이 입을 쩍 벌렸다.

"어디 전쟁 나가냐? 상대는 서 대표 한 명이야."

"그 한 명이 아버지도, 성북동 어르신도 무너트렸습니다."

박무삼은 아비 잃은 자식을 이해하고 타이르듯 말했다.

"건우야, 형님이 그렇게 되셔서 네 기분은 잘 안다. 그래도 사업은 분풀이로 하는 게 아니다. 현재 처한 상황에서 최대한 리스크를 줄여야지."

"작은아버지 리스크부터 줄이셔야죠."

건우의 말에 독이 올랐다.

"남종규 이사장이 갖고 있는 작은아버지 리베이트 자료, 당장 풀라고 할까요?"

박무삼이 뒤로 펄쩍 뛰었다.

"이유가 뭐야? 네 성격에 이런 협박까지 하고."

건우가 자조적인 미소를 지었다.

"분풀이라고 해두죠. 그동안 착한 척하고 당한 게 억울한 걸로요. 이제 제 팀은 회장 전결 없이 움직이겠습니다."

박무삼은 의자에 몸을 깊숙이 묻으며 그를 달래기를 포기했다. 건우가 서두르듯이 회장실을 나오자 문 실장이 입구에서 기다리고 있었다.

"팀장님, 총 네 명의 해킹 전문가로 세팅했습니다. 이제 적장의 말을 잡으러 가야죠."

건우가 끄덕였다.

"전달하세요. 목표는 갤러리 S 시스템, 공격 수위는 복구 불가능한 파괴."

탁이 객실 문을 열자 손 회장이 황급히 들어왔다. 그는 조 이사 옆에 초라하게 서 있는 아들을 바라보았다. 손기태는 잔뜩 겁먹은 표정으로 부친을 바라보았다. 손 회장은 시선을 아들에서 조 이사로 옮겼다.

"우리 회사에서도 할 수 있지만 검찰에 추적당할까 봐 맡기는 걸세. 절대 실수가 있으면 안 돼."

"대표님께서도 그렇게 말씀하셨습니다."

"죄송해요, 아버지."

손기태는 잔뜩 주눅 든 눈빛으로 말했다.

"긴 말 할 거 없다. 일본으로 건너가면 쥐 죽은 듯이 지내."

손기태가 슬쩍 조 이사의 눈치를 살폈다.

"서이경 믿어도 될까요?"

"안 믿으면? 자수할 거냐? 잠잠해질 때까지 사고치지 마라. 한국에 들어올 생각도 말고."

"가기 전에 마리한테 작별 인사나 했으면 좋겠는데."

"아비 노릇 하고 싶었으면 진작에⋯⋯."

손 회장은 꾹 참고 어조를 낮췄다.

"조용히 가. 그게 마리를 위한 길이야."

손 회장이 돌아섰다. 손기태는 먹먹했다.

"아버지!"

손 회장은 잠깐 멈췄다가 그대로 발걸음을 옮겼다.

이경은 전화로 조 이사의 보고를 받았다.

"알았어요. 탁이는 손 사장 옆에 대기시키고 이사님은 들어오세요."

이경이 통화를 끝내고 작업하던 노트북을 보다가 멈칫했다. 화면에 'system error' 창이 떴다. 인상을 찌푸리며 키폰을 눌렀다.

"작가님. 노트북이 말썽이네요."

대답이 없다.

"작가님?"

"잠시만요, 잠시만."

이경은 김 작가의 다급한 목소리에 아래층으로 서둘러 내려갔다.

"누구니, 너? 누군데 감히 내 컴퓨터를 기웃거려? 역추적 당해서 혼나려고, 응?"

김 작가가 흥미롭게 자판을 두드리다, 이내 표정이 심각해지고 손놀림이 빨라졌다. 어느새 이경이 다가와 의아한 눈빛을 보냈다.

"작가님?"

김 작가는 모니터에 집중한 채 억지로 웃었다.

"다 막았어요. 됐어요, 이제!"

김 작가가 자판에서 손을 떼며 안도의 한숨을 쉬었다.

"무슨 일이에요?"

"가끔 주제 파악 안 되는 애들이 시비 걸 때가 있거든요. 제가 만든 시스템이 승부욕을 자극하나 봐요."

김 작가가 여유 있게 대답하려는 순간, 컴퓨터에서 경보음이 울렸다. 김 작가는 다시 자세를 고쳐 잡았다. 당황한 기색이 역력했다.

"얘가 왜 이래?"

"작가님?"

"방금 건 미끼였어요. 대응 패턴 파악하려고 건드려본 거 같아요. 뭐야, 이것들! 대체 몇 명이 공격하는 거야!"

정신없이 타이핑하는 김 작가는 이미 평정심을 잃어가고 있었다. 이경이 심상치 않게 지켜보는 가운데 모니터가 꺼지면서 컴퓨터가 다운되고 말았다. 김 작가는 흠칫 얼어붙었다.

"말도 안 돼. 이럴 리가 없어."

"작가님, 절 보세요."

이경이 조급해하는 김 작가를 불렀다.

"천천히 해요, 침착하게. 작가님 실력 믿으니까."

김 작가는 끄덕이며 각오를 다졌다. 다시 혼신의 힘을 다하기 시작했다. 이경도 곁을 지키는데 폰이 울었다. 박건우였다. 순간 느낌이 왔다.

"이걸로 빚 갚았다."

"뭘?"

"불법 투자한 것처럼 TJ 문화재단으로 유인한 거, 컴퓨터 잘하는 네 식구가 판 함정이었잖아."

이경이 눈살을 찌푸렸다.

"복구하기 어려울 거야. 차라리 새로 만드는 게 낫지."

"애썼네. 머리도 쓰고."

"고마워. 아, 그리고 갤러리 계좌들은 손대지 않을게. 도둑질은 적성에 안 맞거든. 근데 너 딴 짓 못 하게 자금은 얼려놔야 겠어."

"보이는 돈이 전부가 아니야."

"보이는 돈만 묶어도 성공이지."

"날 이 정도로 미워하는 줄 몰랐네."

"틀렸어. 나, 너 좋아하거든. 이쯤에서 관두면 서로 덜 피곤할 텐데 무리한 기대겠지?"

"다음 계획도 준비했을 거 아냐? 기다리고 있을게."

이경이 전화를 끊는데, 김 작가가 일련의 작업을 끝내고 기대에 찬 얼굴로 엔터키를 눌렀다. 하지만 켜지는가 싶었던 모니터는 다시 꺼졌다. 김 작가는 괴로운 듯 의자에 뒤통수를 쿵쿵 찧었다. 이경은 입술을 깨물었다.

날이 밝아도 가방을 챙기는 손기태의 눈두덩은 부어 있었다. 밤새 한 잠도 자지 못한 것 같았다. 탁은 시간을 계속 확인하며 서성거렸다.

"조금 있으면 이사님이 도착할 거예요. 주차장으로 가죠."

탁이 문으로 향하자 손기태는 자조적인 한숨을 쉬었다.

조 이사의 차가 호텔로 접어들며 지하 주차장으로 내려갔다. 곧장 두 대의 차량도 뒤따라 지하로 사라졌다.

탁과 손기태가 엘리베이터 홀을 나서자 조 이사의 차가 천천히 다가왔다. 탁이 손을 흔드는데 갑자기 앞뒤에서 차량이 막아섰다. 탁과 손기태가 어쩔 줄 몰라 하는 사이 차량에서 사내들이 우르르 쏟아져 나왔다. 탁은 그들에게 달려들까 하다가 손기태가 신경 쓰였다. 결국 손기태를 등 뒤에 두고 수비 위주로 사내들을 막았다. 두 사람까지는 급소를 정타해 쓰러뜨렸지만 곧 한계가 드러났다. 각목에 다리가 찍히자 탁이 풀썩 주저앉았다. 그 틈에 두 사내가 손기태를 낚아챘다. 탁이 일어서 달려갔지만 막아서는 사내들의 실력이 만만찮았다. 애써 한 사내를 제치고 손기태에게 다가서려는데 각목이 그의 뒤통수를 향해 날아왔다. 피할 수 없는 각도와 스피드였다. 탁은 본능적으로 눈을 질끈 감았는데 아무런 반응이 없었다. 어느새 차에서 내린 조 이사가 굵은 팔뚝으로 각목을 막았던 것이다. 각목이 두 동강이 나자 사내들이 멈칫거렸다. 탁은 조 이사의 팔뚝에 난 상처가 뭘 의미하는지 알 것 같았다.

숨 돌릴 틈이 없었다. 손기태를 태운 차가 출발하려 하자 탁과 조 이사가 달려들었다. 막아서는 사내들을 탁이 공격하며 길을 터주었다. 조 이사가 곧바로 차로 향해 달려들다 차에 치이고 말았다. 그의 몸이 공중에 잠시 떴다가 떨어졌다. 탁이 달려갔다. 조 이사의 머리에 피가 흐르기 시작했다. 탁이 손으

로 막아도 피는 꾸역꾸역 계속 흘러나왔다. 그사이 사내들은
차를 타고 사라져버렸다.

"이사님! 정신 차리세요, 이사님!"

'수술 중' 불빛이 선명했다. 탁이 수술실 앞을 초조하게 서
성이는데 이경이 달려왔다.

"조금 전에 수술 들어갔습니다."

"넌 뭐한 거야?"

"죄송합니다. 제 잘못입니다."

이경이 소리 없는 한숨을 내쉬었다.

"갤러리에 가 있어."

"저도 기다릴게요."

"작가님 혼자 작업 중이야. 가서 옆에 있어줘. 어서."

탁은 수술실을 한 번 돌아보고는 무거운 걸음을 옮겼다.

이경은 수술실 앞 의자에 털썩 주저앉았다. 조 이사와 함께
했던 많은 일들이 떠올라 눈을 감았다. 조 이사는 한때 부친
못지않게 미움의 대상이었다. 어딜 가서 숨어 있어도 그는 쉽
게 찾아냈다. 철없던 시절, 이경은 사람을 고용해 그를 공격하
기도 했다. 그는 대못 박힌 각목을 팔뚝으로 막아내며 그녀를
부친 앞에 데려가기도 했다.

부산에 몸을 숨겼을 때도 마찬가지였다. 건우와 풋풋한 사

랑을 나누며 남포동 길을 걸어가는데 그가 불쑥 앞을 막아섰다. 이경은 잠시 저항도 해보았다. 건우와 몰래 도망가는데 그가 또 막아섰다. 그땐 부친까지 대동하고서였다. 그녀는 포기할 수밖에 없었다. 더 이상 고집을 부렸다간 분명 건우에게도 피해가 갈 것을 알았기 때문이다.

이경은 애써 덤덤한 얼굴로 수술실을 바라보았다. 불빛이 여전히 선명하게 빛나고 있었다.

날이 새자마자 건우가 장태준의 서재를 찾았다. 만날 대상은 장태준이 아니라 남종규였다.

"손 사장은요?"

"그런 인간을 사저에 들일 수 있나요? 안전한 곳에 데려다놨습니다."

"검찰은 얘기 다 됐습니다. 손 사장이 순순히 거래에만 응하면……."

남종규가 손을 내저으며 말을 끊었다.

"쉽게 나올 대답이 아니죠. 데리고 오는 데도 애를 먹었거든요."

"애를 먹다니 무슨 뜻입니까?"

"하마터면 서 대표가 먼저 빼돌릴 뻔했어요."

"애를 먹었다는 게 무슨 말이냐고요? 사람이 다친 겁니까?"

남종규는 건우의 말에 냉소를 보였다.

"저는 이번 싸움에 전부를 걸었습니다. 저 생각보다 무서운 인간입니다."

건우는 번뜩이는 그의 날 선 시선을 피하지 않았다.

"박건우 씨도 똑같은 결심 아닙니까? 공동목표가 서이경 대표라는 사실만 명심하시죠."

"당신이야말로 명심하세요. 당신이 상대하는 사람이 어떤 적수인지."

수술 등이 꺼지고 의사들이 나왔다. 이경이 고개를 들고 그들에게 걸어갔다.

"조금만 늦었으면 위험했어요."

"감사합니다."

이경은 가벼운 목례로 인사했다.

"그래도 회복할 때까진 시간이 걸릴 겁니다."

곧 이어 수술 침대가 나왔다. 이경은 마취 상태로 잠든 조 이사를 먹먹하게 바라보다 천천히 폰을 꺼내들었다.

중년 사내가 서류를 덮고 고개를 들었다. 맞은편에는 당당한 모습의 세진이 그의 말을 기다리며 앉아 있었다.

"한국으로 사업 확장을 검토 중이긴 한데 정말 리스트에 있는 이런 인사들과 만날 수 있습니까?"

"희망하는 분들을 복수 추천해주세요. 그럼 제가 그분들을 미리 만나 뵙고 의사를 타진하겠습니다. 그전에, 사장님 회사를 어필할 수 있는 자료를 주시면 감사하고요."

"아, 그럼 일종의 코디네이터 역할이군요."

"네. 인맥도 돈이다, 그렇게 배웠거든요."

사내는 그녀의 말에 기대에 찬 눈빛으로 서류를 소중히 챙겼다. 세진이 서서히 사내를 배웅하려는데 전화가 울렸다. 그녀는 눈짓으로 양해를 구하고 구석으로 갔다.

"네, 대표님."

"어디야?"

"어딘지 알면 깜짝 놀라실 걸요?"

이경이 대답을 않자 세진은 웃음이 절로 나왔다.

"일본이에요. 근데 무슨 일이세요, 갑자기?"

"그럼 빨리 들어와야겠다. 문제가 생겼어."

세진의 표정이 진지해졌다.

"세진이 네 도움이 필요해!"

세진은 통화가 끝나자 눈물이 나올 것 같았다. 천하의 이경이 자신에게 도움을 요청했다! 이제까지의 모든 것이 보상받는 느낌이었다. 세진은 두 주먹을 불끈 쥐었다.

손 회장은 초조해서 자리에 가만히 앉아 있을 수 없었다. 문이 열리고 이경이 들어서자 그녀에게 뛰듯이 달려갔다.

"서 대표! 내 아들놈, 대체 어떻게 된 거요?"

"박건우, 아니면 남종규 이사장, 어쩌면 둘이 공모했는지도 모르죠."

손 회장이 이를 뿌드득 갈았다.

"속셈은 뻔합니다. 손 사장을 압박해서 검찰에 넘긴 뒤, 저까지 엮을 계획이에요."

"그 녀석이 뭘 안다고?"

"아는 게 없으니까 조작이 쉽죠. 전직 대통령 심복이 재벌 2세하고 합작하면 없는 죄도 만들어낼 수 있어요."

손 회장이 생각에 잠겼다.

"염려 마세요. 손기태 사장이 검찰에 넘어가기 전에 빼낼 겁니다."

"내가 뭘 도와주면 되겠나?"

"제가 알아서 하겠습니다. 걱정하실까 봐 들른 겁니다."

"조심하게, 서 대표."

이경이 짧은 미소를 보였다.

비운 지 오래된 사무실이었다. 부서진 사무가구와 잡동사니로 어수선했다. 사내들은 입구를 지켰고, 손기태는 불안한 눈빛으로 앉아 있었다.

"서 대표가 시킨 일이죠?"

손기태가 남종규를 올려다보며 선뜻 대답을 못 했다.

"큰사랑은행 부정대출, 처음부터 그 은행을 기획한 서 대표가 배후 조종한 거죠. 그렇죠?"

"그건, 내가 맘대로……."

남종규가 고개를 저었다.

"아니죠. 기억을 잘 떠올려보세요. 서 대표가 시킨 일이고, 손 사장님은 협박에 못 이겨 시킨 대로 한 것뿐입니다."

"그, 그게 아니라니까요."

손기태는 겁에 질렸다. 남종규는 낮게 한숨 쉬며 사내들에게 말했다.

"30분 있다 올 테니까, 기억력 좋아지는 체조나 시켜드려."

손기태가 사색이 되어 발버둥 치며 도망가려 하자 한 사내가 수갑을 꺼내 의자에 묶었다.

저녁시간이라 카페에 연인들이 대부분의 테이블을 차지하고 있었다. 화기애애한 분위기에 한 테이블에서만 섬뜩한 기운이 맴돌았다.

　"미안하다. 남 이사장이 생각보다 거칠게 나갔어."

　"사과할 필요 없어. 일본에서 그보다 위험한 고비도 여러 번 넘긴 분이야."

　건우가 물 한 잔을 시원하게 들이켰다.

　"손기태 사장, 조만간 검찰에 자수할 거다. 큰사랑은행 부정 대출이 네가 지시한 일이라고 자백할 거야. 이경이 너, 빠져나갈 구멍이 없어."

　"실망이네. 좀 더 창의적인 공격을 기대했는데."

　"게임하는 게 아냐. 버티기만 하다가 결국 넌 다 잃게 될 거야. 제발 네 스스로 멈추고 돌아가."

　이경의 표정이 싸늘해졌다.

　"말했잖아. 너 좋아한다고. 내가 베풀 수 있는 마지막 호의야."

　"내 돈이 묶이면, 내가 검찰에 잡혀가면 그게 끝이라고 생각해?"

　"뭐? 이경아 너 대체……."

"제가 좋아하는 분들이 다 모였네요!"

세진이 어느새 이경의 곁에 다가섰다. 건우는 자리에서 벌떡 일어섰다.

"앉아도 돼요, 대표님?"

이경이 살짝 끄덕거렸다. 세진이 이경의 옆에 앉으며 남 이야기하듯 편안한 어조로 말했다.

"갤러리에서 있었던 일은 들었어요. 왜 그러셨어요? 그건 회사를 위한 일도 아니잖아요."

세진이 건우를 꼿꼿이 쳐다보았다.

"세진 씨가 관여할 문제가 아니에요."

"어떡하죠? 지금까지 너무 많이 관여했는데요."

이경이 건우에 앞서 말했다.

"내가 다 잃게 될 거라고, 스스로 멈추고 돌아가라는데 세진이 네 생각은 어때? 한번 그래 볼까?"

"진심이세요?"

세진은 그녀의 말이 농담인 줄 알면서도 흠칫 놀라는 척했다. 이경이 피식 웃었다.

"글쎄, 아무래도 건우 때문에 안 되겠네. 건우야, 네가 무슨 발버둥을 쳐도 이 싸움 안 끝나."

건우가 주먹을 꽉 쥐었다.

"아니, 내가 끝낼 거야. 세진 씨는 오랜만에 봐서 반갑긴 한데, 괜히 왔어요."

"대표님이 부르시면 달려오기로 했거든요."

"전에 말 안 했던가? 세진이가 내 구원 투수라고."

이경이 웃자 모두 가볍게 따라 웃었지만 각자의 눈은 서로 다른 곳을 바라보고 있었다.

카페를 나온 세진이 피곤해 보이는 이경에게 차키를 받아 운전석에 올라탔다. 이경은 순순히 세진에게 키를 내주고 뒷좌석 깊숙이 몸을 기댔다. 세진은 룸미러로 이경을 살피며 말했다.

"일본 쪽 자금은 지시 받자마자 옮겼어요. 대표님 대신 왔다니까 다들 엄청 무서워하던데요?"

이경이 피식 웃었다. 세진을 보자 겨우 웃을 일이 생겼다.

"작가님이 시스템만 살리면 자금 문제는 해결되는 거죠?"

"시간이 좀 걸릴 거야. 근데 일본은 어땠어?"

"대충 뭐 그랬는데 재미는 있었어요. 저 보고 싶으셨어요?"

세진이 고개를 뒤로 돌리려 했다.

"넌 앞을 봐야지 싶은데."

세진이 다시 전방을 주시했다. 이경이 룸미러로 세진이 미소 짓는 걸 보았다. 바람이 찼다. 이경은 차창을 내리려다 다시 올렸다.

세진은 이경을 갤러리 입구에 내려주고 곧장 병원으로 향했다. 병실에 들어서니 산소마스크를 낀 채 잠들어 있는 조 이사가 보였다. 병실을 지키던 탁이 세진을 보고는 마시던 음료수를 입 밖으로 질질 흘렸다. 탁이 놀라며 세진을 부르려하자 세진은 탁에게 조용히 하라는 신호를 보냈다. 세진은 먹먹한 시선으로 조 이사를 바라보았다.

　탁이 손짓으로 세진을 복도로 불렀다.

　"그렇게 궁금하지는 않았지만, 연락 정도는 해줄 수 있지 않았냐?"

　"미안해, 사정이 있었어. 근데 이사님은 괜찮으신 거야?"

　탁이 시무룩해하며 고개를 숙였다.

　"어깨 펴. 네 잘못 아냐."

　"복수를 해야 하는데 손 사장님 행방을 아직까지 파악도 못 하고 있어."

　탁이 섬뜩한 살기를 드러냈다.

　"그럼 마리는 어떡하지. 그동안 전화도 일부러 안 받았는데."

　세진이 폰을 꺼내자 탁이 말렸다.

　"괜히 걱정만 더 할 거야. 조금만 더 지켜보고 연락해."

세진은 다시 이경을 만나러 갔다. 김 작가가 뛰어와 그녀를 힘껏 포옹했다. 김 작가는 세진에 대한 반가움과 시스템 복구의 기쁨으로 눈물을 찔끔거렸다. 세진은 그녀를 정성껏 달래고 이경에게로 올라갔다.

이경은 다짜고짜 서류 한 뭉치를 세진에게 안겼다. 세진은 선 자리에서 서류를 한참 뒤적거렸다.

"이 정도면 휘청하겠네요."

"건우가 날 위해 특수임무 팀까지 만든 모양이던데 수준은 맞춰줘야지."

세진이 서류를 덮었다.

"추가 자료는 작가님한테 부탁할게요. 시스템도 다시 쌩쌩 돌아가니까 금세 뽑아주실 거예요."

이경이 서류에 시선을 두며 끄덕였다.

"근데 마리 아빠는 어떡하죠?"

"뭐가?"

"검찰에 가서 거짓 진술하면 대표님까지 조사받아야 하잖아요. 그전에 찾아야 할 거 같은데."

"건우가 한 짓은 아닐 거야. 남종규 이사장이겠지."

"겁이 많다고 했잖아요."

이경이 슬쩍 고개를 들었다.

"박건우 씨요. 자신의 행동을 자꾸 합리화하려 해요. 자기 양심과 안 맞으니까요."

"건우가 안돼 보이니?"

"네. 제가 보기엔 대표님도 그래요."

이경은 어이없다는 듯 세진을 빤히 쳐다보았다.

"대통령도 만들고, 이 나라에서 최고 부자가 되는 게 대표님이 오르고 싶은 꼭대기예요? 아니잖아요. 거기까지 가면 더 높은 계단이 있을 텐데 대표님은⋯⋯."

"그만! 그건, 거기까지 올라간 다음에 고민해도 돼."

"알아요. 길게 고민 안 하고 계속 올라가시겠죠. 죽은 채로 살기 싫으니까. 저는 그게 슬퍼요."

"세진아."

세진은 작정한 듯 말을 이어갔다.

"이사님이 쓰러지고, 작가님은 기댈 곳이 없는데도 대표님은 멈추지 않을 거예요. 그렇게 올라가서 정상에 혼자 있게 되겠죠. 그 모습이 근사하면서도 전 슬퍼요."

이경이 세진을 말갛게 보았다. 세진은 낮게 한숨지으며 표정을 애써 고쳤다.

"마리 아빠 일은 탁이랑 연구해볼게요."

세진은 꾸벅 인사하고 서류를 챙겨 나갔다. 이경은 우두커니 앉은 채 세진이 나간 문을 바라보았다.

박무삼이 아침 회의를 마치고 임원들과 걸어오다 창가에서 문 실장과 이야기 중인 건우를 발견했다. 박무삼은 임원들을 보내고 건우와 마주 섰다. 문 실장도 알아서 자리를 비켜주었다.

"서 대표는 어떻게 됐어? 계획대로 되고 있는 거냐?"

"작은아버지, 오늘은 무진 신도시 첫 단추 꿰는 좋은 날입니다. 이쪽 일은 신경 쓰지 마세요. 골치만 아프실 거예요."

"무진 신도시 사업에 피해 없게 잘해."

박무삼이 자리를 뜨자 남종규에게서 전화가 왔다.

"어떻게 됐습니까. 손 사장?"

"오기로 버티고 있는데 얼마 안 남았어요. 그쪽은 준비 끝났습니까?"

"제 특수임무 팀이 부정대출 관련될 만한 자료를 모으고 있어요. 갤러리 S랑 천하금융은 소재가 풍부하니까 충분히 엮일 겁니다."

"처음이자 마지막인데, 호흡 잘 맞춰봅시다."

건우는 남종규의 비릿한 냄새에 얼른 전화를 끊었다.

"사업이 발목 잡히기 전에 서둘러야겠죠."

조 이사를 제외한 갤러리 식구가 오랜만에 모였다.

"박무일 회장 때 벌어진 인허가 비리가 더 드러나기 전에, 사업을 궤도에 올려놓으려는 거예요."

"서둘러봤자 꼼수죠. 부지 확보 과정 중에 있었던 이 내부 거래만 밝혀지면 신도시 사업은 꼼짝 마예요."

김 작가가 서류를 보이며 호기롭게 말했다. 탁도 조 이사를 대신해 거들었다.

"땅값 쌀 때 유령 회사 명의로 사놓고, 신도시 발표한 다음에 비싸게 사들이고. 재벌들 돈 벌기 쉽네요. 우리나라."

"그렇게 벌어들인 차액은 그룹 비자금으로 챙겨뒀겠지."

이경이 쐐기를 박았다. 세진이 화제를 돌렸다.

"박건우 씨도 알고 있을까요?"

"반반이야. 총괄책임 맡기 전이니까 모를 수도 있고. 자, 추가 조사는 작가님이 하면 되고. 탁이랑 세진이는 손마리 확인해. 손 사장 놓치면 귀찮아질 거야."

회의를 마치고 각자 흩어졌다. 김 작가가 세진에게 다가와 물었다.

"근데 세진아, 갤러리 복직한 거야?"

"복직도 아니고, 알바도 아니에요. 그냥 도와드리러 왔어요."

김 작가가 화들짝 놀라며 부러 큰소리를 냈다.

"그런 게 어딨어? 셈도 무지 밝으신 분이 그러면 안 되지."

세진은 웃었고, 이경은 못 들은 척 서류에 머리를 파묻었다.

손기태는 여전히 묶여 있었다. 제법 두들겨 맞은 티가 났다. 그의 얼굴은 지치고 불안해 보였다. 남종규가 혀를 끌끌 찼다.

"뭐 하러 사서 고생을 해요? 어차피 첫값은 치러야 하고, 가는 길에 동행 한 명만 끌고 들어가면 된다니까."

"진짜 약속 지키는 거요?"

"서 대표만 확실하게 낚아채요. 뒷일은 나하고 박건우 씨가 끝낼 테니까."

손기태는 더 이상 버틸 수 없었다. 가는 길에 딸애나 한번 보고 싶었다.

"자수하기 전에 딸내미나 한번 보게 해주쇼."

남종규는 미간을 찌푸렸다.

"이제 들어가면 언제 나올지도 모르는데 딸애를 봐야겠어요. 나도 협상이란 거 한번 해봅시다."

남종규는 잠시 고민하다 폰을 꺼냈다.

마리의 차가 지하에서 지상으로 솟구쳐 올랐다. 지상에서 대기 중이던 세진과 탁이 따라붙었다. 평소에도 거칠게 운전하는 편이었지만 지금은 좀 더 다급해 보였다. 예상보다 빠른 스피드에 탁도 미행하는 게 쉽지 않았다. 세진은 초조한 눈빛으로 마리의 뒤를 쫓았다.

마리는 부친의 행방에 관한 연락을 받고 급하게 차를 모는 중이었다. 눈물이 앞을 가렸지만 문제 되지 않았다. 사거리 신호에 걸려 초조한데 문득 룸미러로 신경 쓰이는 차량 한 대가 보였다. 옆 차선이 비었는데 굳이 한 차 건너 자신의 차선에 억지로 자리 잡는 게 수상했다. 연락한 이가 분명 혼자 오라고 했는데 걱정이 되었다. 마리는 나름 생각하다가 폰을 꺼냈다.

신호가 바뀌자 마리는 슬그머니 차선을 바꿔보았다. 수상한 차량이 따라서 차선을 바꿨다. 마리는 핸들을 꺾어서 갓길에 멈춰 섰다. 탁과 세진은 멈칫하며 놀랐다.

"마리 씨 대단한데. 눈치 챈 것 같아."

세진은 각오하고 차를 마리 차 뒤에 세우라고 했다. 탁이 머뭇거리자 세진이 아예 클랙슨을 눌러버렸다. 탁은 어쩔 수 없었다.

차에서 내린 마리가 뒤차로 달려왔다. 세진이 조수석에서 얼른 내렸다.

"세진아."

세진이 빙그레 웃어 보였다.

"너 왜 그동안 연락이 안…… 너 나 미행한 거야?"

세진이 담담하게 고개를 끄덕였다.

"왜? 나 지금 되게 바빠."

"너네 아빠를 찾아야 하거든. 안 그럼, 우리 대표님한테 문제가 생겨."

마리는 어쩔 줄 몰랐다.

"마리야, 지금 어디 가?"

마리는 시간이 촉박하기에 더 이상 발목을 잡힐 수 없었다.

"아빠 만나러. 근데 네가 쫓아오면 못 가."

마리가 세진에게 한 발 다가섰다.

"세진아, 너무너무 밉고 한심한 아빤데, 그래도 아빠잖아. 아빠 볼 수 있게 도와줘."

잠시 정적이 흘렀다.

"세진아, 아무튼 지금 빨리 가야 해."

세진은 결심했다.

"알았어. 탁이랑 내가 몰래 쫓아갈 테니깐 걱정 마."

탁의 눈이 휘둥그레졌다.

"세진아……."

세진이 탁의 입을 재빨리 막았다.

"마리야, 얼른 가. 우리가 알아서 할게."

마리는 불안함을 떨쳐버리려는 듯 재빨리 차에 올라탔다.

"세진아, 어떡하려고 그래?"

멀어지는 마리의 차를 보며 탁이 물었다. 세진은 자신감 있는 목소리로 대답했다.

"일단 차에 타. 가면서 말할게."

손 회장은 이경이 가져온 서류를 검토하다, 고개를 갸웃거리며 서류를 덮었다.

"우리 회사랑 오간 내역은 별 이상 없는데 이런 걸로 서 대표한테 덮어씌울 수 있겠나?"

"무진그룹 특기 팀이면 웬만한 정보기관 못지않아요. 있는 건 고치거나, 없는 건 만들어낼 수도 있죠. 게다가 벌써 검찰하고 사전 조율까지 해놨을 거예요."

손 회장의 신음 소리가 절로 났다.

"그 조작극에 내 아들놈을 증인으로 동원하겠다?"

미세하게 떨리는 손 회장의 말끝에 이경의 전화가 울렸다. 세진이었다. 이경은 일어서며 양해를 구했다.

"지금 마리 차를 따라가고 있어요. 있다가 연락드릴게요."

다급한지 전화가 끊어졌다. 이런 보고라면 있다가 할 게 아니라 처음부터 전화할 필요가 없지 않나. 이경은 의아해하며 다시 자리에 앉았다.

마리가 사무실로 들어서며 손기태를 발견했다. 그녀는 뛰어가 부친 품에 안겼다.

"아빠!"

손기태는 울컥하고 눈시울이 뜨거워졌다.

"괜찮아, 마리야. 아빠 괜찮아."

"얼굴이 왜 이래?"

마리가 성난 눈길로 사내들을 노려보았다.

"아냐, 그런 거."

손기태는 마리를 안심시키려 노력했다. 마리가 훌쩍였다.

"그러니까 욕심내지 말지, 왜 사고를 쳐. 난 아빠만 있으면 돼."

손기태는 솟구치는 울음을 삼켰다.

"내가 딸내미 하나는 잘 키웠네. 걱정 마."

남종규가 박수를 치며 어둠 속에서 등장했다.

"네, 감동은 잘 받았습니다. 손 사장님, 이제 제 말대로 하시면 만사 오케이입니다. 그럼 이제 출발할까요?"

남종규가 앞장섰다. 손기태가 천천히 그를 따랐다.

"아빠 어디 가?"

손기태가 뒤돌아보았다.

"난 갈 데가 있어. 넌 빨리 안 가고 뭐해?"

사내 두 명이 마리의 양팔을 움켜쥐었다. 손기태의 눈빛이 달라졌다.

"뭐, 뭐하는 짓이야. 이것 봐. 남 이사장 이게 뭐야?"

남종규는 안경을 한 번 치켜 올리고는 그 비릿한 냄새를 또다시 내뿜었다.

"이왕 이렇게 됐으니 보험은 들어놓아야죠."

"무슨 소리냐고!"

　손기태가 달려들자 사내 몇 명이 그를 붙잡았다.

"아빠!"

"마리야!"

"조용히들 안 해!"

　남종규의 날카로운 외침에 모두 흥분을 가라앉히며 조용해지자 그가 말을 시작했다.

"손 사장, 당신 따님은 우리가 잠시 데리고 있겠습니다. 검찰에 출두해서 아까 말씀드린 대로 하시면 따님은 그때 풀어드리겠습니다."

　마리가 한 사내의 발을 밟고 다른 사내를 물어뜯으려 했다. 남종규가 인상을 쓰며 손짓하자 한 사내가 수갑을 들고 나타났다. 그는 즉시 마리를 의자에 앉히고 의자와 그녀의 손목에 수갑을 채웠다. 순간 손기태가 사내들을 뿌리치고 남종규에게 달려가 얼굴에 주먹을 날렸다. 남종규의 턱이 돌아가고, 안경이 저만치 떨어졌다. 사내들이 손기태를 다시 붙잡았다. 남종규는 입가의 피를 닦으며 떨어진 안경을 주웠다.

　안경을 고쳐 쓴 그의 얼굴에 싸늘한 냉혹함이 일었다. 그는 손기태에게 다가가 주먹으로 배를 힘껏 쳤다. 손기태는 그 자리에 주저앉고 말았다.

"출두는 좀 있다 하고, 좋은 구경 좀 하고 가세요."

남종규가 손짓하자 사내들이 마리에게 향했다.

"마리야!"

손기태가 소리를 질렀지만 사내들에게 잡혀 일어설 수 없었다. 마리는 겁에 질려 비명만 질러댔다. 사내들이 웃으며 그녀에게 다가섰다.

'쾅!'

거칠게 문 여는 소리가 들렸다. 모두 깜짝 놀라 뒤를 돌아보니 탁과 세진이 서 있었다.

세진은 한발 한발 내딛으며 차분하게 말했다.

"곧 경찰이 들이닥칠 거예요. 두 사람 놔두시죠."

남종규는 세진 뒤에 버티고 선 탁을 보며 사태가 심상치 않게 돌아간다는 걸 파악했다. 그는 슬금슬금 옆문으로 도망치려고 했다. 탁이 그런 남종규를 향해 달려들었다. 남종규는 사내들 뒤에 몸을 숨기려 했지만 독이 오를 대로 오른 탁에게 사내 둘쯤은 아무것도 아니었다. 곧이어 사이렌 소리가 들려왔다. 남종규는 체념한 듯 무릎을 꿇고 주저앉았다.

그 사이 손기태는 바닥에 떨어진 열쇠를 주워 마리의 수갑을 풀었다. 둘은 서로를 안고 긴 울음을 터트렸다.

"마리야, 이제 괜찮아. 아빠랑 외국 가서 살자."

"아빠! 자수해!"

손기태는 포옹을 풀고 딸을 바라보았다.

"가서 사실대로 말해. 아빠 원래 착한 사람이잖아. 할아버지는 몰라도 난 알아!"

손기태는 잠깐 머뭇거렸지만 이내 머리를 한없이 끄덕였다.

경찰들이 뛰어 들어오는 소리가 지척에 가까웠다. 세진은 마리에게 눈인사를 한 뒤 탁과 함께 그 자리를 슬쩍 빠져나왔다.

"세진아, 이제 어떡할래?"

"어떡하긴. 대표님한테 가야지."

탁은 환하게 웃으며 차에 시동을 걸었다. 탁의 차가 다가오는 경찰차와 엇갈리며 도로를 달렸다.

무 종 의 미

　사무실에 불도 켜지 않은 채 건우는 창밖의 빛나는 야경을 보고 있었다. 불과 몇 시간 전, 무진 신도시 프로젝트의 깃발을 꽂았지만 왠지 마음이 가볍지만은 않았다. 휴대폰이 울렸다. 세진이었다.

　건우와 세진은 오랜만에 카푸치노를 앞에 두고 마주 앉았다.

　"이경이가 무슨 선전포고를 하던가요?"

　세진이 시나몬 향을 맡다가 고개를 들었다.

　"두 분이 뻔히 아는 얘기를 하러 왔어요."

　건우가 잔을 들며 시선을 세진에게 고정했다.

　"진심으로는 대표님하고 싸우고 싶지 않으시죠? 마리네 아빠한테 거짓말 시키고, 자료까지 조작하는 거, 결코 원하는 방식이 아니에요. 그렇죠?"

"세진 씨, 그건……."

"이제 멈추세요. 그럼 두 분 모두 다치지 않아요."

세진이 건우의 말을 자르고 말했다. 건우는 세진을 물끄러미 바라보다 힘들게 입을 열었다.

"그렇게 간단한 문제가 아니에요."

"아뇨. 엄청나게 간단한 거예요. 특별한 사건, 대단한 계기가 없어도 여기서 그만하자, 스스로에게 그 말 한 마디만 하면 되거든요."

건우는 묵묵히 듣고만 있었다.

"전 제게 없는 걸 욕심냈고, 박건우 씨는 가진 걸 뺏기지 않으려고 했어요. 그 욕심이 나쁘다는 게 아니에요. 본인이 원치 않는 방식으로 할 필요는 없다는 거죠."

"세진 씨는 자기가 바라는 방법을 찾았다는 겁니까?"

세진이 쓸쓸히 웃었다.

"아직 찾고 있어요. 그래도 포기하지 않으려고요."

건우가 시선을 옮기며 생각에 잠겼다.

"우리 둘 다, 대표님을 좋아해요. 좋아하니까 미워하고, 좋아하니까 화도 내요. 좋아한다는 그 마음, 거기에 솔직해지면 훨씬 쉬워져요."

건우가 엷은 미소를 보였다.

"뭔가 달라졌네요, 세진 씨."

"칭찬이죠?"

건우가 가만히 고개를 끄덕였다.

"모르는 거 하나 가르쳐 드릴게요. 무진 신도시 부지 매입 비리, 그게 대표님 다음 공격 카드예요."

건우의 표정이 어두워졌다. 그가 모르는 일이었다. 세진이 예쁜 포장지에 싼 선물을 건우에게 건네며 일어섰다.

"우리나라에도 있는 거지만, 외국물 먹은 김에 사왔어요. 그럼."

세진이 일어났다. 건우는 돌아서는 세진을 바라보며 멍하니 앉아 있었다. 그리고 한참이나 지난 뒤에 휴대폰을 꺼내들었다.

"실장님, 특기 팀 비상회의예요. 바로 소집하세요. 저도 지금 들어갑니다."

건우는 세진의 선물을 들고 자리에서 일어났다.

건우는 창가에 서서 아침 햇살을 맞고 있었다. 똑똑. 노크 소리가 들리고 문 실장이 들어서며 회의 시간을 알렸다.

"실장님, 돌아가신 무이 삼촌이 봤으면 지금 제 모습을 뭐라고 했을까요?"

문 실장이 눈길을 거두며 희미한 미소를 띠었다. 건우는 먹먹한 눈길로 창밖 풍경을 바라보았다.

그룹 대회실에 박무삼을 비롯한 주요 임원들이 단상에 선 건우를 지켜보았다. 건우가 노트북만 바라볼 뿐 계속 입을 열지 않자 웅성거리는 소리가 조금씩 들렸다. 건우는 마침내 결심이 섰는지 노트북을 닫았다.

"신도시 프로젝트 확대회의에 앞서 중요한 공지를 전하겠습니다."

웅성거리는 소리가 잦아들었다.

"특별기획팀에서 은밀히 내사한 결과, 신도시 부지 매입 과정에서 상상을 초월하는 부정한 내부 거래가 포착됐습니다."

다시 웅성거리는 소리가 일었고 전과 비교할 수 없을 정도로 커졌다.

"건우야!"

박무삼이 놀라 소리쳤다.

"이는 총괄 담당자로서 그냥 지나칠 수 없는 비리이며, 우리 무진그룹의 미래를 위해서도 반드시 밝혀내야 하는 부정입니다."

"너, 너, 너! 지금 무슨 소릴 하는 거야?"

박무삼이 벌떡 일어섰다. 건우는 계속 말을 이어갔다.

"관련자 전원은 사규에 따라 처벌 및 문책할 예정이고, 사법 당국의 조치도 뒤따를 겁니다. 또 기업의 사회적 역할에 충실하지 못한 잘못은 대국민 사과로 용서를 빌려고 합니다!"

박무삼은 자리를 박차고 나갔고 그대로 회의는 종결되었다.

회장실에 들어서는 건우를 자리에 앉은 채 노려보던 박무삼이 소리쳤다.

"니가 제 정신이가? 회사를 말아먹으려고 작정한 기가? 엉!"

박무삼의 호통에도 건우는 흔들림이 없었다.

"작은아버지도 관련되셨어요?"

박무삼은 태연한 척 했지만 목소리는 사그라지고 있었다.

"회장으로서 그룹이 걱정되니까 하는 소리지!"

"그럼 됐네요. 저도 팀장으로서 회사를 위해 결정한 일이거든요."

"건우야!"

건우는 박무삼의 부름을 뒤로한 채 홀가분한 미소로 방을 나섰다.

"자, 손기태 씨 스토리는 충분히 들었고, 이제 다른 얘기를 들어볼까요? 큰사랑은행 부정 대출, 갤러리 S 서이경 대표가 지시했죠?"

시무룩하게 앉아 있던 손기태의 얼굴에는 결심이 섰는지 더 이상 망설이는 기색은 보이지 않았다. 아빠는 원래 착한 사람이야! 손기태는 마리에게서 들은 말만 속으로 되뇌었다.

"아뇨!"

손기태의 단호한 부정에 검사는 적잖이 당황했다.

"부정대출은 제가 저지른 겁니다. 서 대표나 다른 사람은 상관없어요."

"세진이가 대체 뭐라고 한 거야?"

"너무 당연해서 잊어버리고 있던 얘기. 내가 널 얼마나 좋아했는지, 그걸 생각나게 했어."

이경의 표정이 묘하게 바뀌었다.

"그리고 간단한 비결까지 가르쳐주더라. 아무런 이유나 사건이 없어도 내가 멈추겠다고 하는 순간, 끝난다는 거."

이경은 계속 듣고만 있었다.

"실은 진작부터 알고 있었어. 이 싸움이 끝까지 가면 결국 네가 이길 거라는 사실을."

"나도 아는 사실이야."

건우가 피식 웃었다.

"사업 중단 발표 때문에 하루 종일 휴대폰 불난다. 일어나야겠어."

"그래서 건우 넌, 다 내려놓은 거야?"

"무슨 소리야? 작은아버지가 혹 물러나면 회장 대행은 내가 할 텐데. 운 좋으면 회장실까지 갈 수도 있고."

이경도 웃었다.

"욕심이 크네. 보기 좋아."

"세진 씨랑 셋이 만났을 때가 기억난다. 찰나였지만 너도 멈추고 싶었던 거야. 그렇지?"

이경은 긍정도, 부정도 하지 않고 찻잔만 만지작거렸다. 건우가 일어섰다.

"넌 세진 씨한테 선물 뭐 받았어?"

이경이 눈만 깜빡였다.

"아냐, 됐어. 그럼 간다."

건우가 떠났다. 홀가분한 모습으로 당당하게 걸어 나갔다. 이경이 한때는 나란히 걷고 싶었고, 그게 당연하다고 생각한 적도 있었던 그 남자의 모습이었다.

세진이 밝은 얼굴로 갤러리에 들어서다 멈칫했다. 분위기가 심상찮았다. 탁은 부루퉁해서 소파에 묻혀 있고, 김 작가는 초조하게 서성거렸다. 세진은 긴장감에 절로 가슴이 조여 왔다.

"왜요? 무슨 일 있어요? 혹시 이사님이······."

"그게 아니고 대표님 때문에."

김 작가는 울상이었다. 세진이 탁을 쳐다보니 그는 시선을 외면했다.

"대표님이 왜요?"

탁이 벌떡 일어나 세진에게 다가갔다.

"너, 대표님한테 뭐라고 했어? 왜 전부 정리하고 일본에 가신다고 하냐고!"

세진은 탁의 말에 놀라 한달음에 계단을 올라갔다. 이경은 벌써 노트북과 필요한 물건을 따로 챙기고 있었다. 세진은 그 모습에 멍해졌다. 이경이 그녀를 보고는 태연히 말했다.

"어서 와."

"일본에 가신다고요? 갑자기 왜요?"

"재미없어졌거든. 더 이상 싸울 상대도 안 남았고."

세진은 놀란 표정을 감추지 못했다.

"농담이야. 웃어."

"하나도 안 웃겨요. 이게 뭔데요? 왜 갑자기 떠나시냐고요!"

이경이 가방을 잠그고 일어섰다.

"오랜만에 둘이 밥이나 먹을까?"

창가 테이블에서 앉은 이경은 조용히 식사를 이어갔다. 하지만 세진은 손도 대지 않은 채 이경을 바라보기만 했다. 이경이 문득 고개를 들어 세진을 찬찬히 바라보았다.

"여기 분위기 근사하구나."

"크리스마스에 대표님이랑 왔던 곳이거든요."

세진이 퉁명스럽게 대답했다. 이경이 주위를 둘러보며 그제야 생각난 듯 웃음을 지었다.

"이사님은 회복되는 대로 작가님이 모시고 들어올 거야. 한 번씩 문병 부탁해."

세진은 짧게 끄덕였다.

"탁이는 단단히 삐쳤나 봐. 마음이 풀리면 따라 들어오겠지만."

"아직 이유를 못 들었어요."

이경이 포크를 내려놓았다.

"세진이 네가 바라던 거잖아. 내가 멈추는 거."

세진이 입술을 깨물었다.

"너무 으쓱해 하진 마. 순전히 너 때문은 아니니까. 여기서 봐야 할 건 이미 다 봤어. 돌아가서 해야 할 일도 몇 가지 떠올랐고."

"대표님."

세진의 목소리에 안타까움이 묻어났다.

"끝까지 올라갈 수 있을 때 멈출 수도 있는 거, 그게 진짜 힘이야."

"가지 마세요. 다시 시작해도, 여기서 해요. 한번 탐낸 건 놓치지 않는다면서요? 그런데 이렇게 떠나는 게 어디 있어요?"

이경은 세진을 찬찬히 바라보았다.

"놓친 적 없어. 버린 적도 없고. 세진이 너는 내 거울이니까."

세진은 시선을 바닥으로 떨구었다.

"저는 대표님 안 따라가요."

"알아."

이경이 담담히 대답했다.

"여기서 제 힘으로 혼자 올라갈 거예요."

"그래야지. 그러라고 가르쳤는데."

세진이 고개를 들어 이경을 먹먹하게 바라보았다. 이경도 따뜻한 눈길로 마주했다.

세진은 주섬주섬 가방에서 뭔가를 꺼냈다. 이경이 호기심 어린 눈으로 지켜보았다. 하얀 포장지에 싼 선물이었다.

"지금 뜯어봐도 돼?"

세진이 끄덕였다.

하얀 포장지를 뜯자 하얀 내용물이 나왔다. 화이트 앨범. 이경이 세진을 바라보며 물었다.

"혹시 건우도 같은 걸 줬니?"

세진이 끄덕이자 이경이 환한 미소를 지었다.

"고마워."

이경은 불쑥 세진에게 손을 내밀었다. 세진도 얼떨결에 그 손을 맞잡았다.

"기대하고 있을게. 네가 세우게 될 왕국."

세진은 반짝이는 얼굴로 이경에게 말했다.

"오래 걸리진 않을 거예요."

두 사람은 환한 미소를 나누었다.

흩날리던 빗방울이 어느새 굵은 빗줄기가 되어 툭툭 소리를 내며 창문을 때리고 있었다. 이경과 세진은 창밖을 바라보았다. 거센 비도 감추지 못하는 도시의 불빛들이 화려하게 빛나고 있었다.

불야성 不夜城 2

1판 1쇄 인쇄 2017년 4월 15일
1판 1쇄 발행 2017년 4월 20일

원작 한지훈
소설 안진홍

발행인 김성룡
교정 김은희
디자인 김민정

펴낸곳 도서출판 가연
주소 서울시 마포구 월드컵북로 4길 77, 3층 (동교동, ANT 빌딩)
구입문의 02-858-2217
팩스 02-858-2219

ISBN 978-89-6897-035-1 03810